Liebesroman

Verklag mich,

Blümchen

LANEY APPLEBY

D1719484

Liebe/r Leser/in,

dieser Roman ist der erste Einzeltitel unter meinen bisherigen Veröffentlichungen. Ich freue mich, Ihnen nach meiner Boston-Hearts-Serie eine Liebesgeschichte rund um eine sehr gefühlsbetonte und auch ein klein wenig verrückte Delphine Darling vorstellen zu dürfen.
In ihrem Job eher zurückhaltend, blüht sie bei ihrer Rückkehr nach Bloomwood wieder auf und findet sich plötzlich in einem wahren Chaos an Gefühlen wieder.

Ich wünsche Ihnen ein paar schöne Lesestunden und viel Spaß beim Eintauchen in das Leben von Delphine.

Ihre Laney Appleby

PS: Teilen Sie mir gerne Ihre Meinung zu meinem Buch auf amazon, facebook oder gerne auch per E-Mail mit.

Prolog

„Ellen, schau doch, das ist die kleine Delphine Darling", rief Barbara Morrington durch den ganzen Laden von Delphines Eltern - *„FLOWERS, DARLING"*.

Delphine konnte nicht sagen, ob sie sich geschmeichelt fühlen sollte, dass man sie nicht vergessen hatte, oder ob sie sich lieber im nächsten Loch verkriechen wollte, weil man ihren Namen durch den gut gefüllten Laden gerufen hatte. Sie entschied sich für Letzteres und verkroch sich zum Schämen hinter dem Tresen; dabei tat sie so, als suche sie intensiv nach etwas.

Ein Hoch auf die Kleinstadt. Heimat und Hölle zugleich.

Nach zehn Jahren wieder nach Hause zurückzukehren, war nun wirklich nicht ihr Plan gewesen. Zudem hatte sie schon längere Zeit keiner mehr bei ihrem Geburtsnamen gerufen, was sie so auch besser fand. Man sollte seinen Eltern für Vieles dankbar sein. Dafür, dass sie einem das Leben geschenkt hatten, einen aufzogen, einem ein Zuhause boten, Liebe, Zuwendung und so weiter. Für eines war sie ihren Eltern jedoch keineswegs dankbar: Für ihren Namen.

Nicht nur in der Vorschule, an der High School und im ganzen Dorf hatte sie sich den Spott Gleichaltriger anhören müssen. Ausnahmslos jeder, der in den Laden kam, wurde zuerst einmal darüber informiert, was ihre Tochter *Delphine Darling* wieder Tolles geschaffen hatte mit der Dekoration des Blumengeschäftes. Dekorieren und Gestalten waren schon immer Delphines Leidenschaften gewesen, doch auch ihr war schnell klar geworden, dass niemand eine *Delphine Darling* als Innenarchitektin einstellen würde.

Die Leute würden befürchten, sie bekämen eine durch und durch quietschbunte Wohnung im Stil eines explodierten Kaugummiautomaten. Und sie hatte nicht vorgehabt, ihren Traumberuf aufzugeben, bevor sie überhaupt eine ernsthafte Chance bekommen hatte. Nachdem sie auch noch schiefe Blicke von ihren Professoren an der Universität geerntet hatte, hatte sie sich bei ihrem Umzug nach South Carolina endgültig entschlossen einen anderen Namen anzunehmen. Keinen ganz anderen Namen natürlich. Das hätte ihre Eltern nur unnötig verletzt. Aber einen Namen, mit dem sie sich kein Gelächter anhören musste und mit dem sie ernst genommen wurde, als erfolgreiche Innenarchitektin.

Sie hatte studiert, dieses Studium mit *summa cum laude* abgeschlossen und anschließend ein unschlagbares Jobangebot in South Carolina bekommen, mit einem Gehaltsvorschlag, der ihre Mutter glatt vom Stuhl gehauen hatte.

Damit sie auch wirklich Chancen auf einen Job bei einer renommierten internationalen Firma wie *SOUTH WORKS INDESIGN* bekommen konnte, hatte sie sich als Lee Darling beworben. Das war kein falscher Name, da sie lediglich ihren zweiten Vornamen benutzt hatte, und doch ein Name, mit dem man ihr zutraute, aus einer Wohnung, die man mit ‚*ganz okay*‘ abspeiste, ein ‚*Ich fasse es nicht, Sie sind genial*‘ zu machen.

„Was tust du denn da unten, Delphine Liebling?“, fragte sie ihre Mutter, die mit einem wunderschönen, rosa-weißfarbenen Blumenbouquet in der Hand vor ihr stand und sie verwirrt musterte. Nach Delphines Meinung passten sowohl ihr Vater, als auch ihre liebevoll fürsorgliche Mutter perfekt in diesen Blumenladen, den schon Delphines Großmutter mit aufgebaut hatte. Sie waren allesamt leidenschaftliche Blumenkinder … im Volksmund gerne auch Hippies genannt. Leider lebten ihre Großeltern, die den Laden aufgebaut hatten, schon seit fünfzehn Jahren nicht mehr, aber die Tradition wurde fortgeführt.

Leider war auch die Tradition weitergeführt worden, dass man seinen Kindern Namen von Blumen gab. Doch wenn sie recht darüber nachdachte, hatte sie es mit Delphine – Rittersporn – gar nicht mal so schlecht getroffen, wenn man bedachte, dass auch noch Namen wie Daffodil zur Auswahl gestanden hatten. Dass ihr Nachname sich so ungünstig machte, hatten ihre Eltern allerdings nicht bedacht. Aber lieber ein Rittersporn, als eine Narzisse.

Im Grunde genommen fand Delphine ihren Namen auch nie sonderlich schlimm, immerhin war es auch ein beliebter französischer Name, das gab ihr ein Gefühl, etwas Besonderes zu sein. Aber Kinder konnten fies sein. Mächtig fies. Und der Name Delphine Darling bot so viele Steilvorlagen, die sie nie für möglich gehalten hätte.

Na, Darling. Lust auf ein Date, Darling?

Delphine, du duftest wie eine Blume im Sommer.

Delphine, haben deine Eltern dich so genannt, weil du blaue Augen hast, wie der Rittersporn in eurem Schaufenster? Oder haben deine Eltern dich in Wahrheit nach einem Meeressäugetier benannt?

Wir sollten deinen Blondschopf grün färben, dann siehst du wenigstens wie eine richtige Blume aus, Darling.

Delphine, bist du leichtfertig? Ich habe gehört dein Name steht für Leichtfertigkeit.

Dee Dee, sind deine Eltern Hippies? Sie haben dich nach einer Blume benannt.

Ja, danke, Rose Cunningham. Dein Name entstammt auch einer Blume, aber weil du so allseits beliebt warst, und deine Eltern kein Blumengeschäft hatten, hat sich niemand darum geschert.

„Schätzchen, suchst du etwas Bestimmtes?", riss ihre Mutter sie erneut aus ihren Gedanken.

„Nein, alles okay."

„Dann steh doch bitte auf. Nicht, dass noch jemand über dich fällt."

Stöhnend erhob sich Delphine und blickte sich im Laden um. Sehr zu ihrem Leidwesen, erklärte ihre Mutter gerade den größten Klatschtanten der Kleinstadt, dass Delphine für ihren Vater einsprang, und sie so froh sei, dass ihre einzige Tochter endlich wieder zurück war. Man machte sich ja solche Sorgen, egal wie alt die Kinder auch werden.

Sie liebte ihre Mutter heiß und innig, aber Delphine hatte schon früh festgestellt, dass ihre Leidenschaft alles mit ihren Kunden zu teilen, auch ihr Privatleben, nicht nur positive Seiten hatte.

Zumal ihre Eltern irgendwann einmal in der Hippiephase steckengeblieben waren und seitdem immer noch diese bunte Kleidung bevorzugten. Delphine fand es an sich auch gar nicht so schlimm, dass sie sich übermäßig bunt anzogen, ihre Mutter die blonden Haare nach wie vor wuchern ließ, und sie ihre Liebe frei und öffentlich jedem präsentierten, der es sehen wollte oder auch nicht.

Ihren armen Vater hatte die Liebe zu seiner Mutter soweit gebracht, dass er nun das Bett hüten musste. Da er ihr ein ganz besonderes Geschenk hatte machen wollen und die Fassade des elterlichen Hauses mit Blumen geschmückt hatte, war er beim Versuch, auch jeden einzelnen Ziegel mit Blumen zu verschönern, vom Dach gefallen. Das erste Mal in ihrem Leben war Delphine froh gewesen, dass ihre Eltern überallhin Sträucher und Blumen pflanzten, da er ohne dieses Auffangpolster wahrscheinlich nicht mehr unter ihnen weilen würde.

Stattdessen war er mit zwei gebrochenen Beinen und einer angeknacksten Rippe davongekommen, die es ihm allerdings unmöglich machten, im Laden zu stehen. Also hatte Delphine ihren lang angesammelten Urlaub eingelöst und sich ganze zwei Monate frei genommen, um ihre Mutter zu unterstützen.

„Kannst du für mich diese Blumen ausliefern? Oh, und Tucker hat sich für heute Nachmittag angekündigt. Er versinkt geradezu in Arbeit und braucht vermutlich deine Hilfe dringender als ich."

Ihre Mutter Magnolia wuselte im Laden umher, als sei heute Schlussverkauf, aber das war ihr Normalzustand.

Diese Frau lächelte immerzu und erledigte ihre Aufgaben im Tempo eines Duracellhasen. Delphine musste sich erst einmal wieder an das schnelle Sprechen und die unbändige Energie ihrer Mutter gewöhnen. Wenn man Tag für Tag in einem Büro saß und auch ansonsten nur zu geschäftlichen Terminen unterwegs war, musste man zwar auch aufmerksam sein, aber wenn sie nach Hause kam, kam es ihr immer so vor, als würde sie für ein paar Wochen aus ihrem Sarg kriechen.

In South Carolina hatte sie sich nie heimisch gefühlt und Freunde hatte sie dort auch keine gefunden, deshalb war eine Rückkehr nach Bloomwood, Indiana, nicht nur eine Rückkehr nach Hause, sondern auch eine Wiederbelebung ihres Temperamentes, welches sie in ihrem Job manchmal zügeln musste, um nicht zu überdreht und durchgeknallt zu wirken.

Kapitel 1

Außer ihren Eltern hatte Delphine keine Familie mehr in Bloomwood. Ihre Tanten, Onkel, Cousins und Cousinen hatten sich mittlerweile über das ganze Land verstreut und der ständige Kontakt war größtenteils abgebrochen. Man traf sich hauptsächlich zu runden Geburtstagen oder anderen Feierlichkeiten. Aber in einem Dorf, dessen Bewohner dich schon in den Windeln gesehen hatten, waren im Grunde alle irgendwie Familie, sodass man meistens gar nicht dazu kam, irgendjemanden zu vermissen.

Dadurch, dass Delphine relativ weit weggezogen war, hatte sie dieses Gefühl dennoch vermisst. Sie mochte es, ihre Eltern und ihre Freunde um sich zu haben und nicht nur mit ihnen zu telefonieren, sondern mit ihnen auf der Veranda zu sitzen, zu lachen und einfach Spaß zu haben. Aber in den letzten Jahren hatte sie nur noch für ihren Job gelebt, und es hatte ihr auch gefallen. Sie hatte sich den Traum erfüllt, Innenarchitektin zu werden und sie war erfolgreich in dem, was sie tat.

Trotzdem wünschte sie sich manchmal, ihren Job in der ihr vertrauten Umgebung auszuüben. Und manchmal wünschte sie sich, sie wäre nicht das einzige Kind ihrer Eltern.

Dabei war sich Delphine sicher, ihre Eltern hätten gerne noch mehr Kinder bekommen, aber bei ihrer eigenen Geburt traten Komplikationen auf, die es ihrer Mutter fortan unmöglich gemacht hatten, weitere Kinder zu bekommen. Doch Delphine hatte ihre Mutter deshalb nie traurig gesehen. Die Tatsache, dass sie ihre Angestellten beinahe wie ihre Kinder behandelte, zeigte jedoch, wie gerne sie eine richtige Großfamilie gehabt hätte.

Auch Tucker, Delphines bester Freund und Ex-Freund von der High School, arbeitete mittlerweile für ihre Eltern. Dabei übernahm er als Landschaftsarchitekt alle Außenaufträge und vollbrachte wahre Wunder an den Gärten der Einwohner von Bloomwood.

Delphine und Tucker waren nach wie vor Freunde, und er war neben Lauren, die ebenfalls im „FLOWERS, DARLING" arbeitete, die Person, mit der sie beinahe täglich nach ihrer Arbeit telefonierte. Sie hatte, ohne dass sie es wollte, dieses kleine Städtchen vermisst und sie freute sich darauf, mehrere Wochen am Stück hier verbringen zu können. Auch wenn die Umstände ihrer Rückkehr ein wenig beunruhigend waren, da auch Delphine langsam bemerkte, dass ihre Eltern älter wurden und irgendwann die Frage aufkommen würde, was mit dem Blumengeschäft passieren sollte.

Doch nur um ihren Eltern einen Gefallen zu tun, konnte sie nicht einfach ihre Träume aufgeben, oder?

Auch wenn sie sich momentan nicht mehr ganz sicher war, was ihre Träume überhaupt waren. Manchmal glaubte sie, die Leute hatten recht, wenn sie sagten, die kleine Delphine Darling ist seltsam. Vielleicht war sie nicht im herkömmlichen Sinne verrückt, aber sie war auch nicht normal.

Sie mochte es, laut zu sein, sie trug viel lieber farbenfrohe Klamotten, statt langweiliger Businessoutfits, die sie bei der Arbeit anhatte, und noch lieber trug sie gar nichts. Früher war es das Beste gewesen, sich in warmen Sommernächten davonzustehlen und im Lake Monroe nackt baden zu gehen. Alles nicht ganz das, was man von einem Dorfmädchen erwartete. Darüber hinaus konnte sie nicht kochen und das, obwohl sie in einer Kleinstadt aufgewachsen war und man ihr von Geburt an versucht hatte einzuprägen, dass erst diese Eigenschaft sie zu einer attraktiven Frau für heiratswillige Männer machen würde. *Skandal!*

Sie mochte es, ihre Haare an der Luft trocknen zu lassen und sie nicht stundenlang zu einer kunstvollen Frisur zu drehen und sie hasste es, aufwendig Make-up aufzulegen, wenn sie zu einem ihrer Termine erscheinen musste.

Rundum hasste sie eigentlich alle Oberflächlichkeiten ihres Jobs, aber sie liebte den Inhalt heiß und innig.

In vielerlei Hinsicht war sie ihren Eltern ähnlich, aber im Gegensatz zu ihnen war sie nie mit den Gesprächen im Dorf klargekommen. Mit den schiefen Blicken, wenn sie einfach nur aus Albernheit ihr Fenster geöffnet hatte und Tucker hinterhergerufen hatte, er hätte seine Unterhose vergessen, um ihn zu ärgern. Dass so etwas plötzlich die Ausmaße annahm, sie würde in ihrem Kinderzimmer Unzucht treiben und das mit gerade mal dreizehn Jahren, hatte nicht zur Beruhigung des Tratschs geführt.

„Delphine? Die Blumen. Der Strauß sollte pünktlich zur Hochzeit dort sein, also husch husch", drängte ihre Mutter. Dabei hatte sie ihr noch gar nicht gebeichtet, dass sie in einem Anfall von Freiheitsliebe und nach einem todlangweiligen Meeting zur Abwechslung wie eine Irre durch die Stadt gerast war und deshalb ihren Führerschein erst mal los war. *Na schön*, es war nicht das erste Mal gewesen, dass man sie erwischt hatte. Aber sie kannte den Officer mittlerweile und er wusste, dass sie den Wagen brauchte. Deshalb hatten sie sich auf lediglich zwei Monate Führerscheinentzug und eine Geldstrafe geeinigt.

Wenn man sich den ganzen Tag vor Kunden beherrschen musste, nicht den Freak raushängen zu lassen, der sie nun einmal irgendwie war, hieß das nicht, dass er einfach verschwand. Und irgendwo musste ihre überschüssige Energie raus. Dass es dieses Mal das Gaspedal ihres eigentlich schneckenlahmen, silbernen Chevrolet Spark getroffen hatte, war reine Willkür. Die Energie hätte ebenso gut in einem erneuten Anfall von *„Ich streiche meine supermoderne Drei-Zimmer-Wohnung zum fünften Mal in zwei Monaten komplett um"*, enden können. Dabei mochte sie die momentane Farbkombination von Aprikot und Gelb sehr gerne, weil es dem kühlen, großräumigen Townhouse-Apartment eine gemütliche Atmosphäre verlieh.

Natürlich könnte sie sich als Innenarchitektin etwas einfallen lassen, um sich in ihrem Apartment wohler zu fühlen, aber sie fand, dem Apartment an sich fehlte es an nichts. Es war wunderschön, großzügig aufgeteilt, eine Luxusbude im Gegensatz zu ihrem heruntergekommenen Studentenzimmer an der Uni, in dem man sich gerade so um sich selbst hatte drehen können.

Das Einzige, was ihrem Townhouse-Apartment wirklich fehlte, war nicht die richtige Wandfarbe oder mehr Möbel, sondern menschliche Geborgenheit. Ihren vier Wänden fehlte es an Liebe. An dem Gefühl von Zuhause.

Ihre Mutter würde ihr für diese Erkenntnis auf die Schulter klopfen und ihr raten, sich einen Mann zu suchen, mit dem Leben in die Bude kam. Aber war es wirklich ein Mann, der ihr fehlte oder doch die Liebe ihrer Eltern und die Nähe zu ihren Freunden?

Schwer zu fassen, aber an manchen Tagen überkam sie sogar Heimweh nach Bloomwood. Tatsächlich war dieser Ort ein Fluch, weil diese Menschen so gut wie alles von einem wussten und wenn man mal beim örtlichen Arzt vorbeigesehen hatte, musste man kein zweites Mal hin, weil das Getratsche einem die Diagnose direkt in die örtlichen Geschäfte lieferte.

Auf der anderen Seite mochte sie es ebenso wie ihre vor Liebe überschäumenden Eltern, dass man sich auf die Menschen dort verlassen konnte. Man wurde aufgefangen, wenn es einem nicht gutging. Nichts gegen ihre Studienheimat New York, aber wenn man sich dort in eine Ecke begibt, weil man sich, geschwächt von einem Infekt, kaum noch auf den Beinen halten kann, machen die Passanten lieber einen Riesenbogen um einen oder ignorieren einen gleich ganz. In Bloomwood würde man einen direkt zum nächsten Arzt fahren und tagelang Hühnersuppe und andere gesunde Sachen vorbeibringen, damit man wieder auf die Beine kommt.

Die Kleinstadt war nicht für jedermann geeignet, aber Delphine konnte sich nicht davon abbringen, sie tief in ihrem Herzen inniglich zu lieben, und sie weit weg von zuhause in South Carolina zu vermissen, weil man sie dort nicht wirklich kannte.

„Heute scheint so schön die Sonne. Haben wir noch das Fahrrad mit dem Korb, Mom?", fragte Delphine ihre Mutter unschuldig und schnappte sich den Brautstrauß.

Erstaunt musterte Magnolia ihre Tochter, zuckte aber schließlich mit den Schultern und freute sich, dass sich ihre Tochter durch das Leben in der Großstadt augenscheinlich nicht hat verändern lassen.

„Im Hinterhof. Aber sei vorsichtig, es ist ein alter Esel. Ich gebe dir keine Garantie, dass er dir nicht unter deinem süßen Hintern zusammenbricht."

„Mom", zischte Delphine ihre Mom an, die sich jedoch fröhlich pfeifend mit einem Klaps auf Delphines Hintern ihren Kunden zuwandte, von denen nun jeder Einzelne ihren Hintern betrachtete. Es machte es nicht besser, dass die Kundschaft zu dieser Mittagszeit ausschließlich aus den ältesten Damen von Bloomwood bestand, denn sie hatten allesamt Enkel, die sie gerne verkuppeln wollten.

Im Grunde brauchten sie keine derartige Anstachelung, ihren Hintern zu mustern, denn sie war sich sicher, sie war schon von oben bis unten auf Tauglichkeit bewertet worden, ehe sie auch nur den zweiten Fuß auf Indianas Boden gesetzt hatte.

Kapitel 2

An Tagen wie diesem hasste Jonathan King seinen Job wie die Pest. Genervt, und seinen Frust ausatmend, fuhr er sich durch sein dunkelbraunes Haar. Normalerweise liebte er seinen Beruf, sonst hätte er ihn niemals ergriffen, nicht einmal seinem Vater zuliebe. Aber an Tagen, an denen er herausfinden musste, dass sein Mandant ihm wichtige Details verschwiegen hatte, die seine Arbeit der letzten Wochen in einem Wimpernschlag zunichtemachten, wollte er am liebsten kündigen. Es war, als hätte er die vergangenen Wochen nichts getan. Natürlich bekam er sein Geld so oder so, aber es ging dabei nicht ums Geld, sondern darum, dass er sich den Hintern für diesen Auftrag aufgerissen hatte, nur, um wieder von vorne anzufangen und am Ende doch zu verlieren.

Der Mandant hatte es ihm nicht einmal wissentlich verschwiegen, aber das machte die Sache nicht weniger ärgerlich. Er dachte einfach, es wäre nicht bedeutend, wenn er verschwieg, dass er zwar niemanden sexuell belästigt hatte, aber mindestens zwei Jahre lang eine Affäre mit seiner Chefin unterhalten hatte.

Unfähig, seine Wut an diesem Tag zu unterdrücken, schlug er mit seiner Faust auf den Tisch und fegte seinen Kalender mit einem Wisch vom Tisch. Die gefühlt fünfzig Post-its verteilten sich im ganzen Raum und just in diesem Moment musste natürlich sein Vater sein Büro betreten. So schnell konnte er seine Wut nicht aus seinem Gesicht wischen und sein Vater schloss hastig die Tür. Die Ader, die auf seiner Stirn augenblicklich pulsierte und selbst im ungerunzelten Zustand mittlerweile deutlich sichtlich war, bestätigte Jonathan nur darin, dass er seinen Vater schon wieder enttäuscht hatte. Dieses Mal mit seiner Unbeherrschtheit, doch was war ein Punkt mehr auf der Liste seiner Fehlbarkeiten?

Es gab eben Tage, da hatte er sich nicht im Griff. Es gab Tage, da wollte er nun mal schreien. Weglaufen. Oder einfach nur auf etwas einschlagen, um seine Emotionen zu befreien. Er war schließlich auch nur ein Mensch. Aber es gab eine Sache, die für seinen Vater an erster Stelle stand: Unter keinen Umständen Emotionen zeigen. Wenn sich jemand nicht nach dieser Norm verhielt, war dies nicht akzeptabel und wäre Jonathan nicht sein Sohn, hätte es mit Sicherheit bereits eine Abmahnung gegeben.

Wer Emotionen zeigte, offenbarte damit seine größte Schwäche und gab dem Feind seine Achillesferse preis.

Für Jonathans Vater Clark war dies im Beruf eines Anwalts eine Todsünde. Eine Art Selbstmord vor Gericht. Jonathan verstand es, dass diese Regel vor Gericht durchaus seine Berechtigung hatte, die meiste Zeit war das Gericht ein Haifischbecken, selten machte man sich dabei Freunde. Aber sein Vater hatte diesen Grundsatz derart verinnerlicht, dass er ihn auf sein Privatleben, ach was, seine ganze Person übertragen hatte. Und weil Jonathan nun mal seit seinem elften Lebensjahr alleine mit seinem Vater gelebt hatte und bei diesem aufgewachsen war, war unumstritten, dass er ebenso emotional verkorkst war wie sein alter Herr.

Manchmal wünschte er, er wäre nicht so kalt. Er wünschte sich, er wäre anders. Er wünschte, es wäre einfacher, seine Gefühle zu zeigen. Nicht um vor Gericht in Tränen auszubrechen, aber um die Möglichkeit zu haben, eine Beziehung länger als zwei Monate aufrecht zu halten.

Vielleicht waren diese Frauen auch einfach nicht die Richtigen, aber das änderte nichts daran, dass es ihm manchmal so vorkam, als wäre er endgültig unfähig, jemandem tiefergehende Gefühle entgegenzubringen. Er liebte seinen Dad, daran hatte er keinen Zweifel. Aber wie es sich anfühlte, eine Frau zu lieben, davon hatte er keine Ahnung.

Man konnte vieles auf Jonathans Mutter schieben, die mit seiner Schwester, als diese gerade zwei Jahre alt gewesen war, nach Italien ausgewandert war. Doch diese Gefühlskälte, oder besser gesagt diese Gefühlsleere, hatte ihm sein Vater mit Mühe und Not anerzogen.

Im Grunde genommen hatte er auch gar keine Zeit für eine ernsthafte Beziehung, die ihn ohnehin nur einengen würde. Sie würde ihm schon nach kurzer Zeit die Luft zum Atmen nehmen, da er so schon in Arbeit versank. Und weil er nicht vorhatte, eine Familie zu gründen, da er sich auch nicht vorstellen konnte, wie diese aussehen sollte, würden es ein paar zwanglose Affären schon tun, bis er seinen Ruhestand genießen konnte.

Jonathan konnte sich mit dem amerikanischen Traum von einem Einfamilienhaus mit weißem Gartenzaun und optimalen zwei Komma fünf Kindern nicht wirklich identifizieren. Sein Traum war eine kleine Holzhütte, irgendwo in der Pampa, wo ihn niemand nervte, ein Schaukelstuhl, und einfach nur himmlische Ruhe. Ruhe vor den Menschen, die sich seine Familie schimpften. Ruhe vor fordernden Frauen. Und Ruhe vor Menschen, die seine Hilfe brauchten und dann seine Arbeit mit Füßen traten.

„Du versinkst in Selbstmitleid. Reiß dich gefälligst zusammen", ermahnte Clark King seinen Sohn und setzte sich ihm herrschaftlich gegenüber. Jonathan hasste seine eigene Reaktion auf seinen Vater, aber er tat, was dieser von ihm verlangte, was er schon immer verlangt hatte: Dass er seine Bedürfnisse und Emotionen ausschaltete. Tja, und wenn der Vater auch irgendwie dein Vorgesetzter ist und dir dein Job lieb ist, dann tust du eben, was er verlangt. So lief es schon immer, leider nicht nur bei der Arbeit.

„Ich muss dich bitten, einen Fall für mich zu übernehmen, da ich zu einem Kunden in die Hamptons verreise und diese Angelegenheit wird meine ganze Zeit in Anspruch nehmen. Es handelt sich dabei um Senator Webber und wie du sicher verstehen kannst, hat dieser Fall Priorität."

Mit kalter Miene nickte Jonathan, dabei vermied er es, im Raum umher zu sehen, weil er wusste, dass sein Vater nichts mehr hasste, als wenn er den Augenkontakt unterbrach. So starrte er in dieselben hellblauen kalten Augen, die ihn jeden Morgen in seinem Spiegel begrüßten. Alles in allem sahen sich Vater und Sohn wahnsinnig ähnlich, bis auf die grauen Haare und die klugen Falten, die Clark Kings attraktives Gesicht nicht weniger männlich und streng aussehen ließen.

„Worum geht es bei dem Fall, den du mir abgibst?"

Jonathan hasste es, Fälle seines Vaters zu übernehmen, da Scheidungsfälle ihm nicht nur aus persönlichen Gründen zuwider waren. Warum sein Vater sich das antat, wusste Jonathan hingegen nur zu gut. Nach vier gescheiterten Ehen und Nummer fünf in den Startlöchern, lohnte es sich, sich im Scheidungsrecht auszukennen. Zudem schützten ihn die eigens aufgesetzten Eheverträge davor, von einer Angetrauten wie eine Gans ausgenommen zu werden, wie von seiner ersten Ehefrau, Jonathans Mutter.

„Kleine Scheidungssache, wird wohl kein großes Problem werden. Die Ehe hielt zweiundzwanzig Jahre, aber anscheinend ist die Luft raus. Sollte schnell gehen, lass dich nur nicht zu lange hinhalten. Am besten bringt man eine solche Sache so schnell wie möglich über die Bühne, bevor sie es sich anders überlegen und sich die nächsten zwanzig Jahre weiter unglücklich machen."

Damit verschwand sein Vater mit einem kurzen Kopfnicken aus seinem Büro und Jonathan stieß erst einmal die angehaltene Luft aus. Wenn er es jemals schaffen sollte, seinem Vater entspannt gegenüberzutreten, dann würde er den Tag rot im Kalender markieren müssen, denn in den letzten sechsunddreißig Jahren hatte er es nur zwei Mal gewagt, sich gegen seinen Vater zu wehren.

Einmal, als er seine Mutter mit fünfzehn in Italien besucht hatte und ein zweites Mal, als er sich dagegen entschieden hatte Scheidungsanwalt zu werden und sich stattdessen auf Arbeitsrecht spezialisiert hatte.

Jonathan hasste den Scheidungsfall, den sein Vater ihm mal wieder ganz *unauffällig* untergeschoben hatte, von Sekunde zu Sekunde, die er darüber nachdachte mehr.

Über zwanzig Jahre! Es musste schon etwas Erderschütterndes passiert sein, was dieses Ehepaar dazu bewog sich scheiden zu lassen, und er hoffte irrsinnigerweise auf etwas wirklich Schlimmes, was diese Scheidung rechtfertigte.

Hoffentlich kein Fall wie sein letzter, bei dem sich die Frau hatte scheiden lassen, weil ihr Mann zum dritten Mal ihren geliebten Hund „verloren" hatte. Bis heute hatte er nicht herausgefunden, was wirklich mit all den Tieren passiert war. Einen hatte er jedenfalls seiner Schwester geschenkt, weil der Mann eine heftige Hundehaarallergie hatte, seine Frau aber meinte, sie lebe lieber ohne ihren Mann, als ohne einen treuen Lebensgefährten. Schließlich war der Grund für das Ende dieser vierzigjährigen Ehe nicht nur das mysteriöse Verschwinden der Vierbeiner gewesen, sondern eher die Untreue des Mannes ein Jahr nach der Hochzeit, die sie ihm nie verziehen hatte.

Vielleicht mutierten Scheidungen aber auch mittlerweile einfach zum Trend der Neuzeit, was Jonathan dramatisch und absolut bescheuert fand.

Warum hatte diese Frau ihren Mann nicht vor neununddreißig Jahren aus dem Haus geworfen, anstatt ihn nun im Rentenalter mit Hundehaaren davonzujagen? In einem Gespräch hatte sie ihm gestanden, eine alte Freundin hätte sie *inspiriert*, ihm die Strafe zuteilwerden zu lassen, die er verdiente. Diese war selbst um die sechzig und hatte bereits den dritten Ehemann.

Jonathan wünschte sich, es gäbe dieses *eine Mal* einen triftigen Grund für die Scheidung, der nicht schon Jahrzehnte zurücklag und nie verarbeitet worden war. Aber er machte sich keine Hoffnungen, dass es dieses Mal einen vernünftigen Grund gab, außer den, dass keiner der beiden bereit war, neue Kompromisse entsprechend einer neuen Lebenssituation oder Streitigkeiten einzugehen. Jonathan bevorzugte es, sich wirklich nützlich zu fühlen als Anwalt. Menschen zu helfen, wenn man ihnen unrecht tat. Ihnen zu besseren Bedingungen zu verhelfen und sich für eine gute Sache einzusetzen. Lieber würde er noch mehr Fälle annehmen, die er umsonst betreute, aber sein Vater würde ihm den Kopf abreißen. Seufzend erhob er sich von seinem Stuhl und sammelte die verstreuten Zettel auf.

Clark nervte es, dass sein Sohn es irgendwie geschafft hatte, ihn von der Idee zu überzeugen, Mandanten zu betreuen, die sich keinen richtig guten Anwalt leisten konnten. Unter Berücksichtigung seines Argumentes, diese Mandanten würden der Kanzlei indirekt Geld einbringen, da sie eine tolle PR seien, hatte er sich schließlich einlullen lassen. Manchmal war dieser kleine sture Kerl genau wie seine Mutter. Clark hatte immer ein Auge auf ihn haben müssen, damit Suzanne ihm nicht auch noch das Einzige im Leben wegnahm, das wirklich die Investition seiner kostbaren Zeit verdient hatte.

Sein eigener Vater hatte ihn nicht weniger streng behandelt und es hatte ihn an die Spitze seiner eigenen Kanzlei gebracht, die zu den Besten im ganzen Staat Indiana zählte. Clark hätte durchaus Zeit für den kleinen Scheidungsfall gefunden, aber er hielt es für richtig, seinem Sohn ab und zu diese Fälle unauffällig zuzustecken, damit dessen Helfersyndrom sich nicht zu stark ausprägte. Zu viel Gefühl in diesem Job, war ein Genickbruch und seinem Sohn würde das nicht passieren.

Er war seinem Sohn ein Vorbild. Es war keine Schande sich scheiden zu lassen, doch Clark wusste wie sehr Jonathan diese Fälle hasste, weil er zu oft das Gute in Menschen sah. Es wurde Zeit, dass sein Sohn begriff, dass eine Frau einen Mann schneller in den Ruin treiben würde, als er einmal den Kopf drehen konnte. Man sollte meinen, er hätte von der Scheidung und der aktuellen Lebenssituation seiner Mutter etwas gelernt.

Dass Suzanne sich mit seiner Tochter Cary und Suzannes neuem Latin Lover die Sonne auf ihre Top-Figur brennen ließ, ging ihm nur deswegen so auf die Nerven, weil sie das tausende Dollar teure Anwesen von seinem Geld gekauft hatte und nach der Scheidung so dreist gewesen war, immer noch seinen Namen zu tragen. Sie sei schließlich Model und ihr Name sei eine Marke. Dass diese Karriere schon lange vorbei war, begriff dieses sture Weib einfach nicht. Die aktuelle Bald-Mrs. Clark King war da schon wesentlich bodenständiger und nicht so geldgierig. Vielleicht klappte es ja dieses Mal. Und wenn nicht ... dann würde er schon dafür sorgen, dass all ihre eventuellen Ansprüche bei einer Scheidung im Sand verlaufen würden.

Kapitel 3

Delphine trat kräftig in die Pedale, aber der störrische, mit blauen Blumen bemalte Esel unter ihrem Hintern bewegte sich nur mit schrecklichem, ohrenbetäubendem Quietschen vorwärts. Nicht gerade beruhigend und obwohl sie im niedrigsten Gang fuhr, musste sie so fest in die Pedale treten, dass sie glaubte, jeden Moment müsse ihr Oberschenkelknochen in Flammen stehen. Vielleicht sollte sie sich aber auch einfach eingestehen, dass das Leben in der Großstadt, ihr wahnsinnig bequemes Auto und ihr zeitraubender Job ihre Muskeln haben verkümmern lassen. Da war nichts mehr.

Zugegeben, sie war nicht der sportlichste Mensch aller Zeiten, aber die kurzen Wege in einem Dorf legt man für gewöhnlich nicht mit einem benzinfressenden Auto zurück und beim Fahrradfahren oder Spazierengehen baut man offenbar ein paar Muskel auf, die sie dann morgen mit Sicherheit spüren würde.

Sie sollte vielleicht doch wieder anfangen zu laufen. Immerhin hatte sie nicht vor, ihre freien acht Wochen ausschließlich im Blumenladen und bei ihren Eltern zu verbringen.

Andererseits hatte sie auch schon lange kein gutes Buch mehr gelesen und diese Joggerei war so ein ödes Unterfangen, vor allem im Dorf, wo man andauernd jemanden grüßen musste, obwohl man durch das stete Hecheln beinahe einem Kollaps erlag.

Wenn man es genau betrachtete, betätigte sie sich ja gerade sportlich, also konnte man Tag eins schon mal abhaken. Sie hatte nur noch ein paar Meter bis zu Kirche und danach sollte sie der alten Mrs. Fineman noch ihre bestellten Blumen vorbeibringen. Weil die Dame so schlecht im Treffen von Entscheidungen war, hatte sie einfach von jeder Blumensorte, die sie gefunden hatte, etwas genommen und das war wahrscheinlich das Gewicht, was es ihr so schwer machte, diesen verfluchten Berg hochzukommen. Vielleicht war es aber auch einfach ihr dicker Hintern, der durch die vielen Pizzas und Burger, die sie sich in ihr Apartment bestellt hatte, nicht kleiner geworden war, dachte sie frustriert.

Ihr Hintern war nicht fett. Zumindest nicht mehr, da sie die meiste Zeit auf ihre Ernährung achtete oder vor Stress überhaupt nicht dazu kam, überhaupt etwas in sich hineinzustopfen.

Ihr Hintern war immer noch füllig, eine gute Hand voll, und hatte sich schon immer geweigert, eine feste Form anzunehmen, um beim Joggen nicht so zu schwabbeln.

Womöglich gab es einfach Hintern, die nicht dazu geschaffen waren, fest zu werden, knackig, rund oder perfekt geformt für einen String. Nicht, dass sie diese seilartigen Dinger tragen würde, wenn sie einen straffen Po hätte. Sie mochte es nicht, sich gefesselt und eingeschnürt zu fühlen.

Herrje, eigentlich sollte sie nur Blumen abliefern und wo endete sie? In einer Philosophie über ihren schwabbeligen Hintern ... Zu ihrer Erleichterung erreichte sie kurz darauf die örtliche Kirche. Ihre Lungen dankten es ihr schmerzlich, als sie erschöpft nach Luft japste. *Alles Sklaventreiber*, fluchte sie im Inneren. Warum baute man eine Kirche auf den einzigen Berg im ganzen Dorf? Das konnte nur die Entscheidung eines fitten, muskulösen Mannes gewesen sein, der noch nie etwas von Muskelkater gehört hatte.

Ein und aus. Und ein und aus. Als sie ihren Puls durch ihre Atmung in eine einigermaßen normale Frequenz gedrückt hatte, schnappte sie sich den Brautstrauß aus dem großen Korb, der am Lenkrad befestigt war, und machte sich auf den Weg zum Hintereingang, um dort ihre Ware loszuwerden. Sie wusste nicht wieso, aber aus irgendeinem Grund mochte sie keine Hochzeiten.

Normalerweise träumte jedes kleine Mädchen davon, irgendwann einmal ein traumhaftes Märchenkleid zu tragen und das Funkeln in den Augen ihres Bräutigams zu sehen, wenn sie mit langsamen Schritten auf ihn zu schwebte. Und obwohl das Blumengeschäft ihrer Eltern oft Aufträge für die Dekoration und den Brautstrauß bekam, was sie natürlich freute, da dies das geregelte Einkommen ihrer Eltern sicherte, hatte Delphine es immer schrecklich gefunden, wenn die aufgeregten Bräute in den Laden gestürmt waren und ihre Mutter innerhalb von Minuten mit ihrer Hektik in die Erschöpfung getrieben hatten.

In Delphines Augen mutierten diese eigentlich glücklichen Frauen kurz vor ihrer Hochzeit zu nervlichen Wracks und das alles nur für einen Tag, an dem im Endeffekt wahrscheinlich doch irgendetwas schief ging, das sie eben nicht in der Hand hatten. Ihre Mutter sagte immer, egal wie anstrengend Hochzeiten auch sind, wenn es soweit ist, ist es doch etwas Besonderes, an diesem Tag zu erleben, wie glücklich dieses Fest nicht nur die beiden Menschen macht, die sich trauen, sondern auch welchen besonderen und glücklichen Glanz es in den Augen der Gäste hinterlässt.

Magnolia und Harry, Delphines Vater, waren jedoch auch zwei untrüglich und durch und durch romantische Menschen, was Delphine von sich nicht gerade behaupten konnte. Sie war emotional, keine Frage und sie liebte es, ihren Emotionen freien Lauf zu lassen, trotzdem war ihr die Menge an Gefühlen, die auf Hochzeiten herrschte, zu viel.

Zaghaft, weil sie nicht wusste, ob sie nicht die Tür des Pfarrers erwischt hatte - der sie seit einem heftigen Niesanfall aufgrund des Weihrauchs im Sonntagsgottesdienst vor fünfzehn Jahren nur noch mit dem „bösen Blick" strafte - klopfte sie an.

Nur wenige Augenblicke später blickte sie statt in die grimmigen Augen des Pfarrers in die vertrauten, braunen Augen ihrer Jugendliebe Toby. Sein blondes Haar war leicht gewellt und in Form gestriegelt. Seine Wangen leuchteten wie immer rosig, seine Augen blitzten verführerisch und das Lächeln um seinen schönen vollen Mund verriet seine Freude, sie zu sehen. Der Geruch seines Aftershaves rief in Delphine Erinnerungen an die Gefühle ihrer ersten Verliebtheit wach.

Der schicke, schwarze Smoking saß wie angegossen und zwang sie ihn anzustarren wie eine Fata Morgana.

„Delphine? Ist das schön dich zu sehen. Lass dich umarmen." Ehe sie sich wehren konnte, hatte er sie auch schon in seine starken Arme gezogen und sie konnte nicht anders, als die Augen zu schließen und seinen verführerischen Geruch einzuatmen.

Sie hatte kaum schöne Erinnerungen an ihre Schulzeit, da sie von den Mädchen gemieden worden war und diese andauernd über ihren Namen hergezogen waren, und ihre Eltern nun einmal nie wirklich der Norm entsprochen hatten.

An die Zeit mit Toby und seinen Freunden hingegen hatte sie beinahe ausschließlich schöne Erinnerungen.

Nach einem Tag, an dem sie fast ausschließlich Kurse besucht hatte, die aus Mädchen bestanden, die sie, aus welchem Grund auch immer, nicht in ihren Kreis aufnehmen wollten, war es eine Erleichterung sich mit den wesentlich unkomplizierteren Jungs zu umgeben. Sie zu sehen, wie sie Delphine bei den Bussen fröhlich begrüßten und herumalberten, ließ sie die mulmigen, unangenehmen Gefühle des Tages vergessen und frei durchatmen.

Schützend hielt sie den Brautstrauß hinter ihrem Rücken, damit er nicht von ihrer Umarmung in Mitleidenschaft gezogen wurde. Erschrocken stellte sie im selben Moment fest, dass dies hier wahrscheinlich Tobys Hochzeit war und sie gerade den Brautstrauß seiner Verlobten in den Händen hielt.

So gesehen hatte sie kein Recht, sich unbehaglich zu fühlen, weil die Sache mit Toby spätestens seit dem College zu Ende war, und sie seitdem immer nur Kontakt gehabt hatten, wenn Delphine in der Stadt war, und das letzte Mal lag schon einige Jahre zurück. Trotzdem hatte sie ein unangenehmes Gefühl im Magen und bedauerte gleichzeitig, kein Teil mehr von Bloomwood zu sein.

Sie wusste nicht mehr, wer überhaupt noch lebte, obwohl ihre Mutter dauernd versuchte, sie über solche Sachen auf dem Laufenden zu halten. Sie wusste nicht, wer von ihren ehemaligen Freunden Kinder bekommen hatte oder mittlerweile verheiratet war.

Columbia, South Carolina, war zwar ihr neuer Wohnsitz, aber dennoch fühlte sie sich in Bloomwood wesentlich wohler und heimischer, auch wenn sie keine Ahnung mehr hatte, wer mit wem, wann und aus welchem Grund.

„Man kann dir wohl gratulieren?", fragte sie mit angespannter Stimme, dabei wollte sie eigentlich lässig klingen, aber heraus kam eine Frage, wie sie wohl eher Fräulein Rottenmeier stellte. Er lugte um sie herum und entdeckte den Blumenstrauß hinter ihrem Rücken, den sie mittlerweile mit schweißnassen Fingern umklammert hielt. Machte er sie immer noch so nervös oder waren dies bloß Nachwirkungen der Überanstrengung durch ihre kleine Fahrradtour zur Erklimmung des Mount Bloomwood?

„Wow, der ist ja schön. Aber du bist an der falschen Tür, Süße. Bring ihn besser zu Rose, sie wartet sicher schon darauf. Irgendwie tut sie so, als warte sie auf alles. Ich schätze, der heutige Tag macht sie ein bisschen nervös", scherzte er und lachte alleine über seinen Witz, da Delphine gerade die Kinnlade um eine Etage abgerutscht war.

„Du heiratest Rose Cunningham?" Einen Augenblick konnte sie ihn nur fassungslos anstarren, ehe sie feststellte, dass ihre Schulzeit bereits graue Haare hatte und Rose heute vielleicht gar nicht mehr so schnippisch veranlagt war wie damals.

Obwohl sie es einschätzte, sich selbst nicht sonderlich verändert zu haben. Auch wenn sie ihre lauten Lachanfälle, die Sucht nach dem ein oder anderen Adrenalinkick, ihre Vorliebe für einen ordentlichen Farbmix nicht nur im Hinblick auf ihre Kleidung, und das wilde, ausgeflippte Tanzen im Alltag unterdrückte, so war dieses Wesen niemals ganz aus ihr verschwunden. Dieses Wesen war unter anderem der Grund dafür, dass sie sich diesen Berg hochgerollt hatte, nur um ihrem ersten richtigen Freund zu begegnen, der immer noch unverschämt gut aussah und die Zicke aus der Parallelklasse heiraten wollte, der sie nun auch noch ihren Brautstrauß überreichen musste.

„Ich schätze ja. Ich heirate Rose Cunningham." Er zuckte lässig mit den Schultern, als würde ihn dieser Tag nicht im Geringsten aufwühlen. Das war schon immer das Besondere an Toby gewesen, man konnte ihn mit nichts aus der Ruhe bringen, vor allem bei Prüfungen hatte sie ihn damals um diese Fähigkeit bewundert. Sie hatte sich nie so recht daran gewöhnen können oder mit voller Ruhe ihre Klausuren am College ablegen können. Meistens war sie derart in Trance gewesen, dass sie nach der Prüfung keine einzige Frage mehr wiedergeben konnte und deshalb auf die Frage: „Und wie ist es bei dir gelaufen?", nur mit den Schultern gezuckt hatte.

Überglücklich blickte Toby sie aber auch nicht an, stellte sie fest. Tobys Eltern gehörte die örtliche Bäckerei und man erwartete von ihm, dass er diese Tradition fortführte. Toby hatte damit, so glaubte sie, nie ein Problem gehabt, da er das Backen liebte. Aber er hatte sich von seinen Eltern schon immer beeinflussen lassen, was die Wahl seiner Freundinnen anging. Rose Cunninghams Eltern besaßen viel Land in der Gemeinde und hatten ein geradezu herrschaftliches Anwesen am Rande der Kleinstadt bauen lassen. Dann noch ein, zwei teure Autos vor der Tür und das ganze Dorf glaubte, wer die kleine Rose Cunningham einmal heiratete, bekam als Bonus einen fetten Batzen Geld und ein

Baugrundstück. Es war nichts Verwerfliches daran, in eine gute Familie einheiraten zu wollen, aber Delphine hatte Toby trotz der Bestimmtheit seiner Eltern immer für absolut frei gehalten. Offenbar war er das nicht. Oder er liebte diese „Tante" wirklich, was sie nicht hoffte.

Wie konnte er mit Delphine zusammen gewesen sein und am Ende Rose heiraten?

„Das ist schön für dich", antwortete sie hastig auf seinen irritierten Blick. Sie hatte kein Recht, ihn an seinem Hochzeitstag in der Wahl seiner Zukünftigen zu beraten, also kehrte sie ihre bissigen Kommentare nach innen. Sie juckten jedoch gemein weiter auf ihrer Zunge, sodass sie sich von ihm und seinem schönen Gesicht abwandte und ihren Blick weiter am Gebäude vorbeigleiten ließ.

„Rose's Zimmer ist eine Tür weiter. Hey, warum bleibst du nicht einfach zur Trauung, du kannst nachher auch mitkommen, wir haben bestimmt viel zu viel Essen."

Er meinte das nur gut und wollte höflich sein, aber Delphine brach sich lieber den Hals auf diesem störrischen Esel von Fahrrad, um den Berg so schnell wie möglich wieder hinab zu rasen, statt Rose Cunningham bei ihrer Show zu betrachten.

„Äh ... das ist nett von dir, aber ... äh ... ich muss noch ein paar Blumen ausliefern. Und meine Mom braucht mich im Laden."

„Richtig, dein Dad hatte einen Unfall. Geht es ihm ein bisschen besser?"

„Sicher. Er kann nur nicht allzu viel tun, außer in seinem Bett zu liegen. Deshalb helfe ich im Laden, ehe ich wieder zurückfliege. Ach ja ... also wie gesagt, ich bin *total* im Stress.

Aber ich wünsche dir eine tolle Feier und Glück für die Zukunft." *Auf dass du nie mit deiner Frau in unserem Blumenladen vorbeischneist, während ich gerade aushelfen muss.*

Theatralisch tat sie so, als wische sie sich Schweiß ab, und wich ihm aus, als er sie noch einmal umarmen wollte; danach stürmte sie umgehend mit dem Blumenstrauß zu Rose.

Kapitel 4

Oh... sie sieht gut aus! Welcher dunkle Schatten verfolgt mich nur an diesem unsäglichen Tag? Dabei ist sie sogar noch ungeschminkt. Haben Bräute nicht am Hochzeitstag wenigstens einen dicken Pickel auf der Stirn oder einen fürchterlichen Bad Hair Day? , fragte sich Delphine, als sie hinter Rose' Mutter Liz das Brautzimmer betrat.

Die Braut, die sich mit glühenden, rosigen Wangen und einer Frisur à la Hollywood Diva zu ihr umwandte, erfüllte keines dieser tragischen Klischees, was alles am Hochzeitstag schiefgehen konnte. Wahrscheinlich hatte Rose Cunningham Gott befohlen, ihr an diesem Tag eine reine Haut und pflegeleichte, glänzend braune Haare zu bescheren. Innerlich stöhnte Delphine auf. Sie hatte sich nach ihrem Abschluss geschworen, wenn sie Rose Cunningham, Anführerin der Mobbinggruppe, die es auf Delphine abgesehen hatte, wieder begegnen würde, dann würde sie um Längen besser aussehen wie sie und sie mit Ignoranz bestrafen.

Leider hatte das klapprige Fahrrad ihr derartige Anstrengung abverlangt, dass ihre blonden Haare, die sich aus dem Pferdeschwanz gelöst hatten in ein paar schweißnassen Strähnen an ihren Wangen klebten.

Mit einem Blick in die tausend Spiegel, die herum hingen, fiel ihr zudem auf, dass ihr eigenes Make-up sich größtenteils verabschiedet hatte und nur noch ihre Augen einigermaßen vernünftig umrandet aussahen.

Und ihre Kleidung? Naja, sie trug eben keinen Seidenbademantel, der sie vor Make-up-Puder schützte, sondern ein paar Jeansshorts, ein T-Shirt mit der Aufschrift *FLOWERS, DARLING* und ein paar weiße Nike-Turnschuhe. Zumindest waren sie weiß gewesen, als sie sie gekauft hatte. Bisher war sie noch nicht dazu gekommen, sie ordentlich zu schrubben, nachdem sie letztens damit durch den Wald gestolpert war. Ein kläglicher Versuch, das Joggen wieder für sich zu entdecken.

„Oh Gott sei Dank, Sie bringen mir meinen Strauß! Mom, sieh nur wie wunderschön er ist!", schwärmte die Braut und nahm Delphine den Strauß wie eine Trophäe aus der Hand. Sie betrachtete ihn von allen Seiten, als würde sie einen TÜV mit ihrem Auto durchführen und Delphine rechnete schon jeden Moment damit, dass sie ihr den Strauß vor die Füße werfen würde und einen neuen verlangte. Sie hatte für gewöhnlich nichts gegen Einzelkinder, aber Rose war definitiv eine Ausnahme. Vielleicht war ihr Einzelkind-Dasein aber auch der Grund für ihre Gemeinheiten gewesen.

Vielleicht hatte sie sich einfach einer Gruppe anschließen wollen und dabei fälschlicherweise angenommen, sie müsse sich auf Kosten eines anderen Mädchens bei ihren neuen „Freunden" beliebt machen.

Mit ausgebreiteten Armen kam Rose auf sie zu und drückte sie distanziert an sich. Wie erstarrt blieb Delphine stehen. Wollte sie ihr das Ding jetzt von hinten über den Schädel ziehen? Das würde zu ihr passen.

Hatte sie es doch damals genauso getan, als es Schokoshakes für alle in der Schule gegeben hatte und Rose ihr netterweise das kalte Getränk zwischen ihr T-Shirt und ihren Rücken gekippt und damit einige Lacher kassiert hatte.

Zu Delphines Überraschung tat sie nichts dergleichen und löste sich wieder von ihr. Wahrscheinlich nur, weil ihre Mutter und noch ein paar Damen im Raum standen, die die Braut bewunderten. Ein Divenausbruch käme da mit Sicherheit nicht gut an.

„Ich danke Ihnen. Mom, gib ihr doch bitte ein Trinkgeld." Noch immer strahlte dieses viel zu perfekte Zahnpastalächeln aus ihrem Gesicht, dem Delphine keine Sekunde traute, bis ihr plötzlich auch einfiel, dass Rose sie gar nicht mit ihrem Namen angesprochen hatte.

Wahrscheinlich war sie zu viel damit beschäftigt sich selbst zu bewundern, statt sich dieses verschwitzte Etwas mal genauer anzusehen.

Doch Delphine hatte an diesem Tag keine Lust mehr auf eine ihrer Szenen, und wenn Rose sie nicht erkannte? Umso besser.

Mrs. Cunningham drückte ihr ein paar Dollarscheine in die Hand, die sie dankend annahm und sich unauffällig aus dem Zimmer verzog. Keinen schien ihr Abgang weiter zu interessieren, da die Visagistin gekommen war und ihren Koffer in Größe eines Werkzeugkoffers ausgepackt hatte.

Erleichtert atmete Delphine die frische Luft in ihre Lungen und machte sich mit zittrigen Knien auf zu dem alten Drahtesel. Sie hatte ihn nicht einmal angebunden. Aber mal ehrlich: Erstens waren sie in einer winzigen Kleinstadt, zweitens würde es höchstens der Schrotthändler mitnehmen und der kam nur freitags. Nicht an einem sonnigen, milden Samstag Anfang Juni.

Delphine streckte sich, band ihren blonden Zopf wieder ordentlich zusammen und schwang sich auf das Fahrrad. Zum Glück ging es nun bergab. Mit einem Lächeln – keinem Lachen, sonst hätte sie wahrscheinlich den Mund voller Fliegen, sie sprach aus Erfahrung – ließ sie sich den Wind ins Gesicht treiben. Die Geschwindigkeit, die das Rad aufnahm, gab ihr ein unbändiges Gefühl von Freiheit.

Dass der Esel unter ihr quietschte, störte sie nicht besonders. Da offenbar das ganze Dorf an Toby Simmons Hochzeit teilnahm, waren die Straßen leer. Dieses Gefühl von Freiheit hatte sie schon lange nicht mehr gespürt. Das letzte Mal, als sie mit ihrem Wagen durch Columbia gerast war, aber da war sie nicht an der frischen Luft gewesen. Das gab dem Ganzen noch einmal eine ganz andere Bedeutung, den Luftzug der Freiheit in ihrem Gesicht zu spüren. Sie hörte nichts außer der Luft, die an ihren Ohren vorbeirauschte. Voller Übermut schloss sie ihre Augen und breitete ihre Arme aus. So fühlt es sich an lebendig zu sein. Frei zu sein. Zu genießen und allen Stress von sich abfallen zu lassen. Nur die Natur und ... Mit einem Ruck wurde ihr der alte Esel unter dem Hintern weggefegt und sie krachte hart mit ihrem Hintern auf den Boden. Ihre Hände verhinderten einen heftigeren Aufprall.

Vielleicht hatte sein Vater recht. Vielleicht waren diese Fälle, die er umsonst übernahm reine Zeitverschwendung. Er tat wirklich alles Erdenkliche für diese Mandantin, aber einen Richter zwanzig Minuten lang warten zu lassen und dann in einer rotzfrechen Stimmung aufzutauchen und dem Richter vorzuwerfen, er handle nicht fair, waren keine guten Voraussetzungen einen Fall zu gewinnen. Da konnte auch Jonathan nichts mehr tun und er hasste es, für nichts und wieder nichts dem Richter in den Hintern zu kriechen.

Auf dem Weg nach Hause fuhr er durch Bloomwood, einer Kleinstadt in der Nähe des Lake Monroe, eingebettet in eine wunderschöne Landschaft.

An diesem Samstag schien kein Mensch unterwegs zu sein und er liebte es, in dieser Idylle, in der es scheinbar keinen Alltagsstress zu geben schien, auf den See zuzufahren. Dort verbrachte er am liebsten seine freie Zeit, denn dort gab es kein Gericht, keine unkooperativen Mandanten und vor allem nicht seinen dominanten Vater, der ihm Scheidungsfälle aufdrücken wollte.

Die meiste Zeit gelang es ihm, Clark genauso hart und unerbittlich gegenüberzutreten, wie dieser es bei seinem Sohn tat, aber Jonathan hatte dabei ständig im Hinterkopf eine Stimme, die ihm sagte: „Dies ist der Mensch, der sich dir angenommen und dich aufgezogen hat".

Doch das stimmte auch wieder nicht ganz. Keine Frage, sein Vater war für ihn dagewesen, als seine Mutter sich mit seiner Schwester Cary auf den Weg nach Italien gemacht hatte, als diese gerade mal zwei Jahre alt gewesen war.

Zu diesem Zeitpunkt war Jonathan fast elf gewesen und nicht mehr unbedingt darauf angewiesen, bei seiner Mutter zu leben. Es war auch nicht wirklich plötzlich gekommen, dass seine Mutter die Koffer gepackt hatte, sie hatte es schließlich oft genug angekündigt. Die Überraschung daran war bloß, dass sie Cary vorschob, die angeblich eine Modelkarriere anstrebte. Mit zwei Jahren!

In Wahrheit hatte seine Mutter in Cary ihre unerfüllten Träume von einer großen Modelkarriere weiterleben können. Suzanne King war zwar ein Model gewesen, aber längst kein Topmodel. Dafür war sie erstens zu klein gewesen und nach der Geburt zweier Kinder für das Modelbusiness zu sehr „außer Form". Auch wenn Jonathan seiner Mutter jederzeit eine absolute Topfigur bescheinigte. Zumindest war das so gewesen, als er sie das letzte Mal vor fünf Jahren in seinem ersten Urlaub in Italien besucht hatte. Seine Schwester hingegen erfüllte wohl mittlerweile alle Voraussetzungen mit einem Meter achtzig Körpergröße, ihren großen wunderschönen blauen Augen, ihrem hüftlangen braunen Haar und einer nicht zu dürren, jedoch definierten Figur.

Nachdem sie in Italien zunächst einige Kampagnen für Kleinkindermode für sich hatte gewinnen können, hatte ihre Karriere nur noch einen Weg gekannt: Nach oben.

Nicht, dass seine Mutter eben diesen Weg nicht auch für ihren Sohn geplant hätte, aber Clark hatte sich immer mit Händen und Füßen dagegen gewehrt. Als ob jeder ein Kind für sich beanspruchen durfte. Die Ehe der beiden war in Jonathans Augen ohnehin immer mehr von Wettstreit als von Liebe erfüllt gewesen. Dabei wurde auch vor den Kindern nicht haltgemacht. Jonathan hatte nie etwas anderes als Anwalt werden wollen, aber er mochte es nicht, dass sein Vater glaubte, es wäre sein Verdienst.

Im Grunde genommen hatte es in seinem Leben nur einen Menschen gegeben auf den er gehört hatte und von dem er gerne Ratschläge angenommen hatte, weil er sich sicher sein konnte, dass sie von Herzen kamen und nicht einen Vorteil für sie bedeuteten.

Ein Mensch, der ihm einen Zufluchtsort geboten hatte, eine Oase in der er sich nicht hatte verstellen müssen, ein Ort um frei zu sein. Ein Ort zum Wohlfühlen. Manchmal wünschte er sich, er könnte die Zeit zurückdrehen und seine Jugend immer wieder erleben, nur ohne den Teil, als er alleine mit seinem Vater gelebt hatte.

Eine Jugend nur an diesem Ort, bei diesem Menschen. Jonathan hatte sich oft gefragt, wie es gewesen wäre, wenn er fernab vom Wetteifer seiner Eltern, von den Streitigkeiten und von seiner süßen, aber über die Jahre schrecklich versnobten Schwester aufgewachsen wäre.

Jonathan starrte durch die Scheibe und genoss es durch die ruhigen Straßen zu fahren, die Bäume rechts und links an sich vorbeiziehen zu sehen und davon zu träumen nach Hause zu fahren. Könnte dieser Ort jemals seine Heimat werden? Wie sollte sich seine Unfähigkeit, seine Gefühle zu zeigen, mit dieser friedlichen Atmosphäre einhergehen?

Als sich wie aus dem Nichts plötzlich vor ihm eine Art Vogel ausbreitete und er einen leichten Aufprall im Wagen spürte, bremste er schlagartig und die friedliche Atmosphäre wich einem Gefühl von Kälte. Zum Glück war er durch seine Gedanken nur im Schritttempo durch die Kleinstadt gefahren.

Trotzdem saß er im Schock erst einmal eine Weile nur starr in seinem schwarzen BMW und blickte auf die Blütenblätter, die auf seine Motorhaube segelten.

Heilige Scheiße! Hoffentlich hatte er keine kleine unschuldige Oma angefahren, deren Enkel ihn teeren und federn würden. Er hatte keine Angst vor einer Klage, aber wenn er noch eine Grandma hätte und so ein Idiot hätte sie gedankenverloren angefahren, er würde den Kerl windelweich prügeln wollen.

Sekunden später, als er sich endlich einigermaßen gefasst hatte, stieg er aus und lief schnell vor sein Auto.

Was er dort sah, war allerdings keine Oma, sondern eine Blondine, die auf ihrem Hintern saß, sich die Handflächen rieb und deren Körper – der an diesem warmen Tag lediglich mit Shorts und einem Firmen-T-Shirt bekleidet vor ihm saß – über und über mit Blumen bedeckt war. Wenige Meter entfernt erblickte er in der großen Wiese ein altes rostiges Fahrrad und davon entfernt einen Korb aus dem noch ein zerbrochener Blumentopf hinausragte. Das musste der leichte Aufprall gewesen sein, den er gespürt hatte. Jonathan ging vor der Frau in die Hocke und konnte ihr das erste Mal richtig in die Augen sehen. Die unangenehme Spannung, die seinen Körper nach dem Aufprall erfasst hatte wich langsam.

Durch und durch blaue Augen, die ihn an die Farbe von mondbeleuchtetem Meer erinnerten, blickten ihn säuerlich an, was ihn jedoch nicht davon abhielt weiter hinzustarren. Ebenmäßige Gesichtszüge, vor Anstrengung gerötete Wangen und Lippen, wie man sie nicht besser hätte zeichnen können. Nicht zu schmal, nicht zu voll, aber eine Aufforderung zum Kuss.

Ihr blondes Haar hing ihr in frechen langen Strähnen zerzaust in ihrem Gesicht, der Pferdeschwanz war nur noch unordentlich gebunden.

„Geht es Ihnen gut, Miss? Ich habe Sie nicht gesehen, es tut mir leid."

„Es tut Ihnen leid?! Sie haben mich angefahren!", schrie sie ihm so plötzlich entgegen, dass er zurückzuckte. Niemals hätte er für möglich gehalten, dass aus diesem hübschen, kleinen Wesen eine derart aufbrausende Stimme herauskam. Die Blumen, die ihren Kopf und ihren Körper bedeckten, hatten ihre biestige Fassade wohl verschleiert. Augenscheinlich schien es ihr zu seiner Beruhigung jedoch gutzugehen, weshalb er sich wieder aufrichtete.

„Wie gesagt, es tut mir leid. Ich war ein wenig in Gedanken, aber ich habe nicht einmal diesen schmalen Weg gesehen. Vielleicht sollten Sie ein bisschen vorsichtiger sein, wenn Sie auf eine Hauptstraße fahren."

Umständlich und unter Stöhnen stand sie auf, dabei glaubte er, sie stehe in einem Loch, so klein kam sie ihm vor. Mindestens einen ganzen Kopf kleiner als er. Aber wenn man den ganzen Tag nur mit Frauen in High Heels zu tun hatte und in Anbetracht dessen, dass sowohl seine Mutter, als auch seine Schwester sowie er selbst recht hoch gewachsen waren, war sie vielleicht doch nur in seinen Augen so klein.

Ihr schien es gar nicht zu gefallen, dass sie zu ihm aufblicken musste, was ihn umso mehr amüsierte, da die Blüten ihrem Gesicht die Ernsthaftigkeit nahmen.

„Und vielleicht sollten Sie nicht so durch einen Ort rasen. Außerdem wird man ja wohl für einen Moment die Augen schließen dürfen. Wir sind hier nicht in New York, falls es Ihnen entgangen sein sollte."

Er hob seine Hand. „Moment mal. Sie sind mit diesem alten Schrotthaufen einen Berg hinuntergerast und hatten die Augen geschlossen? Sind Sie lebensmüde?"

Sie stemmte die Hände in die Hüften. „Ich. Bin. Nicht. Lebensmüde! Sie sollten mich eigentlich für den Unfall entschädigen und mich nicht beleidigen. Was fällt Ihnen überhaupt ein?! Die Blumen für Mrs. Fineman sind dahin, der Korb ist kaputt und das Fahrrad ist unbrauchbar."

Jonathan schnaubte. „Das Ding, das sie Fahrrad nennen, hatte diese Bezeichnung vielleicht Neunzehnhundertachtzig verdient. Ich würde sagen, wir waren beide an dem kleinen Unfall schuld. Und ich verzeihe Ihnen die kleine Schramme an meinem verdammt teuren Auto."

„*Sie* verzeihen *mir*?! Sie haben hier das größere Mordinstrument, ich bin bloß eine unschuldige Fahrradfahrerin...“

„Die beim Fahren die Augen schließt“, erwiderte er nüchtern.

„Sie haben mich angefahren! Ich verlange von Ihnen, dass Sie mein Fahrrad ersetzen, ich benötige es für meine Arbeit. Vor jedem Gericht der Welt würde ich recht behalten. Wenn Sie schon so ein teures Auto fahren können, dann können Sie auch für den Schaden aufkommen, den Sie verursacht haben.“

Sie war vollkommen außer sich und er konnte sich schon denken, dass dies nicht zuletzt seinem neutralen Gesichtsausdruck zu verdanken war, der schon so manche Gegenpartei vor Gericht in den Wahnsinn getrieben hatte. Trotz ihrer offensichtlichen Rage war er jedoch unfähig, dem plötzlichen Drang zu widerstehen, ihr eine Blume von der Schulter zu pflücken, ehe er sie in ihre weichen, blonden Haare steckte und sie leicht angrinste. Augenblicklich war sie verstummt und blickte ihn fassungslos an.

„Verklag mich ruhig, Blümchen.“

Jonathan ging zu seinem Wagen. Bevor er sich hinter sein Lenkrad setzte, fragte er sie: „Kann ich Ihnen als Entschädigung einen Gefallen tun und Sie irgendwohin mitnehmen?“

Wutschnaubend stapfte sie zu ihrem Fahrrad an den Straßenrand, welches nur noch für die Müllabfuhr gut genug war und sammelte ihren Korb ein.

„Sie können mit einen Gefallen tun und zur Hölle fahren, Sie Möchtegernmillionär."

Kopfschüttelnd, aber mit einem kleinen Lächeln auf den Lippen, stieg er ein, startete seinen Motor und betrachtete die Blondine im Rückspiegel, die ihm neben ihren Blumen auch allerlei Flüche hinterwarf.

Kapitel 5

Delphine hatte keine Ahnung, warum sie derart die Beherrschung verloren hatte und konnte es nur auf den ersten Schock zurückführen, den sie beim Aufprall erlitten hatte. Wenn man bedachte, dass der Fremde noch relativ schnell gebremst hatte, konnte sie froh sein, außer ein paar blauen Flecken nichts abbekommen zu haben.

Im Nachhinein betrachtet, war er mit Sicherheit zu schnell unterwegs gewesen, andererseits hätte sie niemals die Augen geschlossen halten dürfen. Sie hatte ja nicht einmal bemerkt, dass sie bereits auf der Hauptstraße war. Hätte ihr der Mann mit seinem schwarzen BMW nicht den Drahtesel unter dem Hintern weggefegt, wäre sie geradewegs in die Böschung hinter der Hauptstraße gerast.

Manchmal verstand Delphine sich selbst nicht. Sie liebte es Räume zu gestalten, zu zeichnen, Häuser wohnlicher aussehen zu lassen, aber in letzter Zeit bemerkte sie immer mehr, wie sehr sie die erwartete Professionalität ihres Jobs einengte. Ihre Eltern hatten sie viel zu sehr zu einem freiheitsliebenden Menschen erzogen, als dass sie sich wohlfühlen könnte, wenn sie an einem Tag nur zehn Minuten an der frischen Luft war und dabei auch noch zu einem Termin hetzte.

Sie war gerade mal eine Woche wieder zuhause und stellte dennoch sehr schnell fest, dass es so nicht mehr weitergehen konnte. Sie wollte ihren Job nicht aufgeben, aber sie lebte nur noch für ihre Arbeit und versuchte es anderen recht zu machen und in diesem Menschen erkannte sie sich nicht wieder. Delphine arbeitete gerne für ihren Erfolg, aber sie stellte sich die Frage, ob es der berufliche Erfolg wert war, seine Persönlichkeit zu verdrängen und den Wunsch auf eine eigene Familie komplett einzustellen. Sie war dreißig Jahre alt. Ihre letzte Beziehung hatte sie geführt, da war sie noch am College gewesen und spätestens nach ihrem Umzug nach Columbia war auch diese zerbrochen.

Doch nicht nur ihre vertraute Umgebung in Bloomwood, die sie daran erinnerte, dass sie eigentlich kein zurückhaltender Mensch war, der sich gerne den ganzen Tag in schwarzen Businesskostümen bewegte, sondern auch dieser Unfall mit diesem viel zu hinreißenden Mann, erinnerte sie an ihre wahren Träume. Ein Beruf, der ihr sowohl persönliche als auch kreative Freiheit schenkte und ein Zuhause, eine Familie, die sie nicht bloß *einmal* in drei Monaten sah.

Nachdem der Fremde sie „lebensmüde" genannt hatte, hätte sie ihm zwar am liebsten eine geknallt, aber mal davon abgesehen, war er eine wahre Augenweide.

Herrje, jetzt klang sie schon wie ihre Mutter! Aber wenn ein Mann diese Bezeichnung verdient hätte dann dieser.

Dieses besondere Hellblau seiner Augen, genau dieselbe Farbe wie der Himmel über ihr. Sein dunkelbraunes Haar, das wohl den ganzen Tag, dank genügend Haarspray und Gel, ordentlich gesessen hatte, stand verwegen von seinem Kopf ab, sodass sie am liebsten danach gegriffen hätte.

Wahrscheinlich hätte sie dann die Hände voller Haarpflegeprodukte gehabt, aber selbst das wäre es ihr wert gewesen, wäre er nur ein klein bisschen weniger schnöselig gewesen. Sie hasste Männer, die diese glatten, in der Sonne glänzenden Haartollen trugen, es gab in ihren Augen nichts Schlimmeres für eine Frau wie sie, die es liebte ihre Hände in Männerhaaren zu vergraben.

Delphine wusch sich den Dreck des Unfalls von ihrem Körper und wünschte dabei, sie könnte aufhören an diesen fremden Rowdy zu denken, aber es gelang ihr überhaupt nicht. Im Gegenteil, ihr ganzer Körper kribbelte bei der Erinnerung an sein hübsches, kantiges Gesicht und seinen Körper, der in diesem verdammt teuer aussehenden Anzug gesteckt und dabei seine Figur vorteilhaft betont hatte. Dadurch, dass er wohl aufgrund der gefühlten dreißig Grad kein Jackett mehr getragen hatte, hatte sie sehen können, wie sein blütenweißes Hemd seinen flachen Bauch und seine recht muskulösen Arme eingehüllt hatte. Insgesamt war er ihr sehr groß, breitschultrig und imposant vorgekommen. Vielleicht war es einfach dieser dominante, belustigte Blick mit dem er sie gemustert hatte, der ihr bei der Erinnerung schon wieder die Hitze über den Körper jagte. Wie konnte es überhaupt sein, dass ein Fremder, der so gar nicht in ihrer Persönlichkeitsliga zu spielen schien und sie auch noch angefahren hatte, sie derart wuschig machte?

Vielleicht war sie nun endgültig verrückt geworden. Erstens hatte sie nicht wirklich vor nach Bloomwood zurückzukehren, zweitens war es absolut bescheuert, sich an den erstbesten Mann zu klammern, der sie über den Haufen fuhr – zumal er keinerlei Interesse an ihr gezeigt hatte und sie ihn ohnehin nicht wieder sehen würde. Und drittens war er auch nicht unbedingt der freundlichste Mensch.

Immerhin hatte er sie einfach am Straßenrand mit ihrem kaputten Fahrrad und den verstreuten Blumen wie einen begossenen Pudel stehen lassen. Wäre er ein Gentleman, hätte er sich entschuldigt und sie wenigstens mal oberflächlich untersucht, dass ihr auch nichts fehlt und anschließend darauf *bestanden*, sie nach Hause zu fahren.

Das alles hinderte ihren Körper jedoch keineswegs daran immer wieder ihren Herzschlag zu beschleunigen und die Stellen kribbeln zu lassen, die er federleicht berührt hatte.

„Hey, Mrs. D. wie geht es dir?", grüßte Tucker fröhlich seine Chefin und küsste sie auf ihre wie immer rosigen Wangen. Die Blumenkette, die sich über ihre Stirn um ihren Kopf rankte, die langen naturblonden Haare, die in weichen Wellen ihre Schultern streiften und ihr knielanges geblümtes Kleid, ließen sie beinahe so jung wie ihre Tochter erscheinen.

„Wie oft habe ich dir schon gesagt, dass du mich Lia nennen sollst? Von mir aus auch Magnolia, aber dieses Mrs. D. hört sich an als wäre ich neunzig Jahre alt und runzlig."

Tucker lachte in sich hinein, da er ganz genau wusste, dass dies ihr ernst war und er wollte sie nicht verärgern. Doch seine Grandma hatte ihn nun einmal zu einem kleinen Gentleman erzogen und ihm beigebracht, dass es sich nicht gehörte, wenn er Delphis Mom beim Vornamen nannte. Da ihm aber Mrs. Darling auch nie richtig vorgekommen war wie eine ältere, steife Erwachsene, hatte er sich dazu entschlossen sie Mrs. D. zu nennen.

„Ich erweise dir damit lediglich Respekt. Außerdem klingt Mrs. D. flott, jung, frech und voller Elan. Und jetzt sag mir nicht, das gefällt dir nicht."

Sie zuckte lässig mit den Schultern, zupfte an ihrer grünen Schürze, die sie um die Hüften trug und lächelte ihn mütterlich an. „Wo du recht hast. Delphine ist oben, sie ist wohl vom Fahrrad gefallen und direkt auf Mrs. Finemans Blumen. Ich fahre ihr die neuen Blumen schnell mit dem Auto. Aber ihr zwei Süßen braucht mich ja nicht. Wenn du schon mal bei ihr bist, kannst du sie gleich ein bisschen beruhigen. Sie wollte es mir nicht sagen, aber ich kann mir nicht vorstellen, dass bloß ihre Leichtsinnigkeit mit dem alten Schrottgestell loszufahren sie derart aufgewühlt hat."

Er salutierte vor Mrs. D., die nur lächelnd die Augen verdrehte und hakte vorsichtig nach, wie es um die Laune von ihrer Aushilfe bestellt war.

„War Lauren heute da?"

„Ich habe sie nicht gesehen, aber normalerweise arbeitet sie auch samstags nicht. Ist etwas zwischen euch vorgefallen? Ihr verhaltet euch so komisch."

„Sie läuft vor mir davon", gab Tucker achselzuckend zu, dabei war er weitaus verzweifelter als er zeigen wollte, denn er hatte Lauren wirklich gern.

Seit ihrem letzten Date vor zwei Wochen, ging sie ihm nur noch aus dem Weg und er konnte sich nicht erklären, wieso. Ein Jahr lang hatte sie ihn schmoren lassen, ehe sie sich überhaupt mit ihm verabredete und nun das. Seit sie gehört hatte, wie er von Delphines Rückkehr berichtet hatte, mied sie ihn wie die Pest. Womöglich war es aber auch einfach ein Wink mit dem Zaunpfahl für ihn, dass sie kein Interesse hatte.

„Das kann ich mir gar nicht vorstellen ... aber ich bitte dich das wieder gerade zu biegen. Ich brauche euch beide hier und kann es mir nicht leisten einen zu verlieren. Außerdem mag ich es nicht, wenn meine Kinder sich streiten, also lass deinen Charme mal ein wenig spielen, Großer", erwiderte sie zwinkernd und verschwand.

Deshalb kam Tucker so gerne zur Arbeit. Seit seine Grandma gestorben war und er in Bloomwood keine Familie mehr hatte, war die Arbeit bei den Darlings, als wenn er nach Hause kommen würde. Nicht, dass es jemals anders gewesen wäre.

Schon als Kind hatte er gerne seine Zeit bei den Darlings verbracht, einfach weil Magnolia es gar nicht zuließ, dass man sich ausgeschlossen oder fehl am Platz vorkam. Die Arbeit bei ihr anzunehmen, war mehr für ihn als nur ein Job, es war, als hätte er in eine Großfamilie eingeheiratet. Und dabei auch noch als Bonus eine Freundin fürs Leben gewonnen.

Selbst ihr Umzug für ihr Studium hatte die Freundschaft zu Delphine nicht abbrechen lassen.

Auf der einen Seite liebte er es, dass ihre Beziehung ihre Freundschaft nicht zerstört, sondern nur noch stärker gemacht hatte, andererseits fragte er sich manchmal, ob sie es vielleicht nicht genug versucht hatten. Bis auf die Küsse hatte sich damals nicht viel geändert zwischen ihnen. Sie waren nie miteinander im Bett gelandet, wie konnte man da also entscheiden, ob es nicht tatsächlich doch funktioniert hätte?

Womöglich suchte er aber auch einfach nur noch mehr nach Nähe, die er vermisste, seit Delphine nicht mehr jeden Tag da war und er mit ihr reden konnte wann immer er wollte.

„Delphi! Wo steckst du?!", rief er durch das zweistöckige Apartment, welches sich über dem Blumenladen befand.

Er grüßte Mr. Darling, der jedoch ganz vertieft in ein Baseballspiel war, um ihn wirklich wahrzunehmen, also ging Tucker gleich durch in den oberen Stock, wo sich schon immer irgendwie nur Delphines Reich befunden hatte. Bis auf den Hauswirtschaftsraum von Mrs. D. hatte Delphine dort alles an sich gerissen. Ein Schlafzimmer, ein großes Bad und zwei Zimmer, die nur von einer halbhohen Wand getrennt wurden.

Diesen Raum hatte sie bereits mit zwölf Jahren komplett selbst gestaltet und seitdem jedes Jahr ein neues Design herausgesucht, bei dessen Realisierung Tucker ihr hatte helfen müssen. Man konnte Delphine getrost als dominant und sehr überzeugend bezeichnen, wenn man bedachte, dass sie beide das riesige Zimmer bis zu ihrem High School Abschluss mindestens sieben Mal renoviert hatten. So steuerte er auch direkt diesen Raum an und fand Delphine über ihren alten Skizzen gebeugt in ihrem „Kreativraum".

„Jo, Delphi", begrüßte er sie fröhlich. Als hätte er sie bei etwas streng geheimen ertappt, machte sie einen Satz und wirbelte herum. Ihm in die Augen blickend, strafte sie ihn zunächst mit ihrem teuflischen Blick, der zu sagen pflegte *„Hätte ich jetzt 'ne Knarre in der Hand, hättest du diese Sekunde schon nicht mehr erlebt"*, ehe der Ausdruck von einem strahlenden Lächeln abgelöst wurde, sie auf ihn zugerast kam und sich in seine Arme warf.

„Tucker Bell!"

Niemand außer Delphine nannte ihn je bei seinem vollen Namen und sie sprach es mit Absicht schnell aus, sodass es eher wie *Tacobell* klang. Schon im Kindergarten hatte sie sich köstlich über seinen Namen amüsiert und ihm immer wieder klarmachen wollen, wie viel cooler sein Name war, da man vermuten würde, er wäre der Erbe einer reichen

Kette. Er ließ ihr den Spaß, weil es ihn an die besonderen Momente mit Delphine erinnerte, die seine Kindheit so viel spannender und lustiger gemacht hatten.

Lächelnd atmete er ihren blumigen Duft ein, den er in den vergangenen Monaten so sehr vermisst hatte. Sie nur am Telefon zu hören und zu hören, wie sie sich immer mehr in eine langweilige Alltagsroutine hineinziehen ließ, in der sie ihre Persönlichkeit unterdrücken musste, hatte ihn nicht kaltgelassen. Am liebsten hätte er ihr gesagt, sie solle wieder nach Hause kommen, aber für Delphine war Bloomwood immer mehr eine Art Zwischenstation gewesen auf dem Weg, ihre Träume zu verwirklichen und eine erfolgreiche Innenarchitektin zu werden.

„Wie geht es dir?"

Mit einem Blick in ihr Gesicht, das nun mit Sicherheit schon rosiger aussah, als noch bei ihrer Ankunft, aber ihm trotzdem noch blass vorkam, erkannte er, dass dieser Tag es nicht auf ihre Liste der Top-Ten-Tage im Jahr schaffen würde.

Sie seufzte theatralisch auf.

„Die Zusammenfassung?"

Er nickte belustigt und ließ sich auf den gelben Blumensessel fallen, der immer noch perfekt mit den sanft grünen Wänden harmonierte wie die Faust aufs Auge.

Sanfte Farben, scharfe Kontraste ganz wie die Frau, die das Zimmer gestaltet hatte, dachte er grinsend.

Ausatmend schwang sie sich in die Hängematte, die er zwischen beiden Räumen angebracht hatte. Er hatte ihr schon damals verständlich machen wollen, dass sie sich das Genick brechen würde, wenn die Hängematte den Geist aufgab und sie auf die halbhohe Mauer knallte, die die beiden Räume trennte, aber wie immer hatte sie ihn ignoriert und ihm gesagt, er solle einfach seinen Job machen.

Dabei hatte sie ihm nicht einmal etwas bezahlt, sondern ihn schuften lassen und ihm weiß machen wollen, er könne das irgendwann bei Bewerbungsgesprächen als Handwerker positiv erwähnen, er solle ihr dankbar sein.

Da sie sich beide jedoch nicht sonderlich ernst nahmen, hatten sie irgendwann nur darüber gelacht, denn wenn er ehrlich war, hätte er sogar Geld bezahlt, nur um Zeit mit ihr verbringen zu dürfen.

Was die anderen Kinder abgeschreckt hatte, hatte ihn wie magisch angezogen. Sie war eben nie zurückhaltend gewesen, hatte über bestimmte Themen nicht geschwiegen oder sich dafür geschämt, sich zum Affen zu machen. Und das Wichtigste war, sie hatte sich nie und durch niemanden verbiegen lassen.

Dies war wahrscheinlich einer der größten Punkte gewesen, warum die anderen Kinder nicht mit ihr klargekommen waren. Wer sich nicht anpasste, konnte nicht dazugehören, so einfach war das. Wenn man dann auch noch ein paar zugegebenermaßen sehr offene Eltern hatte oder keine mehr wie er selbst, dann hatte man keine Chance.

Seine Eltern waren nicht tot, aber sie hatten es schon immer vorgezogen sich überall im Land herumzutreiben, außer bei ihm, um ihren Geschäften nachzugehen. Seine Familie war seine Grandma gewesen und die Darlings.

In diesem albernen Blumenstuhl sitzend, wurde er zurück in die Zeit versetzt, als sie noch zur High School gegangen waren. Schon damals, war er beinahe jeden Mittag mit Delphine nach Hause gegangen und hatte stundenlang mit ihr geredet und darüber philosophiert, was man noch alles aus dem Zimmer rausholen konnte.

„Eigentlich ist es nicht kompliziert, aber um das alles zu verstehen muss ich von vorne anfangen. Also ...“

Tucker unterbrach sie sofort, da er wusste, dass er sonst bei Delphines ausschweifenden Erzählungen schon mal ein paar Stunden einplanen musste und die hatte er an diesem Tag leider nicht, so gerne er auch ihren fantasievollen Erzählungen lauschte.

Als Kind hatte sie ihre Erlebnisse immer ein wenig mit ihrer Fantasie ausgeschmückt. Er hätte damals hundert Dollar gewettet, dass sie irgendwann einmal eine Bestsellerautorin werden würde.

„Gib mir die Kurzfassung, wir haben noch einen Termin."

Sie grummelte, was ihn zum Lachen brachte, da sie sich mit Sicherheit schon eine wundervoll ausgeschmückte Geschichte hatte einfallen lassen und an einem anderen Tag hätte er sie auch genießen können.

„Na schön. Ich bin ein bisschen zu schnell gefahren, weil ich … keine Ahnung … ich war aufgekratzt, jedenfalls ist mein Führerschein für zwei Monate weg." Das wunderte ihn nicht wirklich. Wenn man Delphines nüchternen Job betrachtete und ihre eher flippige Art kannte, wusste man, dass sich eine solche Energie nicht permanent unterdrücken ließ. „Einen Monat habe ich bereits fast hinter mir, aber so konnte ich die Blumen für die Hochzeit und Mrs. Fineman nicht mit dem Auto bringen, sondern musste mit dem alten Fahrrad fahren."

Tucker fielen fasst die Augen aus dem Kopf, da er den alten Drahtesel nur zu gut kannte.

Vor fünfzehn Jahren hatte er seinen ersten Fahrradunfall auf dem Ding gehabt, in dem er sich über den Lenker katapultiert hatte und das nur, weil er sanft gebremst hatte, aber dieses Scheißding kein „sanft" verstand. Es ging nur ganz oder gar nicht.

„Gut, also zu allem Überfluss habe ich natürlich bei der Kirche die falsche Tür erwischt und bin auf Toby Simmons gestoßen. Und damit nicht genug, musste ich seiner Braut, Rose Cunningham *(!)* – Hast du das gewusst? – auch noch ihren Brautstrauß übergeben."

Unschuldig zuckte er mit den Schultern. „Kann schon sein. Habe es nicht für wichtig gehalten." Natürlich hatte er gewusst, dass es Delphine ein wenig traurig machen würde, wenn ihre erste große Liebe ihre Feindin heiraten würde und es ihr deshalb verschwiegen.

„Wichtig ist es nicht, aber es wäre schön gewesen nicht ins offene Messer zu laufen und diesem Adonis – warum sieht der überhaupt noch so gut aus? – zu begegnen. Naja, lassen wir das. Also, nach einem sehr seltsamen Aufeinandertreffen mit Rose, die plötzlich ja *sooo* nett war, wollte ich Mrs. Fineman ihre Blumen bringen. Dabei bin ich den Kirchenweg wieder runtergefahren und weil der Wind so schön erfrischend in mein Gesicht geblasen hat, habe ich kurz die Augen geschlossen und dann war plötzlich das Fahrrad unter meinem Hintern verschwunden, überall an mir hingen die teuren Blumen und über mir stand ein anzugtragender Gott, der sich über mich lustig gemacht hat, mir die Schuld für den Unfall gegeben und mich anschließend schmutzig und zerzaust am Straßenrand zurückgelassen hat."

„Und das ist dir alles an einem Tag passiert? Delphine Lee Darling, ich habe dich und deine Verrücktheiten wirklich vermisst. Ich frage dich lieber nicht, warum du mit geschlossenen Augen einen Berg hinabrast und ob du den Fremden zur Sau gemacht hast, das kann ich mir auch so denken."

„Es war genauso seine Schuld! Was rast der durch eine Ortschaft und hilft mir nicht einmal mit meinem Fahrrad?! Außerdem hat er das größere Fahrzeug. Warum bekomme ich jetzt dafür schon wieder diesen Spruch mit der Verrückten und dann dieses *„Ich-nenne-deinen-vollen-Namen,-du-hast was-Dummes-getan*-Spruch"?"

Lachend hob Tucker verteidigend die Arme. „Du bist offenbar immer noch aufgebracht, aber ich habe damit nichts zu tun. Am besten haken wir das als blödesten Tag des Jahres ab und ich versuche dir wenigstens den Nachmittag ein bisschen angenehmer zu gestalten."

„Wie?", grummelte sie ihre Frage und schwang sich von der Hängematte, was ihn beinahe einen Herzinfarkt gekostet hätte, weil sie sich so dicht vor der halbhohen Mauer hinunter plumpsen ließ.

„Wir haben einen Großauftrag bekommen, und da dein Vater ausfällt, könnte ich deine Hilfe gebrauchen. Kennst du noch die Bilder von der Umgestaltung von Mrs. Greens Gartenanlage?"

Delphine nickte zustimmend. „Hat es sich rumgesprochen oder hast du auf mich gehört und endlich eine Webseite eingerichtet, die deine Arbeit zeigt? Du bist ein großartiger Landschaftsarchitekt und kannst selbst mit anpacken, du solltest mehr daraus machen. Die Aufträge kommen nicht von alleine."

Er verdrehte die Augen.

„Wir sind hier in einer Kleinstadt und ich habe genug zu tun. Ich weiß nicht, woher der Kunde den Tipp hatte, jedenfalls geht es dieses Mal um ein größeres Projekt. Es ist die Levine-Villa unten am Lake Monroe. Und es geht um das komplette Grundstück. Es soll neu angelegt werden, da es ziemlich verwildert ist seit Catherine vor einem Jahr verstorben ist. Ich habe mich schon immer gewundert, wie die alte Frau dieses riesige Grundstück alleine pflegt. Offenbar hat sie es schon eine ganze Weile nicht mehr geschafft, aber wie man sie kennt, niemanden um Hilfe gebeten. Ich konnte für heute einen Termin vereinbaren um mit dem neuen Besitzer mein Vorgehen zu besprechen, kommst du mit?"

Ihre Augen hatten die Größe eines Untertellers angenommen, wodurch das dunkle Blau ihrer Augen ihm noch deutlicher entgegenblitzte und unwillkürlich ein Lächeln auf seine Lippen zauberte. „Du willst, dass ich dir dort helfe, in dieser Traumvilla?"

„Eigentlich ja rund um die Traumvilla herum, aber ja."

Begeistert quietschend sprang sie auf seinen Schoß. Hätte er sich nicht blitzschnell abgefangen und den anderen Arm um ihre Taille geschlungen, wären sie beide mit dem Blumensessel umgekippt.

„Du musst wirklich lernen dich zu beherrschen, ich werde auch nicht jünger und meine Reflexe schwächer."

Belustigt schüttelte sie den Kopf und küsste ihn auf die Wange, was ihm gleich ein wohlig warmes Gefühl im Bauch hinterließ. „Du bist dreißig keine achtzig, Tucker Bell. Fahren wir gleich los? Das ist echt abgefahren, weißt du noch wie wir mal dort waren, als sie in die Stadt einkaufen war? Dieses Grundstück ist ein Traum! Außerdem führt es direkt zum See. Kennst du den Käufer? Bestimmt irgend so ein reicher aus der Stadt, der sich ein Feriendomizil schaffen will, was für eine Verschwendung!", plapperte sie vor sich hin, während sie in ihre Sandalen schlüpfte und vor ihm die Treppe hinunterhüpfte. Ihre Wut über den Unfall schien wie verflogen.

Gott, was hatte er dieses Energiebündel vermisst!

Kapitel 6

Jonathan tat es weh, dass er dieses Haus, das er nicht nur wegen seiner traumhaften Lage, sondern auch wegen der Erinnerungen so liebte, verkaufen musste. Doch hatte er nicht wirklich eine Wahl.

Seine Arbeit, sein ganzes Leben spielte sich nicht hier außerhalb von Bloomwood ab, sondern im über eine Stunde entfernten Indianapolis. Wenn er aus seinem Fenster sah, gab es nichts Grünes weit und breit. Dank seines großzügigen, aber auch teuren Apartments mitten in der Innenstadt, war seine Aussicht natürlich um Welten besser, als seine erste ehemalige Wohnung in Queens mit Ausblick auf das nächste Gebäude, nur gefühlte Zentimeter von seinem Fenster entfernt. Indianapolis war im Gegensatz zu den meisten Städten, die er bisher besucht hatte, nicht übermäßig vollgestopft mit Gebäuden und eher familiär angelegt. Doch was sich hier in Bloomwood in diesem Haus, direkt am Lake Monroe vor ihm erstreckte, war eine Oase der Ruhe, des Friedens und des einsamen Glückes.

Die Todesnachricht von Tante Catherine, die von einer alten Freundin auf der Veranda in ihrem Garten gefunden worden war, hatte ihm für einen Moment den Boden unter den Füßen weggerissen.

Die Familie hatte nie viel Kontakt zu ihr gepflegt und ihr Bruder, Jonathans Vater, hatte meist nur abschätzige Worte für die freiheitsliebende, ältere Dame. Die Geschwister hatten gut zwölf Jahre Altersunterschied getrennt und sein Vater war schon immer ein sehr starr denkender Mensch gewesen, weshalb er Catherines Vorliebe, in der Vorstadt an einem See zu leben und mit wunderschönen, selbstgemalten Bildern ihr Geld zu verdienen, nie hatte nachvollziehen können. Im Gegenteil, er hatte sich sogar noch lustig über sie gemacht, dabei wussten sie nun nach ihrem Tode erst, wie viel Geld Catherine damit tatsächlich verdient hatte und dass ihr die Malerei ein sorgen- und schuldenfreies Leben ermöglichte.

Jonathan hatte sie immer dafür bewundert, dass es ihr egal gewesen war, was andere von ihr dachten. Wenn jemand sie nicht gemocht hatte, war sie ihm aus dem Weg gegangen und nicht auf Konfrontation. Sie hat niemanden gebraucht, aber wenn die Menschen sie in ihrem Leben haben wollten, dann war sie für sie da.

Ihre beste Freundin, Mrs. Fineman, wohnte nur ein paar Straßen weiter und hatte sie oft besucht. Jonathan wusste, dass seine Tante Catherine die Familienfeste, wie Weihnachten und Ostern, immer gerne dort verbracht hatte.

Lieber, als dass sie zu ihrer eigenen Familie gekommen wäre. Nicht, dass es jemals so etwas wie weihnachtliche Feierlichkeiten im Hause King gegeben hätte, dafür war sein Vater zu beschäftigt gewesen.

Vielleicht hatte Jonathan es deshalb so geliebt, wenn er die seltene Gelegenheit gehabt hatte, einen Sommer bei seiner Tante zu verbringen. Es war immer so anders als zuhause.

Das Haus hatte von ihrer Freundlichkeit, ihrer Offenheit und ihrem kreativen Wesen nur so gestrotzt, und wenn er sich nicht getäuscht hatte, dann hatte sie ihn genauso gerne bei sich gehabt, wie er bei ihr gewesen war.

Manchmal hatte er sich gefragt, wie es gewesen wäre bei seiner Tante aufzuwachsen. Hätte er dann trotzdem diesen Beruf des Anwalts gewählt? Wäre es ihm leichter gefallen Gefühle zu zeigen und zuzulassen? Wäre er glücklicher geworden?

Er war zufrieden wie sein Leben nun verlief, aber von Glücklichsein war er noch meilenweit entfernt. Alles in ihm sträubte sich, dieses Haus in naher Zukunft zu verkaufen, aber es blieb ihm nichts anderes übrig.

Tante Catherine hatte ihren Mann Garrison Levine seit ihrer Jugend abgöttisch geliebt und ihn geheiratet, bevor er in den Krieg gezogen war.

Aus diesem ist er jedoch nie zu ihr zurückgekehrt und weil sie sich nie einen anderen Mann an ihrer Seite hätte vorstellen können, hatte sie nie eigene Kinder bekommen und nie wieder einen Mann in ihr Leben gelassen.

Jonathan hatte ihre Geschichte immer auf eine Art und Weise traurig gemacht, weil sie hier so alleine lebte und niemanden mehr hatte. Er hatte immerhin noch seinen Vater und er wusste, dass er seiner Mutter etwas bedeutete. Er war nicht alleine auf dieser Welt. Zu wissen, dass diese nette Dame mit den schneeweißen Haaren nie die Chance bekommen hatte wieder die Liebe ihres Lebens zu treffen und mutterseelenallein hatte sterben müssen, hatte ihm wehgetan.

Als sein Dad ihm einige Wochen später mürrisch einen Brief auf den Tisch geworfen hatte, der bereits geöffnet gewesen war und anschließend aus seinem Büro rauschte, ohne ein Wort mit ihm zu wechseln, war er dennoch erstaunt gewesen. Nicht, weil sein Vater sich mal wieder unmöglich kalt verhalten hatte, sondern weil er die Zeilen, die er daraufhin gelesen hatte, nicht glauben wollte.

Das Schreiben hatte nicht nur einen Brief eines Notars beinhaltet, der ihn über eine erhebliche finanzielle Erbschaft aufgeklärt hatte, sondern auch ein Schreiben seiner Tante, in dem sie ihm erklärte, dass sie in ihm immer das Kind gesehen hat, dass ihr nie vergönnt gewesen war und wie sehr seine Besuche ihr einsames Leben bereichert hatten.

Sie hatte nie ein Geheimnis daraus gemacht, wie sehr sie sich freute, wenn er zu Besuch kam, aber Jonathan hätte nie für möglich gehalten, wie viel es ihr tatsächlich bedeutet hatte. Wäre er sich dessen mehr bewusst gewesen, hätte er sie gerne öfter besucht, aber sein Studium und nun sein Job hatten ihm nie so viel Freizeit gelassen, wie er noch als Jugendlicher gehabt hatte.

In ihren letzten Zeilen hatte sie vermerkt, dass sie niemand anderem ihr geliebtes Haus vermachen wollte, als ihrem Neffen und ihm damit ein liebevolles Zuhause zu geben, welches sie sich immer für ihn gewünscht hatte.

Mit dem Verkauf des Hauses brach er seiner Tante das Herz und es war unerträglich für ihn darüber nachzudenken, dass diese Frau ihm alles hinterlassen hatte, was ihr lieb gewesen war. Er hasste den Gedanken, dass er das Haus erst repräsentativer gestalten musste, da vor allem die riesige Gartenanlage verwildert war. Er hasste es, dass er das innere Aufhübschen musste und er hasste es, dass er Indianapolis nicht verlassen konnte.

Da er es kaum ertrug, sich in Tante Catherines Haus aufzuhalten, wenn sie nicht da war und trotzdem alles noch genauso aussah, als würde sie gleich durch die Tür kommen und ihm ein paar Brownies backen, die er dann an ihrer Küchentheke verschlingen konnte, beschloss er vor der großen weißen Haustür auf den Landschaftsarchitekten zu warten.

Sie betrachtete die Tannenbäume, die rechts an ihr vorbeizogen und wünschte sich die Fahrt zu Catherine Levines Haus würde länger als nur zehn Minuten dauern. Trotzdem war es erstaunlich, was alleine zehn Minuten Entfernung von Bloomwood landschaftlich schon wieder einen Unterschied machten. Je näher man auf den Lake Monroe zufuhr, desto dichter bewaldet wurde es und die Straßen noch leerer. Verständlich, wenn man bedachte, dass sich neben Mrs. Levines Haus nur noch zwei weitere in der Nähe befanden, die direkt am See gelegen waren.

Delphine hatte sich nie damit beschäftigt, was ein solches Haus kosten musste, aber angesichts dessen, dass es so wenige Häuser gab, die alle zu einem kleinen privaten Stück des Sees führten und die Bewohner nicht wie alle anderen an einem öffentlichen Abschnitt badeten, konnte es sich nur um eine hohe Summe handeln.

Wer wollte nicht sein eigenes kleines Meer hinter seinem wunderschönen, riesigen Garten, auf dem locker noch zwei Häuser Platz gefunden hätten?

Zumal Delphine schon alleine auf der schmalen Zufahrt zu den Häusern eine seltsame friedliche Ruhe überkam, die man sonst nur im Urlaub fühlte. Als sich hinter der Tannenallee endlich die kleine Villa mit der weißen Holzfassade, die teilweise durch steinmauerartige Einsätze abgelöst wurde und die grünen Holzläden, die dringend einen neuen Anstrich benötigten, erblickte, wurde ihr Herz ganz warm.

Der kleine Vorgarten, dessen Sträucher sonst immer ordentlich zurückgestutzt waren, ragten wild und zu hoch umher, sodass sie beinahe das schöne Haus verdeckten. Wenn Delphine als Kind mit ihren Eltern mit dem Fahrrad auf dem Weg zum öffentlich Badestrand des Lake Monroe gefahren war, hatte sie oft so lange das hübsche Haus angestarrt, bis sie sich beinahe mit dem Rad überschlagen hätte. Wie oft hatte sie sich gewünscht, ihre Ferien dort verbringen zu dürfen oder vielleicht sogar einmal selbst in einem solchen Haus zu wohnen.

Immer wenn Mrs. Levine Blumen bestellt hatte, hatte Delphine sich förmlich darum gerissen, sie ihr vorbeibringen zu dürfen, da die nette Dame sie immer so herzlich bei sich willkommen geheißen und ihr erlaubt hatte, sich auf ein Glas Eistee mit ihr auf ihre weiße Veranda zu setzen und ihren bunten Garten zu betrachten. Für Delphine war dies der Inbegriff purer Idylle.

Tucker lenkte seinen Truck in die breite Auffahrt, während Delphine sich kaum dazu bringen konnte, ihren Blick von dem verwilderten Grundstück abzuwenden. Am liebsten wollte sie direkt loslegen und dem Grundstück wieder so schnell wie möglich zu seinem alten Glanz zu verhelfen. Delphine wusste nicht warum dieses Haus sie schon immer derart angezogen hatte, abgesehen davon, dass es eine atemberaubende Lage hatte. Es war das, was Catherine daraus gemacht hatte und wie sie trotz ihrer offensichtlichen Einsamkeit diesen Ort zu einer Oase des Glücks, der Friedlichkeit und Freiheit gemacht hatte, ohne darüber den Kontakt zu anderen Menschen zu verlieren und in ihrem Alleinsein unterzugehen.

„Kommst du? Ich denke, das da vorne ist mein Kunde. Bisher hatten wir nur per Mail Kontakt."

Delphine sträubte sich ein wenig auszusteigen, da ihr von dem mittaglichen Unfall alle Knochen wehtaten, trotzdem raffte sie sich auf, ließ sich aus dem Truck gleiten und blickte auf zur Haustür. Augenblicklich schoss ihr die Hitze in alle Körperregionen.

Wie viel Glück konnte ein einziger Mensch an einem verdammten Tag haben?

Zwischen dem Gestrüpp war es beinahe schwer seinen teuren Anzug auszumachen, aber sein Gesicht und dieses selbstgefällige Grinsen hatte sich ihr bei der ersten Begegnung derart eingeprägt, und sie bezweifelte, es jemals vergessen zu können.

Sie hatte gar nicht bemerkt, dass sie neben der Wagentür wie angewurzelt stehengeblieben war, bis Tucker, der bereits bei Mr. *Ich-fahre-dich-an,-mache-mich-über-dich-lustig-und-haue-dann-ab* stand und nach ihr rief.

„Delphine, komm schon! Wir wollen gleich in den Garten gehen!"

„Oder das, was davon übrig ist", warf der Fremde im Anzug ein, der sie mit einem leichten Zucken um die Mundwinkel begrüßte und unverhohlen musterte.

„Wie ich sehe, haben Sie es geschafft, sich von den Blüten zu befreien, *Delphine*."

Sie hasste und liebte es zugleich ihren Namen aus seinem Mund zu hören, aber sie wollte keine Nähe zu diesem hochnäsigen Typen zulassen. Sie beschloss, ihn einfach nicht großartig zu beachten und nur die nötigsten Worte mit ihm zu wechseln und ihn nicht dafür zu hassen, dass ein Typ wie er dieses Haus gekauft hatte. Was tat er damit?

Wahrscheinlich wollte er alle grünen Flächen versiegeln und einen riesigen Fuhrpark für seine superteuren Autos im Garten anlegen. Am liebsten wollte sie ihm an die Gurgel springen, nicht nur, weil er sie im Staub seines blöden BMWs zurückgelassen hatte, sondern auch, weil ein anzugtragender Idiot wie er es wagte, das Lebenswerk einer netten, alten Dame zu zerstören, die sich nicht mehr dagegen wehren konnte.

Aus Wut über die Ungerechtigkeit, dass Catherine Levine nun einsam begraben auf dem Friedhof von Bloomwood weilte, ihren Mann im Krieg hatte verlieren müssen und aufgrund ihrer Liebe zu ihm nie einen anderen Mann und damit auch keine Kinder oder Enkelkinder bekommen hatte, die ihr Anwesen in Ehren hielten, spürte sie Tränen in ihre Augen steigen.

Da sie noch immer nicht ihren Blick von Mr. Unfalls viel zu schönen blauen Augen, seinen herben Gesichtszügen und seinem tollen, wirklich tollen dichten dunkelbraunen Haar abgewendet hatte, blickte dieser sie nun etwas erschrocken an. Das war wohl die erste ehrliche und keine oberflächliche emotionale Reaktion, die sie bei ihm gesehen hatte.

Tucker berührte sie sachte am Oberarm, was sie aus ihrer Trance riss und zu ihm aufblicken ließ.

Ihr bester Freund war wirklich ein hübscher Mann, dessen Anblick sie in Sekunden beruhigen konnte.

Diese vertrauenswürdigen schokoladenbraunen Augen und sein immer irgendwie zerzaustes braunes Haar.

Wenigstens fühlte sie sich neben ihm mit ihrer T-Shirt-Jeansshort-Kombination nie derart fehl am Platz, wie neben Mr. *Ich-mache-einen-auf-Man-in-Black-und-trage-bei-achtundzwanzig-Grad-im-Schatten-einen-Anzug.*

„Alles klar?" Sie nickte stumm und schenkte ihm ein Lächeln.

Tucker warf ihr einen seltsamen Blick zu, der ihr sagte: *Was ist nur mit dir los?*

„Okay, dann können wir ja mit Mr. King in den Garten."

Mr. King! Was ein passender Name, grummelte Delphine innerlich und schickte ihm Giftpfeile in den Rücken, als er am Haus entlang voran ging und sie ihren Blick kaum von seinem Hintern ablenken konnte. Da er kein Jackett anhatte, hatte sie einen 1-A-Blick auf seinen Körper, der von dem teuren Stoff umhüllt wurde.

Warum sahen die größten Idioten beinahe immer umwerfend aus und hatten einen schönen, nicht zu muskulösen Körper, den man als Frau einfach nur anfassen wollte?

Warum wollte sie wissen, wie es sich anfühlt, ihre Hände durch seine dichten Haare fahren zu lassen?

Und warum wollte sie mit ihren Händen über diesen Rücken streichen, der von seinen breiten Schultern schmaler zu seiner Hüfte hin zulief?

Sie ärgerte sich über sich selbst und konnte nicht verhindern, dass ihr ein kleines Stöhnen entfuhr. Tucker, der neben ihr herging blickte sie fragend an.

„Ganz ehrlich, was ist denn nur los mit dir?"

„Das ist der Idiot, der mich heute Mittag von meinem Fahrrad gefegt hat", zischte sie ihm zu. Tucker zog beide Augenbrauen in die Höhe.

„Oh ... okay. Aber warum brichst du bei seinem Anblick beinahe in Tränen aus? So schrecklich hat er sich doch gar nicht verhalten. Er ist vielleicht ein wenig kühl und gewöhnungsbedürftig, aber ... Hast du dich in ihn verknallt oder was?"

Delphine boxte seinen Oberarm und hielt sich einen Zeigefinger an die Lippen.

„Bist du bescheuert? Natürlich nicht! Ich hasse einfach den Gedanken, dass ein Kerl wie er dieses Haus bekommt."

„Und das bringt dich zum Weinen? Das muss ich jetzt nicht verstehen, oder?"

Sie winkte ab, da sich Mr. King ohnehin zu ihnen umdrehte und sie beide fordernd anblickte, mit der Erwartung, sie mögen ihm in zwei Sekunden den perfekten Plan für *seine Anlage* präsentieren.

Der Garten sah schrecklich aus, um es mal kurz zusammenzufassen.

Es war nicht nur alles wahnsinnig verwildert, sondern es schien, als seien die Pflanzen ineinander verkeilt und würden eine einzige Masse bilden. Man konnte unmöglich den Weg ausmachen, der zum See führte, denn er schien nicht mehr da zu sein, begraben unter Tonnen von verwilderten Sträuchern.

Delphine hatte in ihrem Leben noch nichts Derartiges gesehen und nach Tuckers Gesichtsausdruck zu urteilen, war auch er einigermaßen geschockt. Der Haufen an Unkraut und Gestrüpp weckte in Delphine das Bedürfnis sofort anzufangen, alles wieder ordentlich herzurichten, aber dazu musste man erst einmal einen Anfangspunkt finden. Dieser „Garten" hatte nichts mehr mit dem gemein, was Delphine in ihrer Erinnerung sah und das brach ihr fast das Herz.

„Wie Sie sehen ist es dringend. Ich wusste selbst nicht, wie schlimm es tatsächlich ist, aber nach dem Inneren des Hauses zu urteilen, hätte man sich das mit dem Garten denken können. Also, wann können Sie anfangen?"

Delphine und Tucker starrten ihn wohl gleichermaßen dämlich an, weshalb Mr. King entschuldigend mit den Schultern zuckte und tatsächlich unsicher lächelte.

Kapitel 7

Tief durchatmend schloss Jonathan das Haus seiner Tante – *sein Haus* ab, dabei hätte er sich das genauso gut sparen können. Wenn jemand in dieses Haus hineinwollte, brauchte er dazu kein Meister im Schlösserknacken zu sein. Die Verriegelung war ein Witz. Auf der anderen Seite war Bloomwood aber auch nicht dafür bekannt, dass andauernd eingebrochen wurde.

Der Nachmittag hätte nicht nervenaufreibender für ihn ablaufen können, dabei hatte er sich nach diesem ärgerlichen Morgen vor Gericht darauf gefreut, den Rest des Tages zu entspannen. Aber das hatte diese kleine Ms. Delphine ihm am Mittag ja bereits mit ihrer Leichtsinnigkeit, einen Berg mit geschlossenen Augen hinunter zu rasen, gründlich zerstört.

Irgendetwas stimmte gewaltig nicht mit ihr. Wenn er es nicht besser wüsste, würde er behaupten, sie sei ein Fall für die Klapse, aber dann würde sie wohl kaum mit Tucker Bell, dem besten Landschaftarchitekten in der Nähe zusammenarbeiten.

Neben dem Unfall und nachdem er erfahren hatte, dass sie es bevorzugte, mit geschlossenen Augen und ausgebreiteten Armen Fahrrad zu fahren und damit in einem Affenzahn direkt auf die Hauptstraße, hätte ihn eigentlich nicht mehr schocken dürfen, dass sie vor seinen Augen fast in Tränen ausgebrochen wäre.

Er konnte sich nicht erklären, ob es deshalb war, weil sie immer noch sauer auf ihn gewesen war, dass die Wut ihr die Tränen beschert hatte, oder weil sie einfach durchgeknallt war und sich irgendetwas in ihrem Kopf zurechtfantasiert hatte.

An dem Gespräch über eine mögliche Gartenneugestaltung oder besser gesagt Entrümplung des Misthaufens, der sich scheinbar jahrelang angesammelt hatte, hatte sie sich überhaupt nicht beteiligt. Es war ihm sogar vorgekommen, als laufe sie permanent vor ihm weg. Immer wenn er ihr mit Mr. Bell, der ihm ein paar seiner Pläne schnell skizziert hatte, näher gekommen war, hatte sie sich einen anderen Platz gesucht, wo sie sich aufhalten konnte. Als sie endlich aufgebrochen waren, hatte sie ihm einen letzten giftigen Blick zugeworfen, der ihn restlos verwirrt hatte. Eigentlich schien sie gar nicht so verwirrt, aber nicht jedem Menschen mit multipler Persönlichkeitsstörung merkte man seine Krankheit direkt an.

Er war nur froh, dass er hauptsächlich mit Mr. Bell zu tun hatte und nicht mit der kleinen Blumenlady, irgendeine ihrer Persönlichkeiten konnte ihn nämlich scheinbar nicht leiden. Eigentlich schade, dachte sich Jonathan.

Ihre ordentlichen, zum Zopf gebundenen blonden Haare, ihre schönen, von dichten Wimpern umrandeten dunkelblauen Augen und ihre jugendliche Kombination von T-Shirt und Jeans-Shorts ließen sie gleichermaßen wie ein junges, attraktives Surfermädchen und die heiße Nachbarin aussehen, die er sich immer gewünscht hatte.

Zu schade, dass die schärfsten Bräute meistens auch die Verrücktesten waren, und dieses Exemplar war scheinbar die Königin. Trotzdem konnte er die ganze Stunde, die er brauchte, um zurück in die Stadt zu kommen, nicht aufhören über ihre leicht gebräunten Beine und ihr süßes ebenmäßiges Gesicht nachzudenken. Als ihre blauen Augen für einen Augenblick in Wasser geschwommen hatten, hätte er am liebsten einem Urinstinkt nachgegeben und sie in den Arm genommen.

Lächerlich!, schalt er sich.

Er hatte genug mit seinem herrischen Vater zu tun und seiner launischen Mutter und seiner nicht minder verrückten Schwester, die im Sommer vor fünf Jahren ihren italienischen Casanova geheiratet hatte. *Gott*, dieser Kerl war über vierzig und sie gerade mal einundzwanzig gewesen!

Es kam ihm alleine bei dem Gedanken daran hoch, wie dieser frühzeitig ergraute Kerl seine Arme um die Hüften seiner Schwester geschlungen hatte. Aber er hätte schlecht den Bräutigam am Altar niederschlagen können, nur weil ihm die Beziehung der beiden zu oberflächlich und falsch vorkam. Er hatte keine besonders enge Bindung zu Cary, alleine schon wegen der Entfernung, das änderte allerdings nichts daran, dass er sich Sorgen um seine kleine Schwester machte.

Dass diese Ehe jetzt schon fünf Jahre hielt, grenzte für Jonathan an ein Wunder, aber vielleicht war seine Schwester auch einfach fortgeschrittener als er. Sie hatte nämlich keine Probleme damit ihre Gefühle herauszulassen.

Genervt von dem ganzen beschissenen Tag und seinen Gedanken über diese verrückte Blumenlady, schloss er die Tür zu seinem Apartment auf. Eher wenig begeistert musste er feststellen, dass der Portier schon wieder seinen Kollegen und besten Freund Miles in die Wohnung gelassen hatte und dieser sich nun auf seiner Couch breitmachte. Er wollte eigentlich nur noch seine Ruhe haben und hatte so gar keine Lust auf Gesellschaft an diesem Abend, aber Miles hatte seine ganz eigenen Vorstellungen davon, was sein Kumpel wann brauchte.

„Hey, Kumpel. Ich habe gehört, dass man dich vor Gericht ganz schön im Regen hat stehen lassen."

Miles musste schon zuhause gewesen sein, denn er trug bereits eine lockere Jeans und ein T-Shirt. Miles West war seit der High School Jonathans bester Freund und er liebte ihn wie einen Bruder, aber er hasste es ebenso, dass er kam und ging wie es ihm gefiel.

Nicht, dass man sie ernsthaft für Brüder halten würde, alleine schon wegen Miles dunkler Hautfarbe. Aber auch sonst hätten die beiden nicht unterschiedlicher sein können. Miles hatte mit Vollstipendium studiert, Jonathans Vater hat seine Ausbildung finanziert. Miles war in einer intakten, warmherzigen Großfamilie aufgewachsen, Jonathan hatte immer nur seinen Vater und beinahe jeden Sommer seine Tante Catherine gehabt. Miles war offen, Jonathan verschlossen. Miles war seit zwei Jahren glücklich verheiratet, Jonathan hielt keine Beziehung länger als zwei Monate durch.

Und diese Liste ging noch endlos weiter, aber all diese Punkte hinderten sie nicht daran, die stabilste Beziehung miteinander zu haben, die er niemals mit einem anderen Menschen gepflegt hatte.

„Was machst du schon wieder hier? Solltest du als verheirateter Mann nicht bei deiner Frau sein und ihr die Füße massieren oder so was?", murmelte Jonathan, nahm sich ein wohlverdientes Bier aus dem Kühlschrank und ließ sich erschöpft neben ihn auf sein Sofa fallen.

„Ihre Schwester ist am Wochenende zu Besuch und sie wollten Zeit für sich. Da dachte ich, ich komme zu dir und leiste dir an diesem schweren Tag Gesellschaft."

„Du hast ja keine Ahnung."

Stöhnend fuhr sich Jonathan übers Gesicht und lockerte anschließend seine Krawatte.

„Ich hasse diesen Mandanten. Kannst du mir mal erzählen, warum er glaubt, es wäre hilfreich, wenn ich nicht alles wüsste? Vor allem seine Scheißaffäre, wenn es nun um sexuelle Belästigung geht. Dann taucht heute Morgen auch noch mein neuer Arbeitsrechtfall vor Gericht auf, dabei sollte sie eigentlich zu Hause sein. Zu allem Überfluss habe ich noch so eine Verrückte vom Fahrrad geschleudert, die meinte, es wäre sinnvoll mit geschlossenen Augen mit ihrem Schrottteil vor mein Auto zu rasen, und dann taucht diese Lady auch noch bei meinem Termin mit dem Landschaftsarchitekten für Tante Catherines Haus auf und flennt beinahe, als sie mich sieht."

Miles musste auflachen. „So schlimm ist es also schon? Du kennst die Frau kaum ein paar Stunden und sie weint schon wegen dir? Was ist nur mit dir los?"

Jonathan warf seinem Freund einen abschätzigen Blick zu.

„Du bist ja so witzig, Miles. Mal im Ernst, die Kleine war echt nicht ganz normal. Ich hoffe nur, ich muss sie nicht mehr allzu oft sehen. Dabei sieht sie gar nicht so schlecht aus." Er hatte keinen blassen Schimmer, warum er dieses Detail vor Miles, dem größten Klatschweib weit und breit, erwähnt hatte.

Noch bevor Miles irgendwelche falschen Schlüsse ziehen konnte, hob Jonathan die Hand.

„Bitte, lass es. Sag mir einfach, was heute Abend läuft und lass uns über diesen verdammten Tag schweigen."

„Baseball?"

Das war einer der Gründe, warum Jonathan Miles mochte, er war für ihn da, obwohl er gar nicht gewusst hatte, dass er an diesem Abend gerne einfach mit seinem besten Freund ein Spiel sehen und ein Bier trinken wollte.

„Danke, Mann."

Miles grinste und stieß mit seiner Bierflasche an Jonathans.

„Na hör mal, ich muss dich bei der Stange halten. Zu wem soll ich sonst flüchten, wenn meine Süße mich für ein paar Stunden verbannt?"

Jonathan schüttelte lachend den Kopf und wandte sich dem Spiel zu. Das erste Mal an diesem Tag empfand er wirklich so etwas wie Entspannung.

Kapitel 8

Sie war jetzt dreißig Jahre alt, aber gegen den flehenden Ton ihres Vaters, der mit seinen zwei gebrochenen Beinen und der angeknacksten Rippe seinen Tag damit verbrachte, das Trash-TV zu inhalieren, hatte sie keine Chance. Und nur aus diesem Grund, weil sie einfach nicht *Nein* sagen konnte, befand sie sich schon wieder auf dem Weg zu Toby. Zugegeben, das erste Mal war sie ins offene Messer gerannt, aber wie oft sollte man seinen Schwarm aus der Jugend wirklich sehen, bis es so richtig peinlich wurde?

Die Ausstrahlung dieses Mannes hatte sich mit seinem Alter nur noch verstärkt. Er hatte so eine Art, die eine Frau schwach werden lassen konnte. Charmant, zuvorkommend, atemberaubend sexy, tolles blondes Haar, warme braune Augen und wenn er in der High School nach einem Basketballspiel sein T-Shirt lässig um seinen Hals geschwungen hatte, hatte sie nur noch einen peinlichen erstickten Aufschrei der Entzückung von sich gegeben.

Tobys Eltern gehörte die örtlich einzige Bäckerei, deshalb hatte sie auch keine große Wahl, ob sie den Ehemann von ihrer größten Freundin Rose Cunningham noch einmal sehen wollte. Wer brauchte schon ein Frühstück am Sonntag?

Die ganze Woche, die sie nun schon wieder zuhause war, stellte ihre Gefühle auf eine harte Probe. Es kam ihr vor, als hätte sie in den vergangenen Jahren überhaupt nicht gelebt und plötzlich hätte ihr Herz erkannt, dass es doch noch auf attraktive Männer reagierte. Dass es nun gleich von drei Männern attackiert wurde, von dem einer ihr bester Freund war, der immer noch verteufelt sexy war, und sie nicht wusste, ob sie ihn wirklich bloß brüderlich liebte. Der andere hatte ihre Erzfeindin geheiratet und einer, von dem sie eigentlich dachte, er wäre ihr vollkommen zuwider, weil er so kalt reagierte, und doch etwas in ihr berührte und sie nervös werden ließ.

Sie war nun wirklich keine fünfzehn mehr und hatte sich für gewöhnlich wirklich gut im Griff. In den letzten Jahren war das Verrückteste, was sie getan hatte, mit doppelt so hoher Geschwindigkeit wie erlaubt durch die Stadt zu rasen und dabei ihren Führerschein zu verlieren.

Und kaum war sie zurück, rannte sie in ihrem durchgeschwitzten Blumenladenoutfit in Toby Simmons, raste mit geschlossenen Augen den einzigen Berg in Bloomwood hinunter direkt in den Wagen von Mr. King, der wahrscheinlich mit seinem Anzug schlafen ging und dann tauchte auch noch Tucker auf und sah zum Anbeißen frisch, gesund und sexy aus und gab ihr mit seiner kräftigen

Umarmung ein Gefühl, dass sie in den letzten Jahren so sehr vermisst hatte. Ein Gefühl der Geborgenheit.

Unschlüssig stand sie vor der Bäckerei Simmons und versuchte sich zu beruhigen. Das war ja lächerlich. Sie hatte Toby mindestens zehn Jahre nicht gesehen, außerdem war er jetzt ein verheirateter Mann und ...

Unweigerlich hörte Delphine Mrs. Fineman und Barbara Morrington über die Hochzeit am vergangenen Tag tratschen. Natürlich taten sie das hinter vorgehaltener Hand, aber da Delphine kaum vier Schritte von ihnen entfernt stand, war es nicht zu überhören. Zumal die beiden nicht gerade für ihre leisen Stimmen bekannt waren.

„Wenn ich es dir doch sage. Er wollte sie trotzdem."

„Nie im Leben. Warum sollte er das zulassen? Er ist ein guter Junge."

„Vielleicht zu gut. Ich kenne keinen Mann, der sich so etwas gefallen lassen würde."

„Aber sein Bruder, meinst du wirklich?"

„Wirst du mir nicht unterstellen, dass ich lüge. Immerhin war ich dabei. Ich bin die Schwester der Mutter seiner Mutter. Außerdem weiß ich alles, was in diesem Dorf vor sich geht."

Kein Zweifel. Barbara Morrington war besser als jede *US-Weekly* für Bloomwoods Klatsch und Tratsch.

Wenn man etwas Brisantes erfahren wollte – und mal ehrlich, Dorfbewohner verschließen sich nicht davor, das Neueste aus dem Ort womöglich exklusiv als Erste zu hören – dann musste man sich nur in der Nähe von Barbara Morrington aufhalten.

Diese tratschte jedoch nie ganz uneigennützig, wenn sie Tucker richtig verstanden hatte, der ihren Garten gestaltet hatte. Denn es war mittlerweile ein offenes Geheimnis, dass ihr Mann nie viel von ehelicher Treue gehalten hatte.

Da war es natürlich die perfekte Ablenkung, wenn man über andere Gerüchte weitertratschte und diese statt sich selbst in den Fokus der neugierigen Nasen schickte. Delphine würde Mitleid für Barbara empfinden, die vom Alter her ihre Großmutter hätte sein können, aber sie wusste auch, dass Barbara keine Freundinnen kannte und Delphine hatte keine Lust mehr in den Fokus zu rücken als sie es durch ihre temporäre Rückkehr wahrscheinlich ohnehin schon war. Immerhin hielt man es für unmöglich, dass sie nur aufgrund des Unfalls ihres Vaters zurückgekommen war, das war ihr jedenfalls zu Ohren gekommen.

Was dieser andere Grund genau sein sollte, hatte sie noch nicht herausgefunden und sie fragte sich, ob es die Zeit wert war dem nachzugehen, was die Leute hier über sie dachten.

Tief durchatmend schritt Delphine an den beiden älteren Frauen vorbei, die sie etwas ertappt grüßten. Das kleine vertraute Glöckchen kündigte sie an und bei ihrem Glück, war das Erste was sie sah, Tobys Gesicht, das ein wenig blasser wirkte als noch am Tag zuvor. Am Tag seiner Hochzeit ...

Vermutlich sollte sie ihm gratulieren. Vielleicht erinnerte er sich aber auch schon gar nicht mehr daran. So wie er aussah, hatte er am vergangenen Tag mit einigen Litern Alkohol nachgeholfen, den Tag zu überstehen. Und sie wusste noch von ihrer kleinen Party am Lake Monroe nachdem sie ihren Abschluss in der Tasche gehabt hatten, dass Toby nicht unbedingt trinkfest war.

Bereits nach einem Bier und einem Schnaps hatte er ihr so viel Komplimente gemacht und sie so oft mit kleinen Küssen übersät, dass sie geglaubt hatte, er würde ihr jeden Moment einen Antrag machen.

„Guten Morgen. Es ist schön dich wiederzusehen."

Er war zwar freundlich und ein kleines Lächeln huschte über sein schönes Gesicht, aber er war nicht glücklich und sollte er das nicht sein, so als frisch verheirateter Mann?

Oder hing der Haussegen schon schief?

„Ich freue mich auch dich wiederzusehen. War ja gestern vielleicht nicht der beste Tag, sich wieder zurückzumelden", erklärte sie ihm zwinkernd, doch seine Miene verfinsterte sich.

Krampfhaft dachte sie nach, was sie falsch gemacht haben könnte, aber es fiel ihr nichts ein. „Äh ... ja ... ich bekomme dann bitte ein Brot und vier weiße Brötchen."

Er machte sich daran, ihre Bestellung einzupacken, alles ohne sie anzusehen. Als er die Beträge schließlich in die kleine Registrierkasse eintippte, seufzte er laut auf und blickte ihr direkt in die Augen.

Sein direkter Blick erschreckte sie etwas, da so viel Traurigkeit darin lag, die sie nicht zu deuten wusste. In diesem Moment war es ihr seltsam unangenehm mit ihm alleine in der Bäckerei zu sein. Wollte nicht vielleicht jetzt gerade jemand vorbeikommen? Sie musste verflucht sein! Andauernd hatte sie das Gefühl, dass ihr Menschen über den Weg liefen, die sie ja *so lange* nicht mehr gesehen hatten und ihr etwas erzählen wollten, aber an diesem Morgen hatten sie sich dann anscheinend dazu entschlossen, ihr mal ein wenig Ruhe zu gönnen. *Warum?!*

„Du erfährst es ohnehin, da sich in Bloomwood nichts geheim halten lässt. Rose und ich haben gestern nicht geheiratet."

Oh Herr hilf' mir! Echt jetzt?!

Auf nüchternen Magen sollte man solche Geständnisse wirklich nicht von seinem ehemaligen High School Schwarm hören.

Für eine Sekunde schoss ihr durch den Kopf, dass sie der Grund für diese Entscheidung sein könnte, aber sie belehrte sich sofort eines Besseren. Nur weil er sie kurz gesehen hatte, bedeutete das nicht, dass er wegen ihr seine Hochzeit über den Haufen warf.

Zumal sie sich in ihrer Jugend nie ihre Liebe gestanden hatten oder so etwas. Sie war in ihn verknallt gewesen, aber nicht verliebt und sie bezweifelte, dass es bei ihm jemals mehr gewesen war.

„Sie hatte schon länger eine Affäre mit Cam und ich wusste es seit einigen Wochen, aber ich war nicht sauer, weil wir beide wussten, dass diese Hochzeit mehr oder weniger arrangiert war."

Innerlich war sie schon drei Blocks weggerannt. Sie war sich nicht sicher, ob sie das alles wissen sollte oder überhaupt wollte, aber wer war sie, ihn einfach in seiner emotionalen Rede zu unterbrechen? Wo war nur das gute alte sehr, sehr tiefe Erdloch, wenn man es mal brauchte?

Sie setzte ihr mitleidigstes Gesicht auf, dabei wollte sie nur ihre Tüte nehmen und weit weglaufen. Sie wollte nicht wissen, ob, wie, wann oder wo Rose ihren Toby mit seinem eigenen Bruder betrogen hatte.

Das musste es gewesen sein, worüber sich Barbara vor der Tür den Mund zerrissen hatte. Na das war aber auch mal eine Story ...

„Du fragst dich sicher, warum ich meine eigene Hochzeit arrangieren ließ und dann auch noch mit Rose Cunningham."

Eigentlich nicht, aber sie war bereits über den Zeitpunkt hinaus, an dem sie ihn hätte unterbrechen können und sich wie ein unsensibles Stück vom Acker hätte machen können.

„Ich bin jetzt dreißig und sie ist eine nette Frau. Irgendwie hatte ich es aufgegeben, die wirkliche Liebe finden zu können. Als ich das mit Cam herausfand, gestand sie mir, dass sie sich in meinen Bruder verliebt hatte, aber weil er so viel reisen muss wegen seinem Job, wäre ich immer noch ihre erste Wahl. Sie wollte einen Ehemann, der bei ihr zuhause war. Und gestern ... ich konnte es einfach nicht. Sie liebt ihn so offensichtlich und woher soll ich wissen, dass ich durch die Heirat mit ihr nicht an der Liebe meines Lebens vorbeilaufe?"

Bei seinen letzten Worten blickte er sie bedeutungsvoll an, was ihr zunächst Schauder über den Rücken jagte. Wollte er ihr sagen, sie war doch schuld?

Sie lebte ja nicht einmal mehr hier. Es wurde Zeit sich zu distanzieren. Die Leute schienen zu glauben, sie wäre für immer zurückgekommen.

„Ich muss jetzt auch wirklich los", drängte sie ihn nach ein paar Schweigeminuten ein wenig und schob ihm das Geld über den Tresen.

Er drehte sich um und packte ihr in die Tüte noch eine Schachtel mit zwei Cupcakes, ehe er sie ihr reichte. „Ich hoffe, Schokolade ist immer noch deine Lieblingssorte."

Sie lächelte leicht und hoffte ihm keine falschen Signale zu senden. Es war Sonntagfrüh, da sollte man noch nicht darauf achten müssen, ob man gerade unfreiwillig in einen Flirtsog gezogen wird oder nicht.

„Danke, ja. Stimmt so", erklärte sie ihm hastig, als er mit ihren Dollarscheinen zur Kasse ging und stürmte aus dem Laden.

Dabei war es ihr völlig egal, dass sie ihm gerade statt vier Dollar, zehn Dollar für ihre Bestellung gegeben hatte. Wenn sechs Dollar ihr zur Flucht verhalfen, bevor es noch unangenehmer heiß wurde, dann war das jeden verdammten Cent wert.

Sie mochte ihn, er war sexy, süß und verdammt heiß, aber sie konnte sich hier unmöglich auf jemanden festlegen, wenn ihr Leben - obwohl dies nicht mehr als aus ihrem Job bestand – sich in South Carolina abspielte.

Eindeutig zu viel Drama für einen Morgen. Zumal sie an diesem Morgen beim Aufstehen noch ganz andere Gedanken an Mr. King's überaus süßen

Hintern in diesem teuflisch gut sitzenden Anzug gehabt hatte.

Und dann das komische Kribbeln in ihrem Magen, als Tucker ihre Wange zum Abschied so zärtlich geküsst hatte, als würde er sich vorstellen, es wären ihre Lippen.

Ohne ihr spezielles Zutun hatte sie es geschafft, sich innerhalb einer Woche in einen Strudel aus drei Männern ziehen zu lassen, die ihren Gedanken keine Ruhe ließen. Wenn man bedachte, wie lange sie schon keinen richtigen Mann mehr in ihrer Nähe gehabt hatte, geschweige denn nackt gesehen hatte, grenzte das fast schon ans Lächerliche.

Kapitel 9

 Bloomwood hatte schon etwas von einer alten Westernstadt, obwohl es nicht einmal im Süden lag und viel Staub gab es auch nicht. Eigentlich war es sogar genau das Gegenteil, es war überaus grün und hatte so gar nichts mit der Großstadt gemein, in der sie seit einigen Jahren lebte. Morgens um sechs war hier jedoch so gut wie niemand auf den Beinen und das Dorf sah aus wie leergefegt.

 Dieser Effekt, dass es sich um ein altes Westerndorf handelte, kam eigentlich nur daher, dass es aufgrund der geringen Bevölkerungsdichte für jeden genug Platz gab und man sich nicht aneinander vorbeiquetschen musste, um an sein Ziel zu kommen und man normalerweise nicht so schnell angefahren wurde, wenn man über die Straße ging.

 Der gravierendste Unterschied war jedoch, dass es von allem immer nur einen Laden in Bloomwood gab. Egal ob Bäckerei, Lebensmittelgeschäft, Schuhladen oder Blumengeschäft, alles lief hier vollkommen konkurrenzfrei, was auch das gute soziale Klima des Dorfes ein wenig erklärte.

 In der Großstadt merkte man viel mehr, wie sehr einige Geschäfte um ihre Existenz kämpfen mussten, dabei ging die persönliche Note komplett flöten und übrig blieb ein möglichst schnelles Abfertigen und

Abkassieren. Dies war eines der Dinge, die Delphine am meisten in Columbia hasste.

Sicher war es auch mal schön von niemandem erkannt zu werden. Sich nicht wegen eines neuen Haarexperiments zu rechtfertigen oder sein Liebesleben auf der Straße verstreut zu hören. Das war mitunter der Grund, warum sie sich so gefreut hatte, weit weg studieren gehen zu können und ihr Leben großartiger und bedeutsamer zu machen. Doch nun stand sie vor dem blaugestrichenen Blumengeschäft ihrer Eltern, dekorierte den eigentlich völlig überfüllten Eingangsbereich, entfernte verwelkte Blumen und kräuselte in Gedanken die Stirn, wovon sie wahrscheinlich bald Falten bekam.

Immerhin war sie dreißig!

Nicht, dass sie Panik bekam, aber sie wollte es erst gar nicht dazu kommen lassen, dass sie eine Uhr ticken hörte. Und sie wollte von ihrer Mutter nicht diesen Blick sehen, der ihr sagte, wie sehr sie sich Enkelkinder von ihrer einzigen Tochter wünschte.

Magnolia würde etwas Derartiges nie aussprechen, im Gegensatz zu jedem anderen im Dorf, der mit Sicherheit schon seinen Senf zu ihrem Singlestatus dazugegeben hatte, allen voran Barbara Morrington.

Delphine machte sich heute nicht mehr viel aus den Gerüchten, die wie selbstverständlich in einem kleinen Dorf kursierten, dazu war sie oft genug Fokus der Gerüchte und des Tratschs gewesen.

Wer eben gerne Dinge tat, die nicht angepasst schienen wie sich die Haare in einem verrückten Anfall knallpink zu färben und am nächsten Tag blau oder auch ihre kleine Nacktbadeeinlage in ihrem letzten High School Jahr, rückte sich automatisch in diesen Fokus. Zugegeben, sie hatte an diesem Abend mit Tucker gut einen gebechert, aber sie schämte sich nicht dafür, denn es war toll gewesen. Ein Nervenkitzel, aber auch ein tolles Gefühl der Freiheit und inneren Ruhe, die sie vor ihren Abschlussprüfungen so dringend nötig gehabt hatte.

Tucker hatte schon immer gewusst, wie er sie beruhigen konnte und wie sie auf andere Gedanken kam und er wusste, dass sie jeden Blödsinn mitmachte, den er vorschlug. Außer von einer Brücke springen, würde sie vermutlich alles mit Tucker machen, denn sie vertraute ihm blind, schon immer.

„Lauren und ich kommen heute schon ohne dich zurecht. Du solltest dir Gummistiefel anziehen, mein Schatz. Tucker hat mir erzählt, es sei ein gutes Stück Arbeit und gleicht momentan mehr einem Urwald, als einem richtigen Garten." Magnolia berührte ihre Tochter an der Schulter und lächelte warm.

Delphine küsste ihre Mutter auf die Wange. „Dabei war es mal ein so besonderer Garten. Ich hasse es, dass dieser Typ das überhaupt nicht zu schätzen weiß", grummelte sie.

Ihre Mutter konnte sich ein Lachen nicht verkneifen, zumal Tucker ihren Plan zunichte gemacht hatte, ihrer Mutter zu erzählen, sie hätte das alte Fahrrad verloren und ihr stattdessen alles über Mr. King berichtet. Sie mochte Tucker, aber manchmal war er einfach eine Landplage.

Magnolia hatte schon genug Sorgen mit ihrem mürrischen Mann, der von Tag zu Tag schlechtere Laune bekam, weil er nichts tun konnte. Doch nach ihrer ersten Sorge wegen des kleinen Unfalls, hatte sie mit einem stetigen Zucken um ihre Mundwinkel die ganze peinliche Geschichte genossen.

„Vielleicht irrst du dich in ihm. Du solltest nicht vorschnell über den Mann urteilen. Vielleicht lernst du ihn erst einmal besser kennen."

„Warum sollte ich? Ich soll Tucker helfen, nicht den Kunden befriedigen."

„Delphine!"

Sie verdrehte die Augen über ihre Mutter, die sie empört anblickte. Wenn man bedachte, dass sie und ihr Vater die Meister der freien Liebe waren und nie damit zurück gehalten hatten, sich in aller Öffentlichkeit die Zunge in den Hals zu stecken, war es auch wirklich witzig.

Mittlerweile hatten beide ein Alter, in dem sie mal einen Gang runter geschaltet hatten, sehr zu Delphines Wohlbehagen.

Es war ja schön, dass ihre Eltern noch zusammen waren und heute kam sie auch wesentlich besser mit ihren Liebesbekundungen klar, aber als Teenager hatte sie sich durchaus das ein oder andere Mal für ihre Eltern geschämt. Heute wusste sie, es war lächerlich. Aber als Teenager legte man nun einmal Wert darauf, was andere Menschen von einem hielten. Deine Beliebtheit stieg und fiel mit dem Ruf und Beruf deiner Eltern. Und weil Delphine in den Augen der anderen Kinder schon immer *„seltsam"* gewesen war, konnte sie auf dieser Skala durch ihre Eltern nur noch fallen.

Dabei konnte sie sich bis heute nicht erklären, warum die Kinder sie gemieden hatten. Sicher, sie war extrovertiert gewesen, irgendwie flippig, manchmal zu laut und manchmal so zurückgezogen, dass man nicht an sie herankam. Vielleicht waren es ihre Gefühlsumschwünge gewesen, denen die Kinder nicht hatten folgen können, da sie mit Blitzgeschwindigkeit gewechselt hatten. Aber war das nicht normal für Teenager?

„Ich meinte nicht, du solltest dich diesem Mann anbiedern, aber vielleicht möchtest du ihn einfach mal kennenlernen. Du weißt schon, ein Date oder so was."

„Anbiedern? Mom, ich bin mir gar nicht sicher, ob dieses Wort noch existiert. Überhaupt, seit wann bist du *prüde*? Hab ich etwas verpasst?"

„Nein. Ich meine nur ... möchtest du mir vielleicht etwas sagen?"

An manchen Tagen war es wirklich schwer, den Gedankengängen ihrer Mutter zu folgen.

„Zum Beispiel?"

Von dem Unfall wusste sie und außer ihrem Führerschein, den sie erst einmal nicht wiederbekam, hatte sie keine Geheimnisse vor ihrer Mutter. Naja, nicht mehr als jeder andere auch.

„Bist du verliebt, mein Schatz?" Die Wangen ihrer Mutter färbten sich rosa und sie lächelte dieses *Vielleicht-werde-ich-doch-in-absehbarer-Zeit-Großmutter-Lächeln*, was Delphine wirklich ein wenig Angst einflößte.

„In wen sollte *ich* denn verliebt sein? Mein Job lässt mir keine Zeit dazu und hier bin ich erst seit einer Woche!"

„Tucker hat sich so gefreut, dass du wieder kommst. Er hat seit Wochen über nichts anderes gesprochen. Die Nachricht in den Cupcakes, die du am Sonntag von der Simmons Bäckerei mitgebracht hast und dann dieser mysteriöse Fremde."

Delphine hatte das Gefühl, ihre Mutter hatte schon wieder einen Telenovela-Marathon hinter sich und übertrug mal wieder alles in die Realität, was sie dort sah. Spannende Dreiecksgeschichten. Lug, Betrug und die große Liebe mittendrin, die zu blind für ihr großes Glück war.

„Tucker ist mein bester Freund, ich hoffe doch sehr, dass er sich gefreut hat mich wiederzusehen, aber das mit uns ist lange vorbei. Und mysteriös ist dieser Fremde nun wirklich nicht. Hochnäsig, ja. Um mysteriös zu sein, müsste er ja etwas Aufregendes an sich haben, aber dieser Kerl ist einfach nur offensichtlich langweilig und in seinem Job gefangen."

Aber war sie das nicht auch irgendwie? In ihrem Job gefangen?

Vielleicht war er *ein wenig* aufregend. Und vielleicht auch sexy. *Ein wenig.*

„Aber von welcher Nachricht sprichst du?"

Ganz geheimnisvoll kramte ihre Mutter in ihrer Schürze und steckte ihr unauffällig einen kleinen Zettel zu. „Ich wollte nicht, dass dein Vater seinen grimmigen Blick aufsetzt. Du weißt, er kann die Familie Simmons nicht so gut leiden."

„Ja, weil er immer gegen Tobys Dad im Poker verloren hat und Dad der mieseste Verlierer der Welt ist. Aber was soll das mit dem Zettel?"

„Lies", flüsterte ihre Mutter und verschwand im Laden. Auflachend faltete sie den Zettel auseinander und versuchte die krakelige Schrift zu entziffern.

Lake Monroe, Montag 22 Uhr an unserer
Stelle.
Ich würde mich freuen!
TS

Verwirrt und ein bisschen kindisch nervös las sie die Nachricht immer und immer wieder, als würde sich dadurch etwas daran ändern. Sie war sich sicher, man unterschrieb einen Zettel nicht mehr mit seinen Initialen, wenn man ein Alter von sechzehn überschritten hatte, aber das galt offenbar nicht für Toby Simmons.

Noch ein Stück peinlicher war allerdings, dass ihre Mutter den Zettel gefunden und für sie versteckt hatte und nun mit Sicherheit dachte, sie treffe sich mit drei Männern gleichzeitig. Dafür, dass sie vor einer Woche noch gar keinen Mann und keine Aufregung in ihrem Leben gehabt hatte, hatte sie nun eindeutig zu viel davon.

Sollte sie sich wirklich mit Toby treffen?

Sie fand ihn immer noch attraktiv und er hatte sie in seinem Anzug an seinem Hochzeitstag beinahe von ihren Füßen gerissen, so zum Anschmachten hatte er ausgesehen. *Sein Hochzeitstag!*

Er hatte zwar gesagt, dass keine Gefühle im Spiel gewesen waren, trotzdem kam es ihr komisch vor, sich mit einem Mann zu treffen, dessen Hochzeit am vergangenen Samstag hatte stattfinden sollen. Innerhalb von Minuten würde sich das ganze Dorf mal wieder den Mund über sie zerreißen und alle möglichen Gerüchte in die Welt setzen, aber das war ja nichts Neues.

„Guten Morgen, schöne Frau! Bereit ein Wunder zu schaffen?", rief Tucker ihr grinsend aus seinem Pick-Up-Truck entgegen. Der Schreck ließ sie aufkreischen und geistesgegenwärtig den Zettel in ihren Jeansshorts verschwinden.

„Mann, bist du schreckhaft. Hast du Geheimnisse? Hast du dich heimlich der Mafia angeschlossen?", fragte Tucker beim Näherkommen mit gespielt kritischem Blick und drückte ihr einen Kuss auf die Wange. Wie üblich wurde ihr ganz warm im Magen, bei seiner Begrüßung und sie spürte das vertraute, schöne Gefühl, das sie immer bekam, wenn sie Tucker sah. War das Liebe? Er machte sie nicht kribbelig oder nervös, aber war das eine Bedingung für wahre Liebe?

„Nein, du Komiker. Ich war nur in Gedanken. Ich ziehe mir schnell andere Schuhe an."

Er folgte ihr in den Blumenladen und sie verschwand in Windeseile die Treppe hinauf. Eigentlich hatte sie sich ein wenig Ruhe, Entspannung und Heimatgefühl gewünscht. Stattdessen fand sie sich in ihrer eigenen Seifenoper wieder.

Sie mochte keine Seifenopern.

Kapitel 10

Er konnte ja nicht wissen, dass sie momentan keinen Führerschein hatte, redete sie sich immer wieder vor, als sie schon wieder eine Verschnaufpause einlegen musste. Sie war fit wie ein Faultier, hoffentlich trug es ein wenig zu ihrer Fitness bei, wenn sie Tucker weiterhin bei der Gartengestaltung zur Hand ging.

Zum Glück war Mr. King nicht aufgetaucht, sodass sie erst einmal in Ruhe begonnen hatten sich den Weg durch den kleinen Vorgarten zu schneiden. Sie hatten volle neun Stunden an den riesigen grünen Sträuchern herumgeschnitten und am Ende sah es immer noch aus wie ein Schlachtfeld. Obwohl mittlerweile der Eindruck einer Geistervilla gewichen war und man wenigstens wieder die schönen kleinen grauen Dächer erkennen konnte. Die Bäume waren fast unmenschlich hoch gewachsen, sodass sie die Fassade beinahe komplett bedeckt hatten. Nun konnte man wenigstens wieder den oberen Teil des Hauses wieder richtig sehen, wenn man zur Auffahrt fuhr.

Dieses Haus war ein Traum und es wäre eine Schande gewesen es zuwuchern zu lassen, aber Delphine konnte gut verstehen, dass Catherine es in ihrem Alter nicht mehr geschafft hatte, alles alleine in Schuss zu halten. Der Garten war größer als er einem vorkam und es standen ordentlich viele Pflanzen, Sträucher und Bäume herum, die regelmäßig gestutzt werden mussten. Tucker und sie hatten schnell gearbeitet und trotzdem kaum etwas geschafft. Wenn sie sich vorstellte welche verwilderte Anlage sie hinterm Haus noch erwartete, bekam Delphine größten Respekt vor Catherines Arbeit.

Nicht zuletzt, weil Delphines Schultern jetzt schon wie die Hölle schmerzten, und sie wollte lieber nicht an morgen früh denken. Dass sie nun zu Fuß die vier Kilometer bis zum vereinbarten Platz am Lake Monroe zurücklegen musste, steigerte ihre Laune nicht gerade, da sie den ganzen Tag gestanden hatte und sich eigentlich nur noch irgendwohin legen wollte.

Wenn sie daran dachte, dass sie nun die restlichen sieben Wochen Tucker helfen sollte, anstatt eine ruhige Kugel im Blumengeschäft ihrer Eltern zu schieben, wurden die Schmerzen gleich noch eine Spur schlimmer. Sie war gerne an der frischen Luft und sie mochte es auch, wie körperliche Arbeit ihre schlaffen Muskel formte, nur der Weg dahin war mühselig.

Sie wusste nicht wieso, aber zusätzlich zu den Muskelschmerzen in ihren Beinen und Armen, spürte sie schon seit ihrer Rückkehr ihre

Nackenmuskeln mehr als deutlich. Eigentlich konnte es dafür nur einen Grund geben und dafür hasste sie den Eigentümer des schönen Hauses nur noch mehr. Permanent zu glauben, er stehe gleich in seinem perfekt gebügelten Armani-Anzug hinter ihr und motzt, dass ihm die Arbeit nicht gefiele und dabei so umwerfend aussieht, dass sie ihn nur anstarren will und sich damit zum absoluten Affen macht, hatte nicht gerade zu ihrer Entspannung beigetragen.

Irgendetwas war mit diesem Mann, was sie nervös, unruhig und seltsam kribbelig machte, dabei mochte sie ihn ja nicht einmal! Zugegeben, sie wusste nicht allzu viel von ihm. Aber alleine, dass er dieses Haus gekauft hatte und es ihn überhaupt nicht zu berühren schien, welchen Schatz er damit hatte, seine kühlen blauen Augen, die einen beinahe dazu zwangen etwas zu gestehen, was sie gar nicht getan hatte, und dann dieses selbstgefällige Zucken seiner Mundwinkel. Es machte sie schlichtweg wahnsinnig, weil sie dann das Gefühl hatte, er mache sich über sie lustig und dies war einer ihrer sensibelsten Punkte.

Sie bemühte sich wirklich, dass die Leute sie mochten, hatte aber früh erkannt, dass sie es nicht jedem recht machen konnte und sie sich nicht zerreißen konnte, um jedem zu gefallen. Dies hatte jedoch keineswegs den Schmerz gemildert, den sie bei Tuscheleien auf dem Schulhof, blöden Sprüchen oder albernem Gekicher hinter ihrem Rücken verspürt hatte.

Dass sie von der siebten bis achten Klasse eine Art kurze Beziehung zu Toby Simmons geführt hatte, hatte diese Tuscheleien nur noch angestachelt. Ihre Freundschaft und Beziehung zu Tucker, hatte dem Ganzen noch die Krone aufgesetzt. Was wollten die hübschesten Jungs der Kleinstadt mit der Verrückten aus dem Blumenladen, die nicht nur den seltsamsten Namen trug, den sie jemals gehört hatten, sondern auch noch jeden Trend mitmachte, sei er noch so schrecklich und deren Eltern ihr – nach der Meinung *ihrer* Eltern – zu viele Freiheiten ließen?

Delphine blieb noch einmal stehen und streckte sich. Sie musste es morgen definitiv langsamer angehen lassen oder sie würde sich am Abend fühlen wie eine Hundertjährige. Irgendwie war sie die ganze Zeit in dem Irrglauben herumgelaufen, sie sei recht fit. Immerhin rannte sie ständig zu Terminen, nahm immer die Treppe und das nicht nur, weil ihr in Aufzügen immer schlecht wurde und ihre Shoppingmarathons waren auch nicht von schlechten Eltern. Doch offenbar hatte sie keinerlei Muskelmasse. Nirgendwo.

Als sie ein Auto näherkommen hörte, hätte sie sich am liebsten auf die Straße geworfen und um Gnade gefleht, aber sie riss sich am Riemen und watschelte weiter in ihren pinkfarbenen Turnschuhen. Sexy Mann hin oder her, aber für keinen Mann der Welt hätte sie sich an diesem Abend noch in Stöckelschuhe gezwängt.

Der Wagen kam langsam neben ihr zum Stehen und eine Fensterscheibe öffnete sich. Sie war schon lange nicht mehr in einer Kleinstadt gewesen, aber sie musste damit rechnen, dass sich Kidnapper mittlerweile auch hierher verirrten. Ganz die brave Tochter, widerstand sie dem Impuls, zu nahe an das Fenster des silberfarbenen SUVs heranzutreten und trat stattdessen einen Schritt zurück, ehe sie einen Blick in das Wageninnere und den Fahrer warf, der nur von den kleinen Lichtern im Wagen angestrahlt wurde.

„Wenn ich gewusst hätte, dass du keinen Wagen bei dir hast, hätte ich dich doch mitgenommen. Steig ein, Süße."

Der Mann schaltete die kleine Lampe im Inneren an und endlich konnte sie aufatmen, als sie in Toby Simmons lächelndes Gesicht blickte. Sie bedeckte ihr Herz mit ihrer Hand und atmete tief durch, ehe sie an die Wagentür trat.

„Gott, hast du mich erschreckt. Ich dachte schon, Bloomwood wäre zu einer kriminellen Hochburg mutiert."

Toby lachte, dabei kräuselten sich bezaubernde kleine Fältchen um seine schönen braunen Augen.

„Du kannst dir nicht vorstellen, wie ich dich vermisst habe, Delphine Darling."

Obwohl ihr durch ihren schnellen Gang recht warm war, war sie doch froh, dass sie eine Jeans und keine Shorts trug. Sie wollte sich in Tobys Gegenwart nicht andauernd an der Hose oder am T-Shirt zupfen, weil sie sich plötzlich zu nackt vorkam.

Dabei war ihr Sweater-Jeans-Outfit nicht gerade das, was man unter sexy Date-Outfit abstempeln konnte, aber seine Nachricht hatte ihr nicht nach einem romantischen Date geklungen, sondern eher nach einem Treffen unter Freunden. Nicht nur, weil er sich gerade von seiner *Jetzt-nicht-mehr-*Zukünftigen getrennt hatte, sondern auch weil es trotz milder Abendtemperaturen im Juni am See kühl werden konnte.

„Hast du gar keinen Wagen hier?", fragte Toby und wartete, bis sie sich angeschnallt hatte, ehe er weiterfuhr.

„Nein. Kein Wagen", entgegnete sie ihm vage. Sie musste ja nicht jedem auf die Nase binden, dass sie für einige Zeit keinen Führerschein hatte. Zumal sie nicht einmal wusste, worauf dieses Date, wenn es denn eines war, überhaupt hinauslaufen sollte.

Zwischen ihnen breitete sich ein unangenehmes Schweigen aus, das sie die Luft anhalten ließ, um bloß kein Geräusch zu machen.

Himmel, das war ja gar nicht unangenehm mit seinem Ex-Freund, der sich am Wochenende noch hatte trauen lassen wollen, in seinem Wagen zu sitzen und sie unterwegs zu einem kleinen versteckten Platz am See waren, an dem sie sich das erste Mal getraut hatte, ihn zu küssen.

Sie wäre nicht die neugierige Delphine, die sie nun einmal war, wenn sie nicht mit zwölf schon ihren ersten richtigen Kuss hinter sich gehabt hätte, der mal am Rande erwähnt eine ziemlich unschöne und feuchte Sache gewesen war, um es nicht *zu* eklig zu beschreiben. Doch Tobys Kuss war ganz und gar nicht eklig gewesen. Die federleichte Berührung seiner warmen, weichen Lippen hatte sie geradewegs in den siebten Himmel befördert und ihr im wahrsten Sinne des Wortes den Kopf weggeblasen.

Dieser Junge war damals ein verdammt guter Küsser gewesen, das musste sie zugeben. Aber auch diese Erfahrung machte die Situation fast sechzehn Jahre später nicht weniger unangenehm. Wahrscheinlich würde sie sich jedoch noch komischer vorkommen, wenn sie damals mehr mit ihm angestellt hätte, als nur ein bisschen Küssen und *„Fummeln"*.

„Ich freue mich, dass du dich entschlossen hast zu kommen", unterbrach er schließlich die Stille und sie ließ Sekunde für Sekunde die Luft entweichen, die sie angehalten hatte. Trotzdem wich die Anspannung keineswegs aus ihrem Körper. Sie fand ihn immer noch attraktiv und sie liebte sein volles blondes Haar, was es ihr besonders schwer machte, ihn nicht die ganze Zeit lächelnd anzusehen, das würde vermutlich nur falsche Signale aussenden. Es war doch vernünftig sich ihm nicht direkt an den Hals zu werfen, nur weil er immer noch zum Anbeißen aussah?

Immerhin könnte er nun genauso gut ein verheirateter Mann sein, egal ob er Rose geliebt hatte oder nicht; dass er sich nun zwei Tage später mit ihr traf, kam ihr seltsam vor.

Er parkte seinen Wagen am Strandaufgang und sie stiegen aus. Immer noch schweigend schlenderten sie zu einem Platz, den sie als *ihren Platz* auserkoren hatten, da er ein wenig abseits vom öffentlichen Strandabschnitt lag und von Bäumen umgeben war, die aussahen wie kleine Palmen.

Delphine versuchte sich auf den See zu konzentrieren und nicht auf den schönen, starken Mann an ihrer Seite, dessen Wärme sie förmlich auf ihrer Haut spüren konnte. Noch bevor sie an ihrem Platz ankamen, umfasste Toby ihren Ellenbogen und drehte sie zu sich um, sodass sie nun doch in seine warmen braunen Augen aufblickte.

„Du hast nicht gefragt, warum ich dich sehen wollte", stellte er fest und musterte dabei jeden Zentimeter ihres Gesichtes übergenau.

„Vielleicht weil wir uns lange nicht gesehen haben und wir so was wie alte Freunde sind?"

„Geliebte", warf er ein und sie blickte ihn nur unverständlich an, doch als er sich an ihren Körper drängte, mit seinen Fingern ihre Wangen streichelte und seinen Kopf zu ihr hinab beugte, war ihr ziemlich klar, was hier lief.

Bevor sie jedoch aufhalten konnte, dass seine Lippen ihre berührten, war es auch schon geschehen. Vorsichtig tastend strich er mit seinen Lippen über ihren Mund und stöhnte wohlig auf.

Ihr Gehirn war für einen Moment wie leergefegt. Sie wusste nicht, was sie von diesem Treffen erwartet hatte, aber sicher nicht, dass er nach zwei Sätzen über sie herfiel, als sei ihre eher kindliche Beziehung erst zwei Monate her. Sie hatte ja nicht einmal sicher gewusst, ob Toby jemals so etwas wie Liebe für sie empfunden hatte und nun küsste er sie einfach so zwei Tage nach seiner Beinahe-Hochzeit. Wahrscheinlich war sie mit fünfzehn noch zu jung gewesen, um überhaupt die Bedeutung von Liebe richtig zu erfassen und er bezeichnete sie als ehemalige Geliebte?

Als ihr Gehirn wenigstens einen Teil seiner Arbeit wieder aufnahm, presste sie ihre Handflächen an seine Brust und schob ihn sanft von sich weg. Seine braunen Augen waren nun fast schwarz im Schein des Mondes und blickten lusttrunken auf sie hinab. Nicht gerade die beste Ausgangssituation um ein klärendes Gespräch zu führen. Vielleicht war er verletzt von Rose und brauchte einfach nur die Bestätigung einer anderen Frau, dass er ein toller und attraktiver Mann war, doch sie hatte nicht vor, diese Frau für eine Nacht zu werden. Nicht, wenn sie dabei Gefahr lief ihr Herz an ihn zu verlieren.

„Das sollten wir nicht tun. Es ist weder die richtige Zeit, noch bin ich die richtige Frau dafür. Du solltest dir Zeit geben, Toby."

Energisch schüttelte er den Kopf, ließ aber sehr zu ihrer Erleichterung seine Hände sinken. „Ich brauche keine Zeit. Als ich dich am Tag meiner Hochzeit wiedergesehen habe, wusste ich, dass ich das nicht kann. Das was zwischen uns damals gelaufen ist, da waren echte Gefühle im Spiel. Warum sollten wir dem Ganzen nicht noch einmal eine Chance geben?"

„Wir waren Teenager und ich habe dich seit Jahren angehimmelt, aber Toby das war keine erderschütternde Liebe, sondern eine Schwärmerei und ich war für dich nur ein Mädchen von Vielen, die noch gefolgt sind. Du verrennst dich da in etwas, weil du verletzt wurdest."

„Ich habe Rose nicht geliebt."

„Das hat damit nichts zu tun. Toby, du wolltest sie heiraten. Mich zu sehen hat dir vielleicht einfach vor Augen geführt, dass es doch nicht das ist, was du wolltest."

Schweigend betrachtete er sie. Sie war absolut bescheuert, der Mann war ein Traum. Loyal, sexy, liebenswürdig und ein toller Bäcker, was lebenslang atemberaubende Cupcakes bedeuten würde und dennoch hatte sich sein Kuss nicht richtig angefühlt. Freundschaftlich, aber nicht weltbewegend, bäumeausreißend, erderschütternd oder so erregend, dass sie ihn am liebsten ins nächste Gebüsch gezerrt hätte. Aber genau das war es, was sie wollte, wenn sie sich wieder auf einen Mann einließ.

Ernsthaft einließ, mit allem drum und dran. Und wenn dieser Mann sie küsste, dann gefälligst so, dass sie ein paar Sekunden danach nicht mehr wusste, wie sie ihren Namen buchstabieren musste, geschweige denn, wo sich rechts und links befinden.

„Ich wollte dich nicht so überfallen ... Eigentlich wollte ich dich um ein richtiges Date bitten und dich ganz anständig erst nach dem dritten Date vor der Tür küssen und dich bei der vierten Verabredung in mein Bett weiterlotsen."

Delphine musste bei seiner erstaunlich ernst gemeinten Planung auflachen.

„Na wie charmant, aber ich lehne dankend ab. Toby, das zwischen uns ist genauso wenig Liebe, wie sie zwischen dir und Rose existiert hat. Und ich glaube, wir können es beide besser treffen."

Verlegen strich er sich durch seine Haare und rieb seinen Nacken wie ein Jugendlicher, der etwas angestellt hatte. Dabei starrte er auf seine wahnsinnig interessanten Schuhspitzen.

„Du hast recht ... Vielleicht war ich doch enttäuschter als ich gedacht hatte. Ich hatte nur irgendwie gehofft, dass bei dir ein Funke oder so was überspringt."

Gott, es war fast schon schwieriger, sich *nicht* in ihn zu verlieben, so betreten wie er vor ihr stand, aber das erhoffte Kribbeln blieb aus.

„Ist bei dir denn ein Funke *oder so was* übergesprungen?"

„Ehrlich? Nein ... Jetzt komme ich mir ehrlich gesagt auch ziemlich blöd vor. Können wir das vielleicht für uns behalten? Ich meine ... du weißt schon. Man muss ja nicht alle Peinlichkeiten in die Öffentlichkeit tragen. Ich fahre dich auch gerne nach Hause."

Als er ihr endlich wieder in die Augen blickte, lächelte sie ihn an.

„Glaubst du, ich bin scharf drauf, mich bereits nach einer Woche zum Tratschthema Nummer eins zu machen? Aber peinlich ist hier gar nichts."

Sie zuckte lässig mit den Schultern, da endlich diese blöde Anspannung aus ihren Muskeln gewichen war, war das auch wieder möglich.

„Nach Hause möchte ich allerdings auch noch nicht. Bleiben wir doch noch ein bisschen, setzen uns an den Strand und du erzählst mir, was in deinem Leben sonst so passiert ist."

Unsicher blickte er hin und her.

„Als Freunde?", warf sie ein und er entspannte sich sichtlich und lächelte endlich wieder.

„Das wäre schön. Gerne."

Gemeinsam spazierten sie zu der kleinen Parkbank am Strand, ließen sich darauf nieder und blickten auf den Lake Monroe, der vom Mond in romantisches Licht getaucht wurde, während sie sich gegenseitig von ihren Leben erzählten und gemeinsam lachten.

Kapitel 11

„Du hast mit Toby Simmons am See rumgeknutscht?!", rief Tucker empört die Leiter hinunter, die sie unten festhielt, damit er nicht mit der Baumsäge den Abflug machte. Dabei wackelte die Leiter unter ihren Händen bedrohlich.

„Würdest du bitte nicht so herumhampeln! Mein erste Hilfe Kurs ist zu lange her, du würdest vor meinen Augen abkratzen und darauf habe ich heute echt keine Lust, Tucker Bell! Außerdem habe ich dir das im Vertrauen erzählt."

„Ich werde schon nichts weitertratschen, du solltest mich kennen."

Er schnitt den nächsten Ast der Weide ab, die gefährlich hoch gewachsen war und mittlerweile in den Stromleitungen hing, die zum Haus und davon wegführten.

„Wir haben nicht rumgeknutscht ... es war mehr so ein Ertasten der Grenzen."

„Nette Umschreibung dafür, dass er dir nur Tage nach seiner Hochzeit den Mund mit seiner Zunge durchsucht hat wie ein Höhlenforscher."

„Tucker!"

„Was denn?", er zuckte unschuldig mit den Schultern und warf den nächsten Ast, sodass sie sich enger an die Leiter pressen musste um nicht getroffen zu werden. Diese kleinen Äste hatten es in sich. Sie waren wie tausende kleine Peitschen und sie hatte an diesem Tag bereits mehr als einmal gespürt, wie schmerzhaft es sein konnte, wenn man sich durch die Weide kämpfte und dabei von zehn Peitschenhieben gleichzeitig getroffen wurde. Delphine liebte Pflanzen und Bäume, aber sie wollte nichts mehr als diese beschissene Weide sterben sehen.

Die Striemen an ihrem Körper hatten nicht nur beim Aufprall wehgetan, die an ihren nackten Armen würden mit Sicherheit auch unter der Dusche brennen wie Feuer. Ganz nach dem Motto wie du mir so ich dir, freute sie sich über jeden Ast der fiel. Sie verdeckten ohnehin nur eines der schönen Blumenbeete. Es war erst Mittag und wenn sie schnell waren, dann würden sie dieses Beet, das noch vollständig von der Weide bedeckt war, heute noch zu Gesicht bekommen.

Es war nun schon der dritte Tag und es wurde gerade mal so ein wenig heller im Vorgarten. Die Arbeit schien kein Ende zu nehmen, aber am Ende des Tages war sie stolz wie Oskar, wenn sie ein wenig mehr von dem einst so beeindruckend schönen Vorgarten erblickte, welcher den Weg zu dem traumhaften Haus mit den grünen Klappläden und den vielen kleinen grauen Dächern säumte.

Sehr zu ihrer Beruhigung schien es Mr. King nicht sonderlich zu interessieren, was aus diesem Haus wurde und wie die Arbeiten voranschritten. Einerseits war dies zwar eine Wohltat für ihre verspannten Nackenmuskeln, die sich bei seinem Erscheinen immer blitzschnell verkrampften, wahrscheinlich alleine schon deshalb weil er eine derartige Autorität ausstrahlte. Andererseits hätte sie ihm am liebsten Vorwürfe gemacht, dass er sich in der Zwischenzeit genauso gut um das Innere des Hauses kümmern könnte. Als studierte Innenarchitektin brannte es geradezu in ihren Fingern, ein paar schöne Entwürfe für das Haus zu zeichnen, denn angesichts des Gartens konnte es drinnen nicht viel besser aussehen.

Sie hasste die Vorstellung, dass irgendein Stümper den Auftrag bekam, den besonderen Charme des Hauses nicht erkannte und das Innere komplett Hochmodern einrichten lässt. Viele ihrer Kollegen vertraten diesen Stil und machten sich dabei kaum Gedanken darüber, dass das Innere auch zum älteren Äußeren des Hauses passen sollte.

Und sie hasste es noch mehr, dass ein Mann wie Mr. King genau so ein Mensch war, der alles toll fand, was ein Innenarchitekt aus der Stadt, der ohnehin nur moderne Wohnungen gestaltete, ihm anbot.

Dieser sterile, gerade, kantige Stil war genau das, was zu einem Mr. King passte, aber es war keineswegs das, was zu dem Haus passte. Es würde dem Haus seine Besonderheit stehlen. Natürlich war nichts gegen ein bisschen moderne Technik einzuwenden, aber Mr. King hatte sicher nicht vor in einem Haus zu leben, das vom Landhausstil geprägt war. Sie konnte sich ohnehin nicht erklären, warum Catherine diesem Mann das Haus verkauft haben sollte.

„Das sieht ja schon richtig gut aus!", rief eine dunkle Männerstimme über den Krach der Säge hinweg in ihrem Rücken. Der Schreck ließ sie aufkreischen, dabei schwankte die Leiter heftig und die Säge verstummte abrupt. Sie konnte Tucker in der Weide kaum sehen, sie hörte nur ein Rascheln und sein Fluchen.

„Verdammte Scheiße, Delphine! Was tust du da unten?! Willst du mich umbringen?"

Geistesgegenwärtig packte sie die Leiter wieder fester und sah kurz darauf Tucker mit grimmiger Miene hinunterklettern.

Für ein paar Sekunden hatte sie den Mann schon wieder vergessen, drehte sich aber dann doch um, als Tucker die Säge auf den Boden legte und kopfschüttelnd an ihr vorbeiging.

„Guten Tag, Mr. King. Schön Sie zu sehen."

Für Mr. King hatte er plötzlich sein freundlichstes Grinsen drauf. Verräter!

Konnte sie denn etwas dafür, dass dieser Idiot sich derart anschlich und sie zu Tode erschreckte?!

„Nennen Sie mich doch Jon. Mr. King wird sonst nur mein Vater genannt."

„Gerne, ich bin Tucker."

Und ich bin der Osterhase! Jetzt verbrüdern die sich auch noch!

Delphine hatte sich immer noch keinen Millimeter von der Leiter wegbewegt, denn sie versuchte krampfhaft ihren Herzschlag zu beruhigen. Sie konnte dieses Mal nicht definieren, ob dies bloß von Mr. Kings Anwesenheit herrührte oder doch eher von seinem Versuch witzig zu sein und sie hinter ihrem Rücken über den Lärm der Säge anzuschreien.

Tucker schien die Schrecksekunde gut verdaut zu haben, denn er unterhielt sich fachmännisch und mit einem gewinnenden Lächeln mit *Jon*. Sie konnte nicht mal mehr sagen, wieso sich dieser Groll gegen Mr. King so schnell in ihr aufgebaut hatte. Es war jedoch nicht nur die Sache, dass er sie erst angefahren, ihr dann die Schuld in die Schuhe geschoben und sie dann einfach hatte stehen lassen, nachdem er sich versichert hatte, dass sie noch lebte.

Er hatte diese arrogante Art an sich, wie sie Männer in hohen Positionen oder auch *Machtpositionen* nun einmal hatten und auch wenn andere Frauen eine solche Art antörnte, Delphine konnte sich nichts Abstoßenderes vorstellen. Und dann dieser abschätzige Blick, mit dem er sie jedes Mal musterte, wenn er sie sah, der machte sie rasend. Auf die Art: *Was weißt du denn schon, kleines Mädchen? Ich habe was aus mir gemacht und bin hier der große Macker, eine wie du geht mir am Arsch vorbei.*

Und warum trug er schon wieder einen schwarzen Anzug bei dreißig Grad im Schatten? War er Bestatter oder was?

„Bist du da hinten festgewachsen?! Delphine, komm doch mal her!"

Kaum hatte Tucker sich mit diesem Kerl angefreundet, fing er schon genauso an und behandelte sie wie ein kleines Kind. Und es gab eine Sache, über die sie so richtig in Rage geraten konnte: Wenn sie jemand wie ein naives Dummchen behandelte.

Widerwillig und nur um nicht komplett unhöflich und unerwachsen zu wirken schleppte sie sich zu den beiden und nickte Mr. King mit neutralem Gesichtsausdruck leicht zu.

„Mr. King."

Das erste Mal seit sie ihn kannte, sah sie ihn ehrlich lächeln. So ehrlich, dass der Glanz auch seine Augen erreichte und sie mit Leben füllte.

Wer hätte gedacht, dass dieser Mann noch schöner aussehen konnte? Das war nicht fair, dass die größten Idioten, die hübschesten Gesichter hatten. Noch unfairer jedoch war, dass sie vor ihm stand wie ein gerupftes Huhn und vor Schweiß nur so triefte. Dieser Mann schien überhaupt nicht zu schwitzen! Allein wenn man sich nicht bewegte strahlte die Sonne ungewöhnlich heiß in den Vorgarten, dabei war es gerade mal Juni!

„Bitte, nennen Sie mich doch Jon", bot er ihr mit diesem überaus charmanten Lächeln an, von dem sie annahm, er hatte es vor dem Spiegel trainiert. Sie bezweifelte, dass dieser Mann wirklich charmant sein konnte, angesichts der Tatsache, dass er sie auf der Straße einfach hatte stehen lassen.

Deutete sie diesen seltsam durchdringenden, lächelnden Blick falsch, oder versuchte er gerade mit ihr zu flirten? Da war er bei ihr aber an der ganz falschen Adresse! Vielleicht hatte der Mann auch einfach nur eine gespaltene Persönlichkeit und war an einem Tag ein gefühlskalter Idiot und am nächsten Tag der charmanteste Kerl der Welt. Sie blieb jedenfalls auf Distanz und betrachtete ihn skeptisch.

Andererseits erlebte sie zum ersten Mal, dass sich in diese unglaublich hellblauen Augen auch Leben einhauchen ließ, was ihn gleich um einige Grade freundlicher aussehen und darüber hinaus ein seltsam nervöses Kribbeln durch sämtliche ihrer Glieder wandern ließ. Dieser Mann war zweifellos maskulin und schön, was sie störte war bloß, dass er ganz genau wusste, dass er jede haben konnte und dass man ihm diese Einstellung ansah.

Er hielt ihr die Hand hin und weil sie sich entschlossen hatte, die Kratzbürste nach innen zu kehren, ergriff sie seine Hand. Eine große Hand. Stark. Männlich. Kein zu starker Druck, aber doch bestimmt. Die Wärme seiner Hand in ihrer verwirrte sie und sie wusste nicht, ob ihr plötzlich so warm war, weil er ihre Hand ein wenig zu lange festhielt oder ob ihre plötzliche innere Hitze ebenfalls der Außentemperatur geschuldet war.

„*Mr. King*, schön Sie wiederzusehen. Wir müssen weitermachen, wenn wir dieses Ding vor Sonnenuntergang noch vernichten wollen", erklärte sie an Tucker gewandt, entzog Mr. King ihre Hand und wandte sich zum Gehen, ehe sie sich noch einmal mit einem aufgesetzten, süßlichen Lächeln zu diesem außerordentlich irritierenden männlichen Geschöpf umdrehte. „Ach ja, nennen Sie mich doch gerne Ms. Darling."

„Na schüchtern ist sie ja nicht gerade", murmelte Jon vor sich hin und blickte Delphine halb belustigt, halb perplex nach. Durch die vielen Blüten in ihren Haaren, die schmutzigen Shorts und das ebenso fleckige T-Shirt, ihre verschrammten Beinen und ihre zerzauste blonde Mähne, wirkte sie wie eine moderne Jane. Da er tagtäglich meist mit Männern und selten mit Frauen in Kontakt war und wenn, dann nur mit welchen in adretten Kostümen und hohen Schuhen, kam ihm die kleine Ms. Darling vor wie ein faszinierender Wildfang.

Ein *selbstbewusster* Wildfang, welcher ihrem Unmut Platz machte und keine Scheu davor zu haben schien, sich einem größeren und älteren Mann entgegen zu stellen. Gleichzeitig verkörperte sie in seinen Augen die absolute Freiheit und egal, ob er sie mochte oder nicht – er konnte sich noch nicht recht entscheiden, auch wenn er sie zweifellos höllisch attraktiv fand – sie lebte das aus, wonach er bereits sein Leben lang strebte und es doch nie erreichte.

Was wohl sein Vater zu einer solchen Frau sagen würde?

Eins war klar, eine solche Frau würde sein Vater nie heiraten. Nicht, weil sie nicht die hübscheste, natürlichste Frau wäre, die er neben Jons Mutter je zu Gesicht bekommen hätte, sondern weil er mit einer solchen Naturgewalt keineswegs klarkäme.

Eine Delphine Darling ließ sich mit Sicherheit nicht kontrollieren oder dominieren.

„Tut mir leid, ich würde gerne sagen, normalerweise ist sie nicht so, aber das wäre wohl gelogen", erklärte ihm Tucker schulterzuckend.

„Sie nach dem Zusammenstoß stehen zu lassen, war wohl nicht die beste Entscheidung meines Lebens. Aber sie wollte ja nicht, dass ich sie irgendwo absetze."

„Du hast sie im Ernst stehen lassen?"

„Naja, sie hatte mir geraten, stattdessen zur Hölle zu fahren, also dachte ich, es wäre keine so gute Idee, eine wildgewordene Frau zu zwingen, in mein Auto einzusteigen."

„Tja, sie nimmt kein Blatt vor den Mund, so viel steht fest", Tucker seufzte kopfschüttelnd und Jon fragte sich unweigerlich in welcher Beziehung die beiden zueinander standen.

Nicht, dass es von besonderer Bedeutung gewesen wäre, aber er war eben ein neugieriger Mensch, was für seinen Job nicht allzu schlecht war. Er musste beinahe täglich fremde Menschen einschätzen und versuchen, so viel über ihr Leben herauszufinden wie nur möglich, damit er vor Gericht keine Überraschung mehr erlebte. Eine gewisse Neugier und eine gehörige Portion Ehrgeiz gehörten nun einmal dazu.

Jon konnte seinen Blick nicht von der kleinen Blondine abwenden, die eifrig die Äste zusammenraffte und ihm dabei wohl eher unfreiwillig einen exzellenten Ausblick auf ihren knackigen, runden Hintern bescherte. Was sie wohl tun würde, wenn Tucker nicht hier wäre und er mitten im Nirgendwo einfach hinter sie treten, seine Arme um ihre Taille schlingen, seinen Körper an ihren pressen und den mit Sicherheit blumigen Duft ihrer Haare einatmen würde?

„Jon?", unterbrach Tucker seine Gedanken.

Herrgott, was stellte dieses kleine Weib nur mit ihm an? Er kannte sie ja nicht einmal und von ihrer freundlichen Seite hatte er sie bisher auch noch nicht erlebt. Er musste vollkommen verrückt geworden sein, auch nur darüber nachzudenken, sich ihr zu nähern. Sicherer könnte er sich einer schallenden Ohrfeige wohl nicht mehr werden.

„Bist du gekommen, um mal zu sehen, was sich getan hat?"

„Eigentlich wollte ich mich mal im Inneren umsehen. Meine Tante hat nicht mehr allzu viel getan, wie es scheint, und wenn ich das Haus verkaufen will, dann sollte ich mir mal ein Bild machen. Soviel ich weiß, wollte sich Catherine einen Innenarchitekten nehmen, da sich die Reparaturen in den letzten Jahren gehäuft hatten und sie sich eine Veränderung gewünscht hat.

Hätte ich gewusst, dass sie nicht mehr in der Lage gewesen war, sich um das Anwesen und ihren Haushalt zu kümmern, hätte ich ihr geholfen. Aber wir hatten in ihren letzten Jahren vor allem telefonisch Kontakt, ich war lange nicht mehr hier."

„Tucker! Arbeitest du heute auch noch?!", rief Delphine ihm mürrisch zu und Tucker lachte auf.

„Mein kleiner Boss hat gerufen, ich muss wieder ran. Wenn ich dir helfen kann, beim Ausräumen oder so, sag Bescheid oder wenn du einen Innenarchitekten suchst, ich kenne da jemanden."

Jon war einigermaßen überrascht von der Hilfsbereitschaft des Gärtners. Er wusste, dass die Leute im Dorf um einiges anders tickten als die in der Stadt, aber er war alleine aufgrund seines fordernden Vaters nie jemand gewesen, der sich auf die Hilfe anderer verlassen hatte.

Wenn einem täglich gepredigt wird, dass nur du selbst dir am nächsten bist und andere Menschen nicht verlässlich sind, dann ist man irgendwann selbst fest davon überzeugt.

„Danke."

„Nicht dafür."

Mit einem ehrlichen freundlichen Lächeln auf den Lippen trabte Tucker zurück zu *seinem kleinen Boss*. Die beiden passten eigentlich ganz gut zueinander. Sie, die aufbrausende, leicht Verrückte.

Er, der ruhende Pol, der sie mit Sicherheit in ihre Schranken weisen konnte. Aber was kümmerte es ihn schon?

In ein paar Wochen würde er das Haus seiner Tante hoffentlich ruhigen Gewissens einem Makler übergeben und dann wieder wie gewohnt in seinen Alltag zurückfinden. Obwohl es ihm in einem Teil seines Herzens leid tat, denn dieser Ort wäre perfekt, um sich eine Auszeit zu gönnen.

Kapitel 12

„Komm schon, Delphine. Redest du jetzt nicht mehr mit mir, nur weil ich mich normal mit Jon unterhalte? Er ist unser Auftraggeber."

„*Mr. King* ist der Mann, der mich angefahren hat. Außerdem macht er sich wahrscheinlich hinter unserem Rücken über uns lustig, weil er in seinem Job viel mehr verdient und dieser Job auch bestimmt in seinen Augen mehr wert ist."

Schmollend zeichnete sie wie wild Pläne für fiktive Wohnungen, während Tucker sie seit einer viertel Stunde bekniete, mit ihm und Lauren auszugehen. Lauren arbeitete als Aushilfe bei „*FLOWERS, DARLING*" und war sowohl mit Tucker, als auch mit Delphine befreundet.

Doch Delphine zog es seit dem Nachmittag vor, lieber zu schmollen und nur das Nötigste mit ihm zu sprechen, weil er sich in ihren Augen mit *dem Feind* verbündete, dabei sah Tucker wirklich nicht ihr Problem.

Vielleicht wirkte Jon ein wenig kühl und es ließ sich auch nur schwerlich einschätzen, wie er wirklich tickte, aber ihm schien er ganz in Ordnung. Klar, es war nicht gerade die feine englische Art gewesen, sie einfach stehen zu lassen, aber Tucker kannte Delphine und ihr Temperament lange genug und wenn sie so richtig in Fahrt war, dann machte man sich besser vom Acker, was er wohl klugerweise getan hatte.

„Er hat dich ja nicht irgendwo in der Pampa angefahren. Der Blumenladen war nur zwei Straßen entfernt. Eigentlich ist hier alles nur zwei Straßen entfernt und da du mit dem Fahrrad unterwegs warst, hat er daraus richtig geschlossen, dass du in der Nähe eine Unterkunft hast."

Sie schwieg weiterhin, also entschloss er sich das Unmögliche zu tun und ihr den Zeichenblock unter den Händen wegzunehmen. Wie erwartet erntete er ihren tödlichen Blick, den wohl nur ein außerordentlich hungriger Tiger besser drauf hatte. Delphine hatte vielleicht den Namen einer Blume bekommen, ihre Persönlichkeit hatte jedoch nie der eines zarten Blümchens entsprochen. Die meiste Zeit mochte Tucker ihre taffe Seite, aber nicht gerade dann, wenn sie unbegründet sauer auf ihn war. Um ihren Kriegspfad zu unterbrechen ergriff er ihre zarten Hände, die ganz schwarz von ihrem Bleistift waren und zog sie von ihrem Stuhl hoch.

„Geht doch alleine. Ich verbringe meine Zeit lieber mit meinen Eltern, solange ich noch da bin, anstatt mit Freunden, die sich lieber mit einem Mann anfreunden, der eine arme verletzte Frau am Wegesrand zurücklässt."

Bei ihrer todernsten Miene konnte Tucker nicht anders und lachte, was ihm natürlich prompt einen kräftigen Schlag auf den Oberarm kostete. Was ein Glück, dass Delphines Muskeln ein Drittel von seinen eigenen waren, so spürte er ihre kleine Faust kaum. Früher hätte er schwören können, sie würde irgendwann einmal die Schauspielschule in New York besuchen, denn ein Naturtalent war sie zweifellos.

„Was denn? Ich weiß gar nicht warum du aus einer Maus einen Elefanten machst. Ja, es war nicht in Ordnung von ihm, aber es tut ihm wahrscheinlich leid. Oder hat deine Abwehr einen besonderen anderen Grund?", hakte Tucker misstrauisch nach.

Delphine hatte sicher nicht vor, wieder in eine Kleinstadt wie Bloomwood zurückzuziehen, deshalb hatte er sich gleich alle Illusionen genommen, dass aus ihnen beiden wieder etwas werden konnte. Denn er wollte hierbleiben. Hier war sein Zuhause. Und hier wollte er eine eigene Familie gründen.

Doch sollte Delphine tatsächlich in Betracht ziehen zurückzukehren, dann musste er sich eingestehen, dass es ihn doch stören würde, würde sie sich auf Jon einlassen. Er schien ihm kein Mann zu sein, der sich so schnell häuslich niederlassen möchte, außerdem wirkte er für Delphine zu kühl, er wüsste sicher nicht, wie er mit ihren Gefühlsausbrüchen umzugehen hätte.

Außerdem wäre der einzige Grund für Delphine wieder zurückzukehren, eine eigene Familie, das hatte sie ihm vor ein paar Jahren anvertraut.

„Wieso? Würde es dich stören, wenn ich mit Mr. *Ich-laufe-bei-dreißig-Grad-im-Schatten-mit-einem-Bestatteranzug-herum* eine Affäre hätte?", fragte sie ihn mit einem süffisanten Grinsen.

„Ich glaube eher, du bist ein bisschen verknallt in unserem Anwalt."

„Der Typ ist Anwalt? Na, das passt ja zu seinem Stock im Arsch."

Und zu seinem blöden Kommentar nach dem Unfall, der ihr doch unfreiwillig einen Schauer über den Rücken gejagt hatte. *Verklag mich, Blümchen.*

Für einen Moment war sie derart verwirrt von seiner dunklen Stimme und seiner Hand gewesen, die eine Blume in ihr Haar gesteckt und dann ihre Wange gestreift hatte, dass sie unfähig gewesen war zu reagieren.

„Ein klarer Fall von erster süßer Verliebtheit", kommentierte Tucker schmunzelnd ihren störrischen Gesichtsausdruck.

„Wohl kaum."

„Wo bleibt ihr denn?!" rief Lauren, als sie um die Ecke kam.

Sie blieb jedoch abrupt stehen, als sie Tucker und Delphine in deren Kreativzimmer entdeckte. Ihre Körper kaum Zentimeter voneinander entfernt, ihre Hände nunmehr verschränkt und einander anlächelnd.

„Ich dachte, wir wollten nach Indianapolis, aber ihr habt ja offensichtlich besseres vor", sagte sie schneidend und verschwandt ehe auch nur einer von beiden reagieren konnte. Tucker starrte ihr nach. Im Gegensatz zu ihm schien sich Delphine schneller zu fangen und ließ seine Hände los.

„Bist du mit ihr zusammen? Warum hast du mir nichts davon erzählt?"

Er zuckte mit den Schultern. „Hat sich nicht ergeben. Es läuft noch nicht lange, aber ich mag sie."

Delphine verdrehte die Augen und lachte auf. „Herrje, wie musste das für sie gerade ausgesehen haben? Hast du sie die ganze Zeit warten lassen?"

„Nein, sie wollte sich umziehen und dann wieder kommen."

„Und dann findet sie dich hier, deine Finger mit meinen verschränkt. Lauren hat uns noch nie wirklich zusammen gesehen. Weiß sie, dass wir nur Freunde sind?"

„Sie weiß, dass wir zusammen waren und jetzt Freunde sind. Vielleicht war ich in den vergangenen

Wochen ein wenig euphorisch, seit deiner Ankündigung, dass du für acht Wochen kommst."

Wieder schlug sie ihn auf den Oberarm, doch dieses Mal um einiges kräftiger.

„Du Idiot. Wahrscheinlich, denkt sie, wir kommen wieder zusammen. Du solltest ihr unser Verhältnis besser mal erklären, das hat sie nicht verdient. Sie ist eine tolle Frau."

Tucker ließ die Schultern hängen. „Ich weiß. Vielleicht habe ich mir selbst auch Optionen offenhalten wollen ..."

Verwirrt musterte Delphine ihn und brachte ein wenig Abstand zwischen sie. Er wollte sie nicht verschrecken, aber das ein oder andere Mal war ihm in den letzten Wochen durch den Kopf gegangen, ob er es damals wirklich versucht hatte oder ob er dem ganzen mit Delphine nie wirklich eine echte Chance gegeben hatte und sie dadurch etwas Besonderes verpasst hatten.

Doch Lauren weglaufen zu sehen. Diesen enttäuschten Ausdruck auf ihrem Gesicht zu sehen, hatte ihm vor Augen geführt, dass er sie wollte und keine andere. Seine Gefühle gegenüber Delphine hatten sich nicht wirklich verändert. Er mochte sie. Er liebte sie sogar, aber nicht in dem Sinne, dass er sie heiraten wollte.

„Gott, Tucker!", aufgebracht ging sie im Zimmer auf und ab.

„Ich will nicht behaupten, ich hätte nicht den ein oder anderen Gedanken daran verschwendet. Wir sind Freunde, wir kennen einander, wir mögen einander und ich weiß, dass du eine Rolle im Rest meines Lebens spielen sollst, aber ... nicht als mein Freund oder Mann. Tut mir leid."

„Das muss es nicht. Mir geht es genauso wie dir. Es war nur ein Gedanke, ich fand es nur fair, wenigstens darüber nachzudenken. Vielleicht habe ich es einmal zu offen in Laurens Gegenwart angesprochen, wie toll wir als Paar waren."

Lächelnd trat sie auf ihn zu und hielt ihre kleine Hand an seine Stirn. „Hast du Fieber? Wir waren eine Katastrophe! Unsere Dates waren langweilig, weil plötzlich nichts mehr wichtig genug war, um darüber zu sprechen und unsere Küsse ... sie waren nicht schlecht, aber..."

Empört schnappte er nach Luft, doch sie hielt eine Hand hoch.

„Lass mich ausreden. Sie waren nicht schlecht, aber so dermaßen krampfhaft, dass ich mich nie getraut habe, dich mit Zunge zu küssen, weil ich dachte sie verknoten sich sonst. Außerdem haben wir das besprochen, wir können die besten Freunde sein, wir mögen uns, aber wir sind mehr wie eine Familie und ich würde dich in einer Beziehung irgendwann umbringen, nur um endlich wieder entspannen zu können."

Tucker lachte auf und er spürte wie seine Nackenmuskeln langsam ihre Verspannung lösten, doch sein Herzschlag schlug fest und unregelmäßig in seiner Brust. Er war beunruhigt, denn er mochte Lauren wirklich gerne. Ihre gemeinsamen Dates waren entspannt und lustig gewesen und ihre sanften Küsse, eine einzige Verführung.

„Jetzt verschwinde, erkläre ihr das zwischen uns und macht euch einen schönen Abend."

Er küsste sie auf die Wange. „Du bist mir nicht böse?"

„Soll das ein Witz sein? Du hältst mich vom Zeichnen ab, also verschwinde", erwiderte sie grinsend und gab ihm einen Klaps auf den Hintern, als er sich auf dem Weg machte.

„Wir sehen uns morgen früh."

Kapitel 13

Delphine hätte am liebsten geweint, als ihr Wecker am nächsten Morgen um sieben Uhr klingelte. Normalerweise war sie alleine schon aufgrund ihres Berufes eine Frühaufsteherin. Naja ... eigentlich eher, weil sie sich morgens über eine Dreiviertelstunde bis zu ihrer Arbeit durch den Verkehr quälen musste, dabei lag ihre Wohnung gar nicht mal so weit vom Büro der *South Works Indesign* Büros entfernt. Stöhnend wälzte sie sich hin und her, aber ihre Laune besserte sich nicht.

Bis tief in die Nacht hatte sie über ein paar Zeichnungen gesessen, die sie für einen vergangenen Auftrag gefertigt hatte. Doch war sie bei diesem Auftrag sehr beschränkt in ihrer kreativen Freiheit gewesen und das hing ihr immer noch nach. Deshalb hatte sie sich noch einmal über die Arbeit gesetzt und die Wohnung komplett neu, nach ihren eigenen Vorstellungen gestaltet und es sah so viel besser aus, als dieser Krankenhausstil, der es im Endeffekt geworden war.

Sie schämte sich manchmal, dass ihr Name unter diesen Arbeiten stand, denn zu *South Works Indesign* kamen meistens Auftraggeber, die einen genauen Plan im Kopf hatten.

Im Prinzip fungierte sie nur noch als Zeichner und Planer, dass auch alles in die Wohnung passte. Für Delphines Empfinden hatte das nur noch wenig mit der guten Arbeit einer Innenarchitektin zu tun. Es war durch und durch professionell, sich ausschließlich nach den Wünschen und Änderungen der Kunden zu richten, aber die meiste Zeit hasste sie diese kühle Professionalität.

Genervt zerrte sie sich aus dem Bett und rieb sich über ihr Gesicht. Wenn sie so erschlagen aussah, wie sie sich fühlte, dann konnte sie nur hoffen, dass Mr. King es sich nicht zur Gewohnheit machte und an diesem Tag schon wieder auftauchte.

Am vergangenen Tag hatte sie bestimmt drei Stunden gebraucht um sich wieder zu beruhigen. Dabei war sie nicht einmal sauer gewesen, sondern mehr verwirrt von diesem tatsächlich ehrlichen Lächeln, das seine blauen Augen so warm hat erscheinen lassen und einen perfekten Kontrast zu seinem dunkelbraunen Haar und den dunklen Augenbrauen ergeben hatte. Als sie dann am Abend auch noch herausgefunden hatte, dass Tucker die arme Lauren nur zittern ließ, weil er sich alle Optionen offenlassen wollte, war ihr Gefühlschaos perfekt gewesen.

Sie hatte sich ja selbst seit ihrer Ankunft vor eineinhalb Wochen gefragt, ob es sein konnte, dass Tucker der Mann in ihrer Zukunft war und sie es bisher nur nicht erkannt hatte, weil sie ihn schon so lange kannte. Immerhin kannten sie sich eine halbe Ewigkeit und sie wusste, dass Tucker sie nie würde verändern wollen.

Das Kribbeln, das sie in seiner Nähe verspürte, war jedoch keine tiefe Liebe, wie man sie seinem Partner gegenüber empfand. Die Aufregung, die durch ihren Körper ging, wenn sie ihn endlich wiedersah, war nicht die Aufregung, die sie bei wahrer Liebe zum Platzen bringen würde. Auch wenn sie sich dies tief in ihrem Inneren gewünscht hatte, denn sie wäre mit ihm kein Risiko eingegangen. Sie kannte ihn, sie wusste, er war treu, liebevoll und er las einer Frau jeden Wunsch von den Augen ab.

Eine Umarmung von Tucker war wie nach Hause zu kommen, denn sie fühlte sich bei ihm geborgen. Doch die Liebe, die sie Tucker entgegenbrachte, war nicht auf einer romantischen Basis begründet.

Vielmehr vereinte Tucker einen Teil ihrer Familie, ihren besten Freund, ihren Vertrauten und gleichzeitig jemanden auf den sie sich immer verlassen konnte. Solange er da war, musste sie sich nie alleine fühlen, schon deshalb liebte sie ihn.

Aber in Laurens traurige haselnussbraune Augen zu blicken. Zu sehen, wie sie ihre schulterlangen, kastanienbraunen Haare nicht wie üblich in einem Zopf trug und sogar dezent Make-up aufgelegt hatte und dann der Schock in ihren Augen, als sie glaubte Delphine und Tucker bei etwas zu erwischen, was ihr das Herz brechen könnte, tat Delphine weh. Sie hoffte, Tucker hatte sie über ihr Verhältnis aufgeklärt, aber sie würde auf jeden Fall noch einmal mit Lauren reden, denn sie fand Lauren perfekt für ihren besten Freund und es gab nicht viele Frauen, von denen sie das sagen würde.

Mit ihrer liebevollen, zurückhaltenden Art und den süßen Grübchen in den Wangen, konnte man sie einfach nur mögen und sie würde Tucker gehörig den Marsch blasen, wenn er ihr wehtat.

Ihr Handy riss sie aus ihren Gedanken, als sie einen Blick darauf warf, sah sie Tuckers Nummer, der ihr schrieb, dass er an diesem Tag verhindert sei, er müsse *„da dringend was klären"*. Sie wusste nicht, warum er sich so vage ausdrückte, aber sie las aus seiner Nachricht, dass er ihr etwas verschwieg und das hasste sie.

Tucker war ihr Freund und selbst seit sie in South Carolina lebte, hatten sie regelmäßig Kontakt. Insgeheim fürchtete Delphine sich davor Tucker zu verlieren, denn neben ihren Eltern war er wie eine sichere Basis, zu der sie immer zurückkehren konnte, auf die sie sich verlassen konnte. Wenn sie fiel, dann wusste sie, er war da, sie aufzufangen.

Doch je älter sie geworden war, desto mehr hatte sie natürlich bemerkt, dass auch Tucker sich eine eigene Familie wünschte und nicht jede Frau würde verstehen, wenn Delphine einfach reinplatzte und ihren besten Freund brauchte.

Sie schloss eine eigene Familie nicht aus, doch konnte sie ihren Job ebenso wenig aufgeben und alle Zelte in South Carolina abbrechen. Dafür hatte sie nicht studiert, dafür unterdrückte sie nicht tagtäglich ihre Bedürfnisse und ihre Persönlichkeit. Manchmal fragte sie sich natürlich, ob es das wert war, sich selbst zu verstellen, seinen Namen zu ändern, nur damit man sie akzeptierte, aber der Erfolg in ihrem Job gab dem recht.

Einerseits liebte sie es zu gestalten, zu entwerfen, andererseits hatte sie Phasen, in denen sie sich fragte, was es wirklich war, was sie an ihrem Job liebte, und das war das Zeichnen und damit ihren Ideen Leben einzuhauchen. Wenn sie sich in seltenen Momenten einfach hinsetzte und zeichnete oder ihre alte Staffelei herauskramte und malte, dann fühlte sie sich nicht gebunden, niemand sah ihr über die Schulter und urteilte. Niemand kritisierte. Niemand verlangte von ihr sich anzupassen. Niemand zwang sie, lieber ein neues hochmodernes Programm zu nutzen, mit dem sie kämpfte und doch nicht das gewünschte Ergebnis bekam.

Aber es war eben ein sicherer Job. Sie hatte sich eine gewisse Position erarbeitet und tief im Inneren hoffte sie natürlich auf eine weitere Beförderung, die es ihr ermöglichen würde, die richtig großen Aufträge zu bekommen und dass die Menschen erkannten, dass ihre kreativen Ideen es wert waren wenigstens einen Blick darauf zu werfen.

Die folgenden Tage fuhren sie nicht zu Catherines Anwesen, da Tucker Lauren auf ein langes Wochenende eingeladen hatte. Doch wirklich langweilig wurde Delphine nicht. Da noch am Tag von Tuckers Nachricht Toby sie zu einem Kinodate eingeladen hatte, was natürlich kein richtiges Date, sondern ein freundschaftliches Treffen werden sollte. Nachdem sie ihn gefragt hatte, wer noch mitkäme, hatte er sie schnell angelogen und ihr von seinem Kumpel Josh erzählt, der in der Backstube arbeitete.

Toby war schon immer ein miserabler Lügner gewesen, sodass sie seine erneute Annäherung sofort verstanden hatte. Sie musste wirklich Abstand zu ihm aufbauen, da er den ganzen Abend lang irgendwie schlecht gelaunt gewesen war und Josh immer wieder als Idioten bezeichnete, wenn sie über einen seiner Witze lachte.

Es war nur allzu deutlich geworden, dass er mit ihrem Freundschaftsdeal noch nicht klarkam. Er hatte sich anscheinend in etwas hineingesteigert. Delphine verstand sich selbst nicht, da Toby wirklich ein netter Mann war und ihr vermutlich die Sterne vom Himmel holen würde, aber wenn er ihr nahe kam, wurde sie nicht nervös. Nichts kribbelte in ihr. Sein Aussehen war natürlich überwältigend und es zog sie auch auf eine Weise an, jedoch nicht mehr als ein Foto in einer Illustrierten mit einem halbnackten Mann.

Da sie Toby nicht verletzen wollte, er aber nicht auf die altmodische Art zu verstehen schien, dass zwischen ihnen nie etwas laufen wird, ließ sie sich allerlei Ausreden für die kommenden Tage einfallen.

Das bedeutete im Gegenzug jedoch viel Zeit im Geschäft ihrer Eltern und viel zu viel Zeit für ihren wehleidigen Vater. Ihre Mutter hatte die glorreiche Idee ihm eine Kuhglocke zu geben, damit man ihn unten im Laden hörte, wenn er etwas benötigte.

Und weil ihre Mutter sich nun einmal gerne in ausschweifenden Unterhaltungen verlor, fiel es Delphines Aufgaben zu, das Gebimmel der verdammten Glocke möglichst kurz zu halten. Das Problem war, dass ihr Vater es hasste, im zweiten Stock drinnen zu sitzen, während unten im Laden das Leben die spannenderen Geschichten schrieb.

Gefühlt alle zehn Minuten hatte ihr Vater am Samstag nach ihr geklingelt, da sie es nicht ignorieren konnte, weil die Kunden reichlich irritiert waren von dem nervigen Geräusch. So war Delphine an diesem Tag bestimmt hundert Mal die Treppe hochgehechtet. Ehrlich, ein paar Wochen mit ihren Eltern und sie war der fitteste Mensch der Welt. Wer brauchte schon ein Fitnessstudio?

Das Ärgerliche war eigentlich nur, dass sie ihm kaum helfen konnte.

Doch der wehleidige und mitleiderregende Blick aus seinen braunen Augen und sein zerzaustes braungefärbtes Haar, welches ihm ein jungenhaftes Aussehen verlieh, und das im Alter von fünfundfünfzig, hatte ihre Miene immer wieder weich werden lassen. Man konnte eigentlich gar nicht anders, als diesen Mann zu lieben. Sie konnte sich kaum daran erinnern, dass ihr Vater jemals etwas von ihr verlangt hätte.

Niemals hatten sie ihre Eltern gezwungen im Laden zu helfen, niemals hatte ihr Vater von ihr verlangt, dass sie ihm half, wenn er sich mal wieder etwas für ihre Mutter zum Hochzeitstag ausdachte. Und sie konnte sich auch ehrlich gesagt nicht daran erinnern, dass ihre Eltern jemals einen handfesten Streit gehabt hätten.

Dazu war ihr Vater viel zu nachgiebig und ihre Mutter zu sanftmütig.

Woher Delphine ihr Temperament geerbt hatte, konnte sie sich selbst nicht erklären.

Die Unterstützung, nicht nur finanziell in den Jahren ihrer Ausbildung würde sie ihnen nie zurückzahlen können, deshalb hatte Delphine auch nicht gezögert, als ihre Mutter sie zaghaft gebeten hatte, ihren Urlaub doch vielleicht vorzuziehen und ein bisschen Zeit zu Hause zu verbringen. Als sie bei ihrer Ankunft mit der Sprache hatten rausrücken müssen, war Delphine dementsprechend die Kinnlade gefallen und sie hatte sich entschlossen, alle Überstunden einzulösen und dieses Mal für ihre Eltern da zu sein, so wie sie für Delphine dagewesen waren.

„Meine Füße bringen mich um, mein Schatz. Dieser Gips fängt langsam an so richtig zu jucken. Kannst du nicht den Doktor anrufen, es ist jetzt bestimmt schon lange genug", bettelte Harry Darling seine Tochter an.

Sie brachte ihm stattdessen einen Eistee und lächelte.

„Dad, der Gips ist gerade mal drei Wochen dran, was heißt, du hast erst die Hälfte der Zeit rum. Der Arzt wird dir nicht erlauben, den Gips abzunehmen, außerdem würdest du dann ohnehin nur wieder im Laden rumrennen und deine Beine zu früh belasten. Und deine Rippe muss dir auch zu schaffen machen.

Dad, du kommst kaum hoch. Soll ich dir etwas zu lesen bringen?"

Trotzig versuchte Harry sich aufzurichten, verzog jedoch sogleich das Gesicht vor Schmerzen und ließ sich behutsam wieder zurücksinken.

„Etwas zu lesen wäre toll", seufzte er resignierend.

Delphine tat ihr Vater leid, doch als sie sich einen Kriminalroman ihrer Mutter aus dem Regal griff, fiel ihr Blick auf etwas, das die Laune ihres Vaters heben könnte. Seltsam, aber wahr, ihre Mutter liebte blutige Geschichten und lebte gleichzeitig das unschuldigste, friedlichste Leben überhaupt. Ihre Eltern waren mindestens so vielfältig wie Delphine selbst.

Sie legte das Buch auf den Wohnzimmertisch, beugte sich zu ihrem Vater und schob das flache Metall vorsichtig unter den Gips.

„Was machst du da? Ich kann nichts sehen ... Oh, mein Gott ... Was auch immer du machst, hör nicht auf. Oh Herr ..."

Delphine musste über das wohlige Gestöhne ihres Vaters lächeln, wer hätte gedacht, dass ihr Vater irgendwann einmal einem Schuhlöffel seine Liebe gestehen würde. Seit ihre Großmutter ihrem Vater das Ding geschenkt hatte, hatte kein Mensch es benutzt.

Als sie das Eisen auf den Tisch legte, hatte ihr Vater einen seltsam seligen Ausdruck auf dem Gesicht, der sie zum Lachen brachte.

„Ich lasse es dir hier, wenn du es wieder brauchst."

Er griff ihre Hand, bevor sie wieder in den Laden gehen konnte.

„Du bist ein Engel und ich liebe dich, weißt du das?"

„Ich hoffe du sagst das nicht nur, weil ich einen Weg gefunden habe das Jucken zu mildern", entgegnete sie zwinkernd.

„Ich bin froh, dass du da bist, Delphine."

Sie tätschelte seine Hand. „Ich auch, Dad."

Kapitel 14

Jonathan blickte aus seinem Büro und fühlte etwas, was er schon lange nicht mehr gefühlt hatte, das Gefühl, seinem Alltag entfliehen zu können. Bot ihm dieses Haus vielleicht mehr, als er je zu träumen gewagt hätte und beging er einen Fehler, wenn er es herrichten ließ, nur um es dann an jemanden zu verhökern, der sich damit nur ein kleines Ferienhäuschen anschaffen wollte? Was hätte seine Tante dazu gesagt?

Sie hätte ihm gesagt, er solle tun, was sein Herz ihm rät, aber was, wenn er das seit Jahren schon nicht mehr hörte?

Wie konnte er jedoch gleichzeitig seiner Tante dankbar sein, dass sie ihm – einem Jungen, der sie nur ein paar Mal besucht hatte und sie eigentlich gar nicht gekannt hatte – das Haus vermacht hatte und es auf der anderen Seite restaurieren lassen, nur damit es repräsentativ genug für einen Verkauf an ein ohnehin reiches Paar war. Indem er das Haus modern herrichten ließ, kam er sich gleichzeitig vor, als würde er Tante Catherines Lebenswerk zerstören.

Auf der anderen Seite würde er für ein Haus in dieser Lage ein Vermögen bekommen.

Oder war es vielleicht genau diese Aufgabe, vor die Tante Catherine ihn stellen wollte? Sie hatte es schon immer gemocht, ihn vor Herausforderungen zu stellen, ihm Aufgaben zu geben, die seinem Alter nicht angepasst waren, nur um zu sehen, wie er mit der Verantwortung, mit der Freiheit umging. So hatte sie ihm mit dreizehn angeboten, ihr Kanu zu borgen, nachdem er es eine geschlagene halbe Stunde angestarrt hatte wie einen heiligen Gral.

Sein Vater hätte ihm niemals erlaubt das Kanu zu nehmen; stattdessen hätte er auch ein paar Extraaufgaben fürs nächste Schuljahr in der Zeit erledigen können, die er auf die Initiative seines Vaters von seinen Lehrern bekommen hatte. Ein paar langweilige Geschichtsbücher, die ihm einen Lernvorteil verschaffen würden. Nie hatte er sich seinem Vater widersetzt, dafür respektierte er ihn viel zu sehr, dennoch hatte es ihn gereizt, das Kanu zu nehmen.

Tante Catherine hatte es ihm angeboten, er hatte nicht darum gebettelt, doch dass ein Erwachsener ein derartiges Vertrauen in ihn hatte, dass er das Ding nicht sofort in einem Anfall von Übermut versenken würde, hatte ihn beeindruckt. Wie befohlen hatte er sich eine Schwimmweste übergezogen und das Kanu über den schmalen, privaten Weg durch den Garten zum See gezogen.

Zu diesem Zeitpunkt hatte er das erste Mal erfahren, wie es sich anfühlte eine Entscheidung selbstständig zu treffen, Verantwortung tragen zu dürfen und dass man sich trotz Verantwortung auch frei fühlen konnte.

Er war nie ein Junge gewesen, der völlig ausgeflippt wäre, nur weil er ein Kanu und den Seeabschnitt ganz für sich alleine gehabt hatte. Er hatte sich eine Weile einfach nur treiben lassen und das erste Mal entschieden, dass es Zeit wurde, sich seinem Vater auch entgegen zu stellen, wenn er der Meinung war, er könne Dinge alleine regeln. Zum Beispiel, dass er nicht jeden Abend kontrollierte, ob Jon auch wirklich alle Hausaufgaben gemacht hatte.

Jonathan liebte seinen Vater, aber er hatte nie dessen ausgeprägten Kontrollwahn verstanden. Natürlich war es ein Schlag gewesen, dass seine Frau mit seiner Tochter nach Italien aufgebrochen war und ein Jahr später die Scheidung eingereicht hatte. Aber sein Vater war schließlich kein Kind von Traurigkeit und trat mittlerweile mit der fünften *Bald*-Mrs. King vor den Traualtar, dabei war *Mommy Nummer vier* gerade mal eineinhalb Jahre Geschichte.

Zum Glück hatte sein Vater keinen absurden Hang zu deutlich jüngeren Frauen, sondern suchte sich Frauen in seinem Alter.

Vielleicht war das aber auch sein Problem, warum er die Frauen nicht halten konnte. Eine jüngere Frau würde sich seinem Kontrollwahn vielleicht sogar beugen, aber eine ledige Frau Mitte fünfzig wusste, wo sie im Leben stand und war für gewöhnlich nicht mehr abhängig von einem *Versorger*.

Anfang Juli würde er wieder neben seinem Vater am Traualtar stehen. Wieder würde es eine Riesen-Party geben und wieder würde er eine neutrale, aber doch freundliche Miene zum Spiel machen.

Sein Vater glaubte wahrscheinlich wirklich, dass er eine dieser Frauen so sehr mochte, dass er mit ihr den Rest seines Lebens verbringen wollte. Was er nicht verstand war, dass eine dieser Frauen dies auch gerne aus seinem Mund gehört hätte, dass sie ihm etwas bedeutete. Dass er sie liebte.

In dieser Woche waren Jons Gedanken immer wieder in diese Richtung gegangen. Man sagte ihm nach, dass er vor Gericht genau wie sein Vater war. Unnachgiebig und kalt berechnend. Doch das war seine Arbeit. Aus irgendeinem Grund hoffte er, dass er seinem Vater wirklich nur auf beruflicher Ebene derart ähnelte. Daran war nichts falsch, denn sein Vater war erfolgreich. Doch außer Miles kannte ihn niemand gut genug, um ihm zu bestätigen, dass er sich privat eben nicht so kalt und emotional zurückweisend verhielt wie sein Vater.

Eins hatte er auf jeden Fall mit ihm gemein: Es fiel ihm unmenschlich schwer, überhaupt mit jemandem über seine Sorgen oder Gefühle zu sprechen. Er war sich nicht einmal hundertprozentig sicher, ob er jemals mit Miles über seine Gefühle gesprochen hatte. *Eher nicht.*

Obwohl Miles in den letzten Tagen oft in Jons Bude abgehangen hatte, weil die Schwester seiner Frau nicht mehr abreisen wollte und ihm mächtig auf die Nerven ging, hatte er nicht einmal angesprochen, dass Bilder dieses kleinen Hippiemädchens seit Tagen in seinem Kopf herumschwirrten.

Und nicht nur Bilder von ihrem überaus knackigen Hintern in diesen knappen Jeansshorts, sondern auch kleinste Details, die er mit nur einem Blick erfasst hatte. Wie schwarz und dicht ihre Wimpern ihre schönen dunkelblauen Augen umrahmten, dabei trug sie wahrscheinlich nicht einmal einen Hauch Make-up darauf und trotzdem strahlten diese Augen ihn an wie der Mond.

Ihr einst ordentlich gebundener blonder Zopf und die wilden Strähnen, die sich nach harter Arbeit um ihr Gesicht gewellt hatten, hatten ihn förmlich dazu aufgefordert, ihren Zopf ganz zu lösen und zu sehen, wie sich ihre Haare um ihre Schultern rankten.

Jon hatte immer mal wieder kleine Affären, meist mit Anwältinnen, die nicht allzu nah wohnten, sondern nur für einzelne Fälle anreisten. So musste er sich keine Gedanken machen, ihnen erklären zu müssen, dass eine längere Beziehung für ihn nicht infrage käme. Wann hätte er dafür auch schon Zeit?

Sein Vater halste ihm immer wieder neue Scheidungsfälle auf, die er in seiner Abwesenheit bearbeiten sollte, dabei bekam er es nicht einmal hin einen Termin mit dem letzten Mandanten zu machen.

Roberta, seine Sekretärin, die ihn seit ihrer Einstellung vor drei Jahren, andauernd mit einer ihrer Enkelinnen verkuppeln wollte, aber langsam auch bemerkte, wie eingespannt er war, bedachte ihn immer mit diesem schrecklich mitleidigen Blick.

Er hasste es, sie immer wieder zu enttäuschen, aber er wollte lieber nicht ihren Zorn auf sich ziehen, wenn er einer dieser Damen nach zwei Monaten sagen musste, dass nichts aus ihnen werden kann. Es war ein ungewöhnlich trüber Tag und Jons Kopf fühlte sich an, als würde er jeden Moment platzen.

„Jon! Baker's in fünf Minuten", rief ihm Miles entgegen, der wie üblich, ohne anzuklopfen, in sein Büro kam und dieses nervige Million-Dollar-Lächeln auf den Lippen trug.

„Ist die Schwester deiner Frau weg?", fragte Jon belustigt, nachdem sein Herz wieder regelmäßig schlug. Es war absolut unnötig und unsinnig, Miles wieder und wieder zu sagen, es würde seinen besten Freund vor einem Herzanfall bewahren, wenn er nur wenigstens anklopfen würde, bevor er einen Raum betrat.

Da Miles ihm dann immer wieder seine Philosophie erklärte, dass Jon dann wenigstens sofort wüsste, wer kommt, und dass es sein Privileg als bester Freund war, eben nicht wie jeder andere anklopfen zu müssen.

„Aber so was von. Gleich nach unserem Mittagessen mache ich die Biege und fahre zu meiner Süßen, wir haben viel nachzuholen."

Jon fuhr seinen Computer runter und hielt die Hand hoch. „Bitte, keine Details."

„Oh, ich bitte dich. Du *lebst* momentan von meinen Details oder wie lange ist es her, dass dich zuletzt eine rangelassen hat?"

„Das spielt doch keine Rolle. Ich habe einfach keinen Nerv dafür, außerdem verliert die Sache ihren Reiz. Ich bin kein Typ zum Heiraten, aber offenbar läuft es bei Frauen nur darauf hinaus."

Miles schüttelte den Kopf. „Ich hoffe nur, dein Alter bezahlt dir die Therapie, die das wieder geradebiegen kann, du klingst genau wie er."

„Mit dem Unterschied, dass er immer glaubt jede heiraten zu müssen, die er flachlegt."

„Du bist jetzt schon ganz schön irreparabel. Aber keine Angst, Dr. Miles West hilft dir, mein Freund."

Jonathan verdrehte grinsend die Augen und zog eine Augenbraue hoch. „Wenn ich auf dich hören würde, wäre ich schon längst mit der nervigen Schwester deiner Frau verheiratet. Ich habe einen guten Job, Geld und eine tolle Wohnung. Glaub mir, ich brauche keine Frau."

„Es ist schlimmer als vermutet. Aber Hilfe naht, mein Freund. Hilfe naht", entgegnete Miles dramatisch und stolzierte voran aus Jons Büro.

„Was soll das heißen, fahr' schon mal vor? Wo steckst du denn?"

„Ich komme später. Ich schaffe es nicht, aber es wäre toll, wenn du schon anfangen könntest, dann kommen wir schneller voran. Vielleicht gehst du schon mal in den Garten hinter dem Haus. Vor dem Haus muss ich ohnehin erst mal die Sträucher weiter zurückschneiden. Das mache ich mit der Maschine, wenn ich komme."

„Und was ist, wenn er auftaucht und etwas besprechen will?", fragte Delphine leicht panisch. Sie wollte nicht alleine zum Haus gehen, weil sie dann auch die Gefahr einging Mr. King alleine anzutreffen und das wollte sie nicht. Nicht, weil sie sich vor ihm fürchtete, sondern weil sie sich in seiner Nähe einfach nicht mehr kannte. Entweder verstummte sie vollkommen oder sie spielte verrückt und wurde zornig auf ihn, obwohl er ihr direkt keinen ersichtlichen Grund dazu gab.

„Er wird nicht auftauchen und es muss auch nichts mehr besprochen werden."

Delphine grummelte am anderen Ende der Leitung, aber sie wusste natürlich, dass er nicht durch die Straßen rasen konnte, nur um nach seinem freien Wochenende rechtzeitig zu kommen und ihr Händchen zu halten.

„Na schön."

„Sei nicht sauer. Ich komme so schnell ich kann."

„Ich bin nicht sauer. Lass dir Zeit."

„Gut. Danke, Delphi."

„Jaja", murmelte sie und legte auf. Immer wenn er sie mit seinem Spitznamen für sie ansprach musste er sonst eigentlich nichts sagen, um sie zu beruhigen, denn es entlockte ihr – egal in welcher Situation – ein Lächeln.

Mit einem seltsamen Gefühl im Magen griff sie sich eine Wasserflasche, das Campingklapprad, das sie in der Garage gefunden hatte und machte sich auf den Weg zu Catherines Haus.

Kapitel 15

Wie ein Dieb schlich sie um die kleine Villa, aber es schien zu ihrer Erleichterung niemand da zu sein. Sie griff sich einen Spaten, eine große Tonne und weiteres Gartenwerkzeug, welches ihr helfen sollte, sich durch den Urwald hinter dem Haus zu kämpfen, welcher einst so ein paradiesischer Garten gewesen war.

Sie wusste nicht so recht, wo sie anfangen sollte, da sich das Unkraut, sowie Sträucher und Bäume wie eine grüne Wand vor ihr aufbauten. So beschloss sie, den Weg zum See anzupeilen, da dieser wohl am schnellsten ein Ergebnis zeigen würde, nur um sich selbst einen Motivationsschub zu verleihen.

Innerhalb von Sekunden hatte sie die Anspannung abgeschüttelt, die sie bei Tuckers Anruf ergriffen hatte und so langsam machte ihr die Arbeit Spaß. Zu sehen, wie sich Stück für Stück ein Weg vor ihr erstreckte, der einst aus weißen Kieselsteinen bestanden hatte, doch nun von unkontrolliert wuchernden Sträuchern und Unkraut versteckt gewesen war, verlieh ihr eine extra Portion Ehrgeiz.

Vielleicht war es weniger sinnvoll, einen Weg komplett freizumachen und alle anderen Sträucher erst einmal stehen zu lassen, anstatt die Wand gleichmäßig abzubauen. Dies war aber auch irgendwie ihr Urlaub und sie wollte so gerne noch einmal diesen Weg zum See sehen, den Catherine ihr gezeigt hatte, als sie ihr als Teenager Blumen vorbeigebracht hatte.

Die Zeit raste nur so an ihr vorbei und die Hitze ließ sie mächtig schwitzen, trotzdem arbeitete sie unermüdlich weiter. Der Garten war riesig, hatte sicher die Fläche dreier Footballfelder und angeschlossen an diese musste dieser Weg durch einen kleinen Waldabschnitt zum Lake Monroe führen.

Mittlerweile war es bestimmt schon nach Mittag, doch Tucker war immer noch nicht aufgetaucht. Delphine hoffte nur für ihn, dass sich der kleine Ausflug auch gelohnt hatte, immerhin übernahm sie hier seine Arbeit. Aber es war jetzt schon ersichtlich, dass die Arbeit für Tucker viel zu viel sein musste und nicht nur bei diesem Grundstück.

Die Grundstücke in Bloomwood, waren beinahe ausnahmslos großzügig angelegt, sie konnte sich nicht vorstellen, wie Tucker Tag für Tag diese Arbeiten alleine bewältigte. Sie musste mit ihren Eltern darüber sprechen, denn Tucker würde niemals darüber klagen, dass es ihm zu viel Arbeit war.

Wenn er ihren Eltern helfen konnte, dann tat er dies, doch hätte er einen Angestellten oder zwei, dann würde er mehr Aufträge annehmen können und trotzdem den Überblick behalten. Die meisten Bewohner von Bloomwood waren ältere Menschen oder mittleren Alters und diese waren angesichts der Auftragslage froh, dass es jemanden gab, der ihnen schwere oder größere Arbeiten abnahm.

Delphine kämpfte mit einem riesigen, hässlichen Strauch, doch nichts konnte dieses Ding bewegen, es musste unglaublich tief verwurzelt sein. Seit nunmehr einer halben Stunde hing sie an diesem einen Busch und er schien nicht kleiner zu werden, egal wie viel sie abschnitt. Schließlich hatte sich ihre Wut gegenüber dem Unkraut und die unmenschliche Hitze in ihrem Körper durch die Sonne, die ihr unerbittlich heiß auf den Rücken schien, gebündelt. Rund um den Strauch hatte sie die Erde entfernt, aber um den Strauch endgültig loszuwerden blieb ihr nur körperlicher Einsatz. Wie eine Irre riss sie mit ihren Händen an den dünnen Ästen.

Erschöpft trank sie einen Schluck, da ihr schwarz vor Augen geworden war. Dadurch ließ sie sich jedoch nicht entmutigen und hängte sich mit ihrem ganzen Gewicht an den Strauch, der zu ihrer Überraschung plötzlich entwurzelte.

Mit einem schrillen Aufschrei fiel sie nach hinten, das feindliche Unkraut in ihren Händen.

Ungelenk richtete sie sich wieder auf und blickte auf eine Reihe typisch nordamerikanischer Tulpenbäume, die einen Weg säumten. Das musste es sein. Sie lockerte ihre Schultern, ließ die Gartengeräte liegen und folgte dem Weg. Noch blühten die tulpenähnlichen Blüten in ihren schönsten Farben. Einem besonderen Mix aus Gelb und Orange. Sie sog den frischen blumigen Duft auf und schloss die Augen. Man konnte den See förmlich fühlen, durch den zarten Wind, der durch die Blätter blies.

Als Delphine ihre Augen öffnete, erstreckte sich vor ihr ein Bild für die Götter.

Es gab einen kleinen Strandabschnitt und im Gegensatz zu den öffentlichen Stellen, an denen in den Sommermonaten meistens viel Trubel herrschte, lag diese kleine Bucht vollkommen still. Vor ihr lag eine ruhige Wasserfläche, die durch natürliche weiche Wellen aufgelockert wurde, welche ein leises Plätschern verursachten. Am anderen Ufer blickte sie in dichten Wald, aus Tannen und Tulpenbäumen, welcher grün-gelblich schimmerte und durch die Sonne hell erleuchtet wurde.

Rechts neben dem kleinen privaten Strandabschnitt, der sich aus dem Wald wie eine Oase in der Wüste hervorhob, war ein kleiner hölzerner Steg angebracht, der wenige Meter in den See hineinführte.

Mit einem entspannten Lächeln auf den Lippen, entledigte sie sich ihrer stickigen Turnschuhe, ließ sie mit ihren Socken im Sand zurück und betrat vorsichtig den Steg, doch er schien stabil.

Am Ende des Stegs setzte sie sich an den Rand und ließ ihre nackten, erhitzten Füße in das angenehm kühle Wasser gleiten. Wohlig seufzte sie auf, schloss ihre Augen und wandte ihr Gesicht der Sonne zu, während ihr Körper über ihre Füße angenehm gekühlt wurde. Delphine streckte ihre Arme mit einem Lächeln auf den Lippen über den Kopf und fühlte sich in diesem kleinen besonderen Moment einfach nur ausgeglichen, frei und entspannt.

Der Wind fuhr sanft durch ihr verschwitztes Haar, dass sie wünschte den restlichen Tag hier verbringen zu können. Sie war schon so lange nicht mehr am See gewesen, dass sie sich schon gar nicht mehr daran erinnern konnte, in welch wundervoll verschiedenen Grüntönen der Wald um den See herum leuchtete.

Gemeinsam mit den sanften Wellen strahlte dieser Ort eine Harmonie aus, die sich beinahe ungehindert und augenblicklich auf den Körper übertrug.

Diese Lage war einfach unbezahlbar, sie konnte nur hoffen, dass die zukünftigen Besitzer diesen exklusiven Strand zu würdigen wussten. Das Gefühl, etwas Derartiges zu besitzen, konnte sie nur mit dem Gefühl vergleichen, als sie das erste Mal alleine auf einem Fahrrad gesessen und plötzlich eine ganz neue Art von Freiheit erfahren hatte. Ihr erstes eigenes Auto. Ihre erste eigene Wohnung.

Für die nächsten Minuten wollte sie sich einfach vorstellen, sie würde eine Pause von der Arbeit in *ihrem* Garten machen, den Hausputz auf später verschieben und stattdessen zu ihrem privaten Platz spazieren und den roten Kardinälen bei ihrem Vogelgesang zu lauschen. Den Wind durch ihre Haare fühlen. An nichts denken und sich der Stille und dem Frieden hingeben.

Delphine richtete sich auf und zog ihr verschwitztes T-Shirt über den Kopf. Selbst, wenn Tucker um die Ecke kommen würde, wäre ihr Anblick in Unterwäsche nichts Neues für ihn, außerdem lag diese kleine Bucht so abseits von jedem Trubel, dass sie sicher niemand sehen würde.

Sie öffnete den Knopf ihrer Jeansshort, als eine Stimme hinter ihr rief: „Was tun Sie denn da?!"

Erschrocken schloss sie den Knopf wieder hastig und drehte sich ungelenk um, dabei verlor sie das Gleichgewicht und plumpste, mit einem letzten Blick in himmelblaue Augen, rückwärts in den See. Ihr Aufschrei ging im Wasser unter.

Da der See an dieser Stelle nicht allzu tief war, konnte sie ihre Panik schnell unterdrücken, indem sie ihre Füße unter ihren Körper stellte, sich hochstemmte und mit einem japsenden Geräusch durch die Wasseroberfläche brach. Wenigstens war sie nun abgekühlt, auch wenn jegliche Entspannung in ihrem Körper mit einem Blick auf Mr. King gewichen war.

Als sie sich das Wasser aus dem Gesicht strich, blickte sie unweigerlich auf den in einen klassischen schwarzen Anzug gehüllten Körper, ehe sie ihre Augen zu seinem Gesicht wandern ließ. Wie gut, dass sie sich in kühlem Wasser befand, dies konnte ihre augenblickliche Erregung ein wenig dämpfen.

Natürlich sah sie dieses hübsche, markante Gesicht nicht zum ersten Mal, aber das erste Mal sah sie einen höchst amüsierten Gesichtsausdruck, der seine Augen mit dem Himmel um die Wette strahlen ließ. Dazu leuchtete die Sonne auf sein dunkelbraunes Haar und wenn sie nicht fantasierte, konnte sie wenige goldene Strähnen darin schimmern sehen.

Wie festgewachsen stand sie im Wasser, starrte ihn an und fragte sich, was er wohl tun würde, wenn sie ihn zu sich ziehen würde. Alleine die Vorstellung, wie sein weißes Hemd durchsichtig und durchnässt an seinem Oberkörper klebt und sie mit ihren Fingern seinen nassen Körper erforschte, ließ sie wohlig zittern und sie bekam eine Gänsehaut.

„Haben Sie sich wehgetan?", fragte er, konnte seine Belustigung allerdings nicht verbergen. Erstaunlicherweise war es ihr jedoch egal, worüber er sich amüsierte, solange sein Gesicht derart strahlte, war es, als beobachte sie hautnah Babytiger. Es schien ihr ein seltener und einzigartiger Moment, denn sie wusste, wie emotionslos er innerhalb von Sekunden werden konnte.

„Kommen Sie, ich helfe Ihnen."

Er streckte ihr die Hände entgegen und da sich keine Leiter in der Nähe befand und die Neugier sie ihm entgegentrieb, ließ sie ihre Hände in seine gleiten. Erstaunlich kraftvoll für einen Mann, der neunzig Prozent des Tages wahrscheinlich in einem Bürostuhl saß, zog er sie wie von alleine hoch. Da er jedoch so nah am Rande des Steges stand und ihre Hände noch nicht losgelassen hatte, kam sie mit ihrem Körper dicht an seinen gepresst zum Stehen.

Als ob es nicht schon die ganze Zeit so gewesen wäre, fiel ihr doch jetzt erst im Besonderen auf, dass ihr Oberkörper nur von ihrem schwarzen BH bedeckt war und sie zusätzlich sein Hemd durchnässte. Noch immer hielt er ihre Hände in seinen und schien nicht vorzuhaben, sie so schnell wieder loszulassen.

Die Wärme seines Körpers übertrug sich auf sie und bescherte ihr die nächste Gänsehaut. Das kalte Wasser, welches an ihrem Körper hinabrann, gepaart mit dem plötzlich frischen Wind ließ sie sich unbewusst noch dichter an ihn lehnen. Dabei dachte sie nicht eine Sekunde darüber nach, an wen sie sich gerade presste und dass sie eigentlich alles hasste, was er darstellte und wie er sich für gewöhnlich benahm und blickte nur auf in seine blauen Augen, die ihre Knie zittern ließen.

Meine Güte, was hatte dieser Mann eine Waffe, die sie so unerwartet heftig traf, dass sie sich am liebsten an ihm festgekrallt hätte. Seine Augen so nah vor sich zu sehen, war aus irgendeinem Grund noch einmal etwas ganz anderes, als wenn sie ihm nur einen flüchtigen Blick zuwarf. So ... *intensiv*.

„Geht es Ihnen gut?", fragte er leise, mit beinahe erstickter Stimme.

Ließ sie ihn also auch nicht so kalt, wie er sie bei ihrem ersten Zusammentreffen hatte glauben lassen wollen? *Interessant*, freute sie sich insgeheim.

Seine Nähe verwirrte sie mehr, als sie für möglich gehalten hätte, denn als sie ihren Blick auf seine Lippen senkte, mit denen er sich nach ihrem Befinden erkundigte, wünschte sie sich, sie könnte fühlen, ob dieser wohlgeformte Mund sich so weich anfühlte, wie er aussah.

Stumm nickte sie und schluckte. In einem Moment, als ihr Verstand kurzzeitig seinen Betrieb wieder aufnahm, löste sie ihre Hände von seinen. Als hätte er sich verbrannt, machte er ihr sofort Platz und sie griff zu ihrem grauen T-Shirt, dass sie sich schnell über den Oberkörper zog, sollte er doch lieber nicht bemerken, wie sehr ihrem Körper der Kontakt zwischen ihnen gefallen hatte.

Obwohl er genügend Abstand zwischen sie gebracht hatte, verließ sein Blick doch nicht ihr Gesicht. Der amüsierte Ausdruck war verschwunden, aber zum Glück auch nicht durch die undurchsichtige Miene abgelöst worden. Vielmehr schien er mit sich zu kämpfen, zu entscheiden, wie er diese überaus komische Szene wieder auflösen und zu einer geschäftlichen Distanz zurückkehren konnte.

„Was machen Sie eigentlich hier?", fragte er schon deutlich kühler.

Sie zuckte die Schultern. „Ich habe bis jetzt alleine gearbeitet und als ich den Weg zur Bucht gesehen habe, habe ich das für den perfekten Zeitpunkt für meine Pause befunden."

Das erste Mal, seit er aufgetaucht war, kamen ein paar Töne aus ihr heraus und sie wunderte sich selbst über ihre Stimme. Alles war sie sagte, klang kratzig und belegt in ihren Ohren, als müsse sie Gefühle unterdrücken, die unbedingt aus ihr herausplatzen wollten.

„Sie haben heute schon einiges geschafft."

Das Gespräch kam ihr nicht nur unangenehm verkrampft vor, sondern auch unwirklich. Was tat sie denn hier? Es war ja nicht so, als hätte man sie zu seiner Belustigung angestellt.

„Ja ... Entschuldigen Sie mich. Ich muss dann auch wieder weitermachen", murmelte sie und kam sich unmöglich blöd dabei vor mit eingezogenem Kopf und im Eilschritt an ihm vorbei zu schleichen. Das war so gar nicht ihre Art, sich durch einen Mann um den klaren Verstand bringen zu lassen und dann auch noch vor ihm zu flüchten, als müsste sie sich für etwas schämen.

Für einen Moment starrte er auf den See hinaus, doch als sie sich ihre Turnschuhe überstreifte und ihren blonden Zopf wieder ordentlich band, sah sie ihn auf sich zukommen.

Gleichzeitig fühlte sie die Hitze wieder in sich aufsteigen. So viel zu ihrer verdienten Abkühlung.

„Ehrlich gesagt, habe ich gehofft ihren Freund anzutreffen, aber vielleicht können Sie mir auch helfen. Ich habe diese Visitenkarte im Haus meiner Tante gefunden ...“

„Ihre Tante?!“, fragte Delphine ungläubig.

Das erklärte zumindest, warum jemand wie er an ein solches Haus kam. Doch wieso wollte er das Haus verkaufen, wenn er es offenbar geerbt hatte? Diesen Schatz verkaufte man doch nicht einfach und erst recht nicht, wenn man es geschenkt bekam! Dieser Mann war noch komischer als sie vermutet hatte.

„Ja. Catherine Levine.“

Sein Tonfall war schon wieder eisig und abweisend und am liebsten hätte sie ihn geschüttelt, als er ihr mit emotionsloser Miene die Karte entgegenhielt. Was war nur mit ihm los? Warum veränderte er sich innerhalb von Sekunden von entspannt zu verkrampft und verhielt sich dann, als fiele es ihm überhaupt nicht auf?

„Würden Sie mir vielleicht sagen, ob Sie diesen Mann kennen? Offenbar hatte meine Tante vor, ihn in nächster Zeit zu engagieren, wenn sie ihr Haus herrichten ließ. Wahrscheinlich ein Innenarchitekt hier in der Nähe.“

Delphine kannte die Karte nur zu gut und war zugleich gerührt und unentschlossen, was sie davon halten sollte.

„Es ist meine Karte", klärte sie ihn auf und erntete einen ungläubigen, beinahe belustigten Blick, der sie mächtig auf die Palme brachte.

„Nur, weil ich eine Frau bin und meinem besten Freund unter die Arme greife, kann ich unmöglich intelligent oder talentiert genug sein um Innenarchitektur zu studieren? Was ist nur mit Ihnen los? Müssen Sie alle Menschen derart herablassend behandeln?", fuhr sie ihn an. Erschrocken über ihre Reaktion hob er in Verteidigung beide Hände.

„Tut mir leid. Auf der Karte stand Lee Darling. Ich dachte einfach, es handele sich um einen Mann. Das sollte kein Angriff auf ihre Intelligenz sein. Ich suche einfach einen fähigen Innenarchitekten und wie es aussieht, hat meine Tante ihre Arbeit gemocht."

Peinlich berührt, versenkte sie ihre Hände in den hinteren Taschen ihrer Shorts.

„Oh ... ich glaube nicht, dass sie meine Arbeit kannte. Ich arbeite in South Carolina. Wahrscheinlich hatte sie die Karte von meiner Mom, sie verteilt die Karten einfach wie Flyer an jeden den sie kennt."

Um seine Mundwinkel zuckte es kaum merkbar, offenbar seine seltsame Art sich über sie lustig zu machen. Sie versuchte jedoch ihr Temperament für den restlichen Tag zu zügeln und schwieg darüber. Für diesen Tag hatte sie sich bereits genügend blamiert.

„Okay ... Würden Sie es sich ansehen? Es sollte möglichst schnell etwas getan werden und ich glaube nicht, dass es mit ein bisschen Aufräumen getan ist."

Eigentlich war dies ihr Urlaub, und sie hatte sich vorgenommen ihren Eltern zu helfen, aber konnte sie die Möglichkeit, sich endlich wieder frei in ihrer Arbeit zu fühlen, einfach so ausschlagen?

„Warum eigentlich Lee Darling?", unterbrach er ihre Gedanken und musterte übergenau ihr Gesicht. Langsam begann sie sich unbehaglich zu fühlen, hatte sie doch erst wenige Augenblicke zuvor dicht an ihn gepresst dagestanden und sich irrsinnigerweise gewünscht, seine Lippen nur ein einziges Mal berühren zu können. Wo auch immer dieser Gedanke plötzlich hergekommen war, sie versuchte ihn so gut es eben ging zu verdrängen.

„Mein zweiter Vorname. Niemand bittet eine Delphine Darling seine Wohnung einzurichten."

„Warum nicht?"

Veralberte er sie oder meinte er das ernst?

Seine Miene war die meiste Zeit derart undurchdringlich, dass man unmöglich sagen konnte, was in ihm vorging. Im Gegensatz zu ihm war Delphines Gesicht ein offenes Buch. Sie konnte nichts dafür, meistens sprudelten die Emotionen einfach so aus ihr heraus.

„Naja, ich habe einfach oft genug erlebt, dass die Menschen meine Vorschläge nicht ernst nehmen und sie beginnen mit mir zu sprechen als wäre ich fünf Jahre alt. Es ist wohl unfreiwillig komisch wie der Name klingt. Dabei finde ich meinen Namen gar nicht so schrecklich..."

„Er klingt besonders. Anders."

Schon wieder dieser Blick, mit dem sie nichts anfangen konnte. War *besonders* jetzt ein Kompliment oder eher *besonders* im Sinne von *verrückt*?

„Jedenfalls klingt Lee Darling seriöser und die Leute haben keine Angst, dass ich ihre Wohnung in ein Kleinkindparadies oder eine Blumenoase verwandele. Das erspart mir zumindest die Erklärung, dass es eine Tradition in meiner Familie ist, die Mädchen nach Blumen zu benennen und der Nachname ..."

Sie redete zu viel, wenn sie seinen Gesichtsausdruck richtig deutete. Was sollte dieser eindringliche Blick? Was glaubte er dadurch zu finden?

„Ich verstehe nicht, was ihr Name mit ihrer Arbeit zu tun hat."

„Nicht jeder denkt so rational. Viele Menschen beurteilen die Arbeit eines Menschen anhand seines Äußeren oder seines Namens. Dass ich jünger aussehe als ich bin, hilft dabei auch nicht sonderlich. Denken Sie mal an Sänger. Steht jemand in Klamotten auf der Bühne, die er schon 1970 getragen hat und mit fettigem Haar, was erwarten Sie von seiner Stimme?"

Delphine wusste nicht, warum dies einfach alles aus ihr heraussprudelte. Sie musste ihm ja nicht gleich erklären, wann sie ihre ersten Schritte gemacht hatte, er wollte nur wissen, ob sie eine gute Innenarchitektin war und anstatt ihm ihr Talent zu beweisen, stotterte sie nervös über ihren Namen und Sänger mit einem Hygieneproblem herum.

Das war nicht nur albern, es war vollkommen irrelevant und trotzdem fand sie sich steif vor ihm stehend wieder und ballte ihre Hände in den Taschen zu Fäusten um nicht im Boden zu versinken. So eine kleine Vorbereitungszeit auf einen Job hatte doch etwas für sich, zumal ihr spontan nur selten glorreiche Sprüche einfielen. Normalerweise konnte sie sich wenigstens auf ihre Schlagfertigkeit verlassen, aber die war ihr mit seiner plötzlichen Nähe abhanden gekommen.

„Tut mir leid. Vergessen Sie bitte, was ich gesagt habe. Ich sehe mir natürlich gerne das Haus an und zeichne Ihnen ein paar Ideen auf, wenn Sie das noch möchten."

Wieder trat dieses leichte Lächeln auf seine Lippen, das allerdings seine Augen nicht erreichte. Es zauberte keine besonderen Fältchen um seine Augen, die aussahen wie die Strahlen der Sonne. Es war ein geschäftliches, freundliches Lächeln.

Schade ... doch für die nötige Distanz zwischen Kunde und Auftragnehmer war es wohl angebracht.

Schweigend folgte sie ihm zum Haus und ließ die kleine private Traumbucht hinter sich.

In ihren Träumen wäre eine Begegnung mit einem Mann an einem einsamen Strand sicherlich anders abgelaufen, aber sie war schließlich nicht hier, um die große Liebe zu finden.

Kapitel 16

Er war so bescheuert und er hatte es schon wieder getan. Es war elf Uhr am Sonntagmorgen und Jonathan wälzte sich immer noch im Bett herum. Unter Aufsicht seines Vaters wäre so etwas nie passiert, aber sein alter Herr war nicht da und er konnte sich selbst gerade nicht besonders gut leiden. Stöhnend zog er sich mit einem Blick aus dem Fenster in die strahlende Sonne die Decke über den Kopf.

Am vergangenen Tag hatte er es erfolgreich geschafft sich mit dem Anwalt der Gegenpartei zu einigen, so würde die Scheidung des jungen Ehepaars schnell über die Bühne gehen. Sein Vater wäre sicher stolz auf ihn, dabei wollte Jon seinen Stolz in dieser Sache nicht. Es war in seinen Augen nichts ruhmreiches dabei, nur weil man es geschafft hatte, dass zwei Menschen sich endlich nicht mehr unter die Augen treten mussten, dabei hatten sie sich zwei Jahre zuvor noch ewige Liebe und Treue versprochen.

Natürlich sollte keiner in einer Ehe steckenbleiben und unglücklich werden, dass es wie bei den beiden dazu kam, dass sie beide heimlich eine Affäre unterhielten, aber konnte wahre Liebe wirklich so blind machen?

Jon wusste es nicht, denn er hatte sie nie erfahren. Bedingungslose Liebe.

Bei seinem Vater hatte er immer das Gefühl, etwas tun zu müssen, um sich dessen Anerkennung zu verdienen. Aber wo lag der Unterschied zwischen Anerkennung und Liebe? Auf diesem Gebiet war er auf dem Stand eines Zweijährigen. Deshalb war auch jedes Gefühl der Nähe, die er jemals gegenüber einer Frau empfunden hatte, etwas Neues und Ungewohntes für ihn.

Aus diesem Grund hatte er das drängende Gefühl, Delphine Darling am See an sich zu ziehen, unterdrückt. Was wäre die Konsequenz davon gewesen? Was wäre darauf gefolgt? Wollte er überhaupt, dass etwas darauf folgt?

Manchmal kam er sich vor wie eine Frau, vielleicht war das aber auch einfach nur sein Anwaltsgehirn, was ihn alles abwägen ließ. Es machte ihn gleichzeitig beinahe unfähig spontan zu handeln, da er immer die Konsequenz in seinem Kopf formulierte.

Doch in einem Moment, als er ihr die Hände entgegengestreckt hatte, war kein einziger dieser Gedanken in seinem Kopf gewesen. Auch nicht, als er ihre zarten, kleinen Hände in seinen gespürt hatte. Nicht einen Moment hatte er nachgedacht, bis sie seinen Blick für ein paar Sekunden gemieden und sich von ihm distanziert hatte.

Als hätte man ihm einen Stromstoß, wie bei einer Wiederbelebungsmaßnahme, durch den Körper gejagt, hatte er sich gefasst und war zu seiner professionellen, unterkühlten Miene zurückgekehrt, auch wenn dieses Mal die gewohnte innere Kälte nicht sofort eingetreten war. Aber war es überhaupt möglich, in Gegenwart eines solch gefühlsbetonten Menschen wie Delphine, kalt zu bleiben? Vor allem, nachdem er nun, wenn auch unfreiwillig, wusste, dass Tucker offenbar nur ein guter Freund von ihr war und nicht *ihr* Freund.

Das Klingeln seines Telefons ließ ihn erneut aufstöhnen. Wahrscheinlich nur wieder Miles, der ihm sein Nomadenleben mit seiner scheinbar permanenten Anwesenheit zerstörte. Sein Kennenlernen mit Miles war eher Zufall gewesen und Jon hatte nicht wirklich etwas dafür getan, damit aus ihnen beste Freunde geworden waren. Es war vielmehr so gewesen, dass Miles ihn überallhin verfolgt und überzeugt hatte, dass sie beide tolle Freunde abgeben würden.

Mittlerweile war Jon dankbar für Miles Freundschaft, denn sie war neben seinem Job das einzig wirklich Beständige in seinem Leben. Außerdem konnte er sich ebenso auf seinen Freund verlassen wie dieser sich auf ihn.

Trotzdem zog Jon sich sein Kissen über den Kopf. Zu viel Nähe trieb ihn dennoch in den Wahnsinn. Kumpel hin oder her.

Als der Anrufbeantworter ansprang, verstand er trotz dem Kissen auf seinem Kopf jedes Wort.

„Joni Schatz, ich bin es deine Mooooom! Ich weiß, dass du da bist", quietschte die Stimme seiner Mutter durch seine geräumige Wohnung.

Seufzend warf er die Decke und sein Kissen ans Bettende, schlüpfte in seine Boxershorts und nahm den Hörer ab. Natürlich konnte seine Mutter ihn nicht sehen, trotzdem wollte er nicht nackt mit ihr telefonieren. Vielleicht war er in den vergangenen Jahren doch verklemmter geworden, als er gedacht hätte.

„Hey Mom. Wie geht's dir?"

„Großartig. Deine Schwester hat wieder eine große Werbekampagne bekommen, und wie es aussieht, wollen sie gleich einen Vertrag über zwei Jahre mit ihr machen."

„Das ist super. Sag ihr, ich gratuliere."

„Mach ich, aber du kannst sie auch mal anrufen. Sie hört sicher gerne etwas von ihrem großen, erfolgreichen Bruder." *Natürlich.*

In dieser Familie wurden nur Erfolge miteinander geteilt. Da ihre Mutter als Agentin seiner Schwester fungierte, musste diese mittlerweile wohl schon wieder in Arbeit ertrinken.

Er wusste nicht, wie seine Schwester das aushielt. Er hatte sich wenigstens in der Wahl seines Fachgebietes gegen seinen Vater durchgesetzt und er war froh, nicht allzu eng mit ihm zusammenzuarbeiten und sich wenigstens auf dieser Ebene ein wenig von seiner Kontrolle entfernt zu haben. Womöglich war seine Schwester aber auch einfach genauso wie ihre Eltern geartet und genoss es, sich immer wieder zu beweisen.

„Wir haben eine Einladung zur Hochzeit deines Vaters bekommen. Aber wir werden es nicht schaffen, wir sind hier super beschäftigt. Business, Business, Business. Es steht hier nichts still."

Jonathan war sich sicher, das war auch der Hauptgrund gewesen, warum sie ihn mal wieder angerufen hatte. So hatte sie ihren monatlichen „Pflichtanruf" getätigt und ihn mit einem wenig dezenten Wink gebeten, seinen Vater von der Abwesenheit seiner Tochter bei seiner Hochzeit zu unterrichten. Meine Güte, was liebte er es doch, im Alter von sechsunddreißig immer noch Vermittler zwischen seinen Eltern spielen zu dürfen.

„Ich richte es aus, Mom."

„Du bist ein Schatz. Und sonst? Wie kommst du voran mit dem Verkauf des Hauses?"

Er strich mit seiner Hand durch sein Haar und blickte durch die große Glasfront seiner Wohnung im 28. Stockwerk auf die Stadt.

„Es muss einiges getan werden. Aber die Gärtner haben alles im Griff und eine Innenarchitektin habe ich auch gefunden. Ich denke, sie ist die richtige Wahl."

„Eine Innenarchitektin, soso. Eine Frau, ja?"

Als Model konnte es sich seine Schwester nicht erlauben so schnell schwanger zu werden, auch wenn ihr italienischer Designerfreund wahrscheinlich nach sechs Jahren Beziehung nichts dagegen hätte. Doch so blieb seiner alternden Mutter nur noch ihr Sohn, der die wertvollen Modelgene weitervererben konnte. Seine Mutter wusste jedoch nicht, dass er den Teufel tun und einem seiner zukünftigen Kinder erlauben würde in dieses Business einzusteigen. Er sah, wie einsam und eingesperrt seine Schwester jahrelang gewesen war, bevor sie Marcello kennengelernt hatte. Wenn es wirklich irgendwann dazu kommen sollte, dass er Kinder mit einer Frau bekam, dann sollte seine einzige Sorge bleiben, ihnen oft genug gesagt zu haben, dass sie ihm wichtig sind und sie ihm nichts beweisen müssen, um seine Liebe zu verdienen.

„Ja, sie hat einen guten Ruf in South Carolina, bei einer großen Firma. Ich habe ein bisschen recherchiert."

Und dabei einige tolle Fotos gesehen, beeindruckte und lobende Berichte gelesen und ihr Gesicht im Wandel der vergangenen Jahre gesehen.

Ganz anders als sie sich hier gab, so frei und unbeschwert, wirkte sie auf den Bildern mit Kunden stets professionell, konzentriert, streng und geradlinig. Ein Eindruck, der ihn mehr als verwirrt hatte, da er sie so nicht sah.

In seinen Augen schien sie ihm mehr wie ein Freigeist. Niemals hätte er geglaubt sie in einem Businessdress zu sehen, dass ihr trotz alledem ausgezeichnet stand und in dem ihre Figur zusätzlich umschmeichelt wurde. Nicht, dass er diesen Anblick gebraucht hätte, um sich erneut darüber klar zu werden, wie mörderisch attraktiv ihre Kurven waren und wie diese ihn schon das ein oder andere Mal ins Schwitzen gebracht hatten.

„Du musst mir unbedingt bald mehr von ihr erzählen. Ach, du glaubst es ja nicht, was hier ein Stress herrscht, seit deine Schwester diese Werbekampagne für sich gewonnen hat. Und ihr Freund nervt sie ständig, dass sie auch mal ihre Ruhe bräuchte, dabei sprüht deine Schwester nur so vor Lebensfreude ...“

Noch. In dieser Hinsicht war Jon Marcello dankbar, denn er verstand es, Suzanne King bestimmt gegenüberzutreten und ihr Grenzen aufzuzeigen, bevor Cary wie ein Blümchen unter dem Druck zusammenbrach, den ihre Mutter aufbaute.

Die restliche halbe Stunde musste er sich weiterhin anhören, was gerade so im Jetset-Leben seiner Mutter vor sich ging, ehe er sich wieder grummelnd in sein Bett verzog und den Rest des Tages damit verbrachte, sich ein Best-of der Basketballsaison vom Vorjahr anzusehen.

Kapitel 17

„Du bist so still", bemerkte Tucker am folgenden Montag auf der Heimfahrt von Catherines – nein, *Mr. Kings' Haus.* Plötzlich kam es ihr immer komischer vor ihn Mr. King zu nennen, da sie sich so nahe gewesen waren. Natürlich war nichts Weltbewegendes passiert, aber er konnte unmöglich die Spannung zwischen ihnen verpasst haben und er hatte ihr selbst angeboten ihn Jon zu nennen.

Trotzdem hatte sich die Situation zwischen ihnen schon wieder geändert, da er nun tatsächlich so etwas wie ihr Auftraggeber war und sie wollte dies so gewohnt professionell wie immer erledigen. Vielleicht half dieser Auftrag ihr, wieder ein wenig mehr von sich mit einzubringen.

Sie waren einander einig gewesen, dass bei dem Haus ein kühler moderner Stil völlig fehl am Platz wäre und sie stattdessen auf Bequemlichkeit, Möbel aus solidem Holz und Wände in hellen Erdfarben setzen würden. Eine Art gemütlicher Landhausstil, statt Krankenhausatmosphäre.

Dabei war sie sich nicht mehr sicher, ob er derselben Meinung wie sie war oder ob er einfach gar nicht zu Wort gekommen war bei ihrem begeisterten Ideenausbruch.

Bis auf einige Aquarelle an den Wänden, die sie gerne erhalten wollte und einigen Kisten im Obergeschoss stand das Haus leer und die Vorstellung, wie schön gemütlich und wohnlich dieses Haus mit der riesigen Glasfront, die dem Garten zugewandt war, aussehen würde, war sie beinahe ausgerastet vor Freude.

„Ich bin nur in Gedanken."

„Ist am Donnerstag irgendetwas zwischen euch vorgefallen? Ich dachte, ich warte, bis du zu mir kommst und mit mir redest, aber ... Als ich am Donnerstagnachmittag kam, habt ihr euch so komisch benommen", hakte Tucker misstrauisch nach.

„Nein, nichts", log sie munter drauf los.

Was sollte sie dazu auch sagen?

Es hätte vielleicht, eventuell, unter anderen Umständen zu einem Kuss kommen können? Sie war nur froh, dass Tucker nicht mehr solch verkrampfte Situationen mitbekommen hatte und sich etwas zusammenreimte, was nicht stimmte.

Bei der Führung durch das Haus hatte Jon sich wieder gewohnt kalt und distanziert verhalten, bis Tucker dann endlich aufgetaucht war. Es konnte ihm natürlich unmöglich entgangen sein, wie schnell Jon danach die Flucht ergriffen hatte.

Dass er nicht zu seinem Auto gerannt und mit durchdrehenden Reifen weggefahren war, war wohl einzig und allein seinem seltsamen Talent zuzuschreiben, seine Emotionen vollkommen auszuschalten. Fragwürdig blieb jedoch, ob sie nicht zum ersten Mal einen Moment miterlebt hatte, indem er sich eben nicht mehr im Griff hatte. War sein Verschwinden eine Verzweiflungstat gewesen, weil er mit der direkten Konfrontation gleicher irritierender Gefühle zu kämpfen gehabt hatte wie sie?

„Wir hatten nur einen Termin für den kommenden Samstag ausgemacht und ich entwerfe ihm bis dahin ein paar grobe Pläne. Das ist alles."

„Komm schon", er bedachte sie mit einem zweifelnden Blick, der ihr mächtig auf die Nerven ging. Sie hatte schon ganz vergessen wie es war, wenn jemand um sie herumschlich, der sie und ihr Mienenspiel in und auswendig kannte. Es war ja ganz schön, jemanden zum Reden zu haben, aber sie wüsste nicht, was es zu reden gäbe.

Ja, sie hatte für einen Moment ein nervöses Kribbeln verspürt. Ja, sie hatte sich für eine Millisekunde gewünscht seine Lippen schmecken zu können. Ja, sie war sauer über seinen Stimmungsumschwung und seine nachfolgende Ignoranz gewesen.

Er hatte sie ja nicht einmal mehr richtig angesehen, als hätte sie ihm am Strand wie ein wildes Tier die Klamotten vom Leib gerissen oder ihn dazu gezwungen sie als Innenarchitektin zu engagieren.

„Es ist nichts passiert, okay? Lass es einfach gut sein. Erzähl mir lieber wie dein Ausflug mit Lauren war."

Den restlichen Abend erzählte Tucker ihr von seinem Ausflug, von Lauren, die ihn verzauberte und dass er sich nie hätte vorstellen können, plötzlich wirklich bei jemandem anzukommen. Wobei *plötzlich* ja auch wieder bloß eine nette Umschreibung eines Mannes für seine Begriffsstutzigkeit war.

Seit Lauren bei Delphines Eltern angefangen hatte, hatte sie ein Auge auf den attraktiven Landschaftsarchitekten geworfen. Dass Tucker sich erst einmal sprichwörtlich seine Hörner abstoßen musste, war sicher nicht einfach für Lauren anzusehen gewesen.

Wenn Delphine in ihre eigene Zukunft sah, dann sah sie nur sich selbst in ihrem Townhouse-Apartment in Columbia, wo sie sich immer noch tagtäglich damit herumschlug, sich in ihr unbequemes Businessoutfit zu quetschen und ihren Kunden Zucker in den Hintern zu blasen, statt ihrer Kreativität freien Lauf zu lassen.

Bei Vorstellungsgesprächen wird man häufig gefragt, wo man sich in fünf oder zehn Jahren sieht. Die meisten in ihrem Alter würden darauf wohl antworten, sie wären verheiratet, hätten ein oder zwei Kinder im Schulalter und wären erfolgreich in ihrem Job.

Doch Delphine sah weder die Kinder in ihrer Zukunft, noch den passenden Mann für sich. Meistens sagte man Menschen nach, sie haben einen bestimmten Typen Mann oder Frau den sie besonders attraktiv fanden, doch Delphine konnte sich ja nicht einmal für eine bestimmte Farbe bei ihrem Kreativzimmer entscheiden.

Vielleicht stimmte das Sprichwort, dass Äußerlichkeiten sehr wohl eine gewisse Rolle bei der Partnerwahl spielten, aber Delphine wäre schon zufrieden, wenn sie nur einmal einen Mann treffen würde, der ein bisschen wie Tucker war. Der sie so akzeptierte wie sie war. Der ihre verrückten zehn Minuten am Tag akzeptierte und sie nicht mit einem komischen Gesichtsausdruck musterte.

Der sie nicht schräg ansah, wenn sie einfach an einem Regentag die Anlage aufdrehte und wild in der Wohnung herumtanzte, um die Sonne wenigstens in ihrem Herz strahlen zu lassen. Jemand, der ihr zuhörte, wenn sie drüber nachdachte ihren Job aufzugeben, und sie nicht versuchte davon zu überzeugen, dass sie diese

Sicherheit unmöglich aufgeben könnte, nur um Hirngespinsten nachzugehen. Jemand, der sie liebte, genauso wie sie war und nicht versuchte sie so zu formen, wie er sich die perfekte Frau an seiner Seite vorstellte.

Sie wollte nicht nur eine starke Frau sein dürfen. Sie wollte an jedem Tag so sein können, wie sie sich gerade fühlte und sie wollte, dass dieser Mann hinter ihr stand. Ihr eine Hand reichte, wenn sie nicht mehr alleine aufstehen konnte. Sie zum Lachen brachte, wenn sie traurig war. Oder sie einfach nur in seinen Armen hielt und ihr Schutz und Geborgenheit schenkte.

Es war zu viel verlangt.

Sie wusste, dass sie kein einfacher Mensch war. Ihre Spontanität, manchmal ihr Übermut, ihre Phasen, wenn der Freak in ihr durchbrach, ihre kreativen Ausbrüche, wenn sie tagelang nichts anderes tat als zeichnen oder ihr Wissensdurst nach allem möglichen, waren an manchen Tagen nicht einfach zu ertragen. Aber sie war auch treu, liebevoll, unterstützend und beschützte die, die sie liebte wie eine Löwenmutter ihre Jungen. Wenn sie liebte, dann liebte sie mit ihrem ganzen Herzen.

Aber wenn ein Mann heutzutage die Wahl zwischen einer Frau hatte, die alles für ihn tat und sich dabei zurückstellte und einer Frau, die ihn zwar liebte, aber auch nicht alles stillschweigend akzeptierte und sich Zeit für sich nahm, nicht immer der Norm nach handelte und sich vielleicht auch verrückt und irrational verhielt, welche Frau würde er wählen?

Jon drehte die Visitenkarte in seiner Hand hin und her und fühlte sich unentschlossen wie schon lange nicht mehr. Es war erst Mittwoch, wie viel konnte sie in einer Woche schon geschafft haben? Er wollte ihr keinen Druck machen, andererseits hatte sie bemerkt, dass sie nur noch fünf Wochen hier sein würde und dann nach South Carolina zurückreisen musste. Einerseits hatte ihn diese Nachricht geschockt, andererseits hatte sie ihm zum ersten Mal an diesem Tag ermöglicht zu atmen.

Ihre Nähe hatte ihn mehr überfordert als er sich hatte eingestehen wollen. Für einen Moment hatte seine kalte, emotionslose Wand nicht mehr funktioniert und das erste Mal seit Jahren hatte er wieder ein Gefühl von echter Freude in sich verspürt. Nicht, dass er mit Miles nie Spaß hätte und er sich nicht ab und an amüsierte und er war auch kein schadenfroher Mensch, aber bei Delphines Sturz in den See und ihrem Anblick, nur im BH im kühlen Wasser, hätte er sich am liebsten vor Lachen auf dem Boden gewälzt.

Im nächsten Moment hatte er ihr schon die Hände entgegengestreckt und in ihm war ein beinahe unbändiges Verlangen erwacht. Obwohl sie ihren abgekühlten, nassen Körper an seinen teuren Anzug gepresst hatte, hatte er sich nicht einen Moment um den blöden Anzug gekümmert, sondern nur die Hitze in sich genossen und versucht, die Begierde, ihren süßen Mund mit seinem zu verschließen, zu unterdrücken.

Und jetzt?

Tage später saß er in seinem Büro, obwohl er längst Mittagspause hatte und dachte darüber nach, wie er sie zum Essen einladen konnte.

Natürlich ein Geschäftsessen, daran wollte er keine Zweifel aufkommen lassen. Andererseits wusste er, dass es eigentlich viel zu früh war, um von ihr erste Pläne für den Umbau zu verlangen und wenn er nur einen kleinen Moment aufrichtig zu sich selbst war, wusste er, dass es ihm nicht ausschließlich darum ging, die ersten Pläne zu sehen und sich einen Eindruck von ihrer Arbeit zu verschaffen. Er wollte sie sehen und selbst die Aussicht, einen Tag länger zu warten, gefiel ihm nicht. Seit drei Tagen war er der Erste im Büro und der Letzte, der es verließ, da der Arbeitsrechtfall ihm alles abverlangte, um seinem Mandanten zumindest eine faire Abfindung zu sichern.

Bis Ende der Woche würde er keine Möglichkeit haben zum Haus seiner Tante zu fahren, aber er wusste, er konnte sich auf Tucker verlassen. Er würde ohnehin nur blöde in der Gegend herumstehen und sein Blick würde öfter als angebracht auf eine kleine Blondine fallen, die er schon bald nicht mehr aus seinem Kopf bekommen würde, weil er anfangen würde sich zu fragen, ob sie vielleicht der Schlüssel aus seiner Einsamkeit war.

Dabei war sie so anders, so unkonventionell, manchmal unkontrolliert, vielleicht ein Stück weit verrückt und keinesfalls angepasst. Jon hatte nicht vor, sich auf eine Frau einzulassen, die ihn in fünf Wochen seiner verdienten Ruhe berauben, ihn um den Verstand bringen und ihn dann verlassen würde.

Trotzdem drehte er ihre Visitenkarte immer wieder in den Händen, bis er sich selbst den Kopf zurechtrückte und ihre Handynummer in sein Smartphone tippte. Schon nach dem ersten Klingeln nahm sie ab. Völlig unvorbereitet stotterte er erst einmal unverständlich in das Telefon und kam sich dabei vor wie ein unbeholfener Teenager, was ihn maßlos ärgerte.

„Hallo ... äh ... Ms. Darling ... ich ... oder Delphine? Ich ...“

Zu Recht verwirrt hakte sie nach.

„Moment, ich kann Sie nicht verstehen. Wer ist denn da? Es ist gerade ein wenig laut hier, bleiben Sie bitte einen kleinen Moment dran."

Die Holzsäge im Hintergrund hatte wohl sein Gestammel übertönt. Er sandte ein Dankgebet zum Himmel und ließ seinen Blick aus seinem Büro über die Stadt gleiten, um sich zu sammeln.

„So, hier ist es leiser. Entschuldigen Sie, aber wer ist bitte am Telefon?", hörte er ihre Stimme nun deutlicher und professionell freundlich. Seltsam, aber in diesem Moment wäre es ihm leichter gefallen sich mit der Kratzbürste von neulich zu unterhalten.

„Hier ist Mr. King ... ich meine Jonathan ... ich meine Jon."

Heute war definitiv nicht sein kommunikativster Tag. Er war nur froh, dass er vor nächster Woche nicht vor Gericht musste, er kam sich schrecklich verwirrt vor, seit seine Tante ihm das Haus vererbt hatte. Obwohl er normalerweise sehr gut seine Gefühle aus allem heraushalten konnte, so ging es in dieser Angelegenheit doch um etwas sehr Persönliches. Da war jemand, der hatte ihn scheinbar so gerne gehabt, dass sie ihm alles, was sie besaß, vermacht hatte. Selbst seine sorgfältig aufgebaute Maske, sein strenges Pokerface, das er von seinem Vater geerbt hatte, fiel bei einer solchen Geste.

„Oh, hallo. Kann ich Ihnen helfen?"

„Ich wollte mich nur erkundigen, ob Sie vielleicht schon ein paar Entwürfe haben. Wahrscheinlich ist es zu früh ... ich weiß nicht, wie lange Sie an solchen Entwürfen sitzen, wir hatten nicht darüber gesprochen. Es ist mir nur gerade eingefallen. Wissen Sie was? Rufen Sie mich einfach an, wenn Sie etwas haben. Lassen Sie sich Zeit."

Plötzlich kam er sich bescheuert vor, dass er überhaupt angerufen hatte, die Idee war ihm nur gekommen, weil seine Gedanken zu ihrer begeisterten Reaktion im Haus abgeschweift waren.

Er saß einfach schon zu lange nur am Schreibtisch. Vorher hatte er überlegt, ob er nicht Miles anrufen und mit ihm zu einem Basketballspiel der Indiana Pacers ins Bankers Life Fieldhouse Stadion fahren wollte. Immerhin hatte Miles ihm in der vergangenen Woche beinahe seine ganzen Vorräte weggegessen, da konnte er von dem eingefleischten Baseballfan ruhig mal verlangen, dass er ihn zu *seiner* Lieblingsmannschaft begleitete. Sie waren schon ewig nicht mehr im Stadion gewesen. Doch dann war sein Blick auf das Datum gefallen und er hatte bemerkt, dass er über seiner Arbeit längst das Saisonende verpasst hatte, nur weil sein Vater ihm die Scheidungsfälle noch untergejubelt hatte.

Und mit einem genervten Blick aus dem Fenster, wo die Sonne hell strahlte, hatte er plötzlich ihr Gesicht vor Augen gehabt, wie sie aus dem Wasser stieg und ihr Körper sich an seinen presste.

„Sie haben Glück. Ich bin fertig mit den ersten Entwürfen. Hatte viel Zeit am Wochenende. Wenn Sie wollen, kann ich sie Ihnen zuschicken."

Überrascht griff er sein Smartphone fester.

„Oh ... okay. Hätten Sie am Freitagabend Zeit? Dann könnten wir bei einem Essen die Entwürfe besprechen."

Mit jeder Sekunde, die sie schwieg, wurde er nervöser, dabei wusste er nicht einmal wieso. Er führte hunderte Gespräche am Telefon, aber Delphine zu fragen, ob sie mit ihm Essen ging, schnürte ihm beinahe die Kehle zu.

Als sei er vierzehn und frage ein Mädchen nach einem Date. Nein, kein Date!

Nicht, dass er sich daran erinnern könnte, jemals ein solches Gespräch mit vierzehn geführt zu haben. Sein Vater hatte ihn schon damals mit Lernstoff überhäuft, sodass er erst mit sechzehn seine erste richtige Verabredung gehabt hatte und da hatte ihn das Mädchen angesprochen.

Es sollte ein Geschäftsessen mit Delphine sein, und als sie zögerlich zusagte, hielt er das Handy kurz von sich weg und stieß die angehaltene Luft aus.

Doch beim Vorschlag, ein Restaurant in der Stadt zu besuchen, schwieg sie erneut.

„Möchten Sie lieber woanders hin?"

„Ähm ... nein. Schon gut. Es ist nur so, ich habe ... nun ja im Moment habe ich keinen Führerschein." Beinahe musste er ein Lachen unterdrücken.

Zu gerne hätte er die Geschichte gehört, wie sie es geschafft hatte ihren Führerschein zu verlieren, aber er wollte sich auch nicht über sie lustig machen. Angesichts ihrer Fahrkünste auf dem Fahrrad war es jedoch eigentlich nicht wirklich verwunderlich, dass man sie lieber nicht auf die Straße ließ.

„Ich wollte am Freitag ohnehin noch zum Haus meiner Tante ... ich meine, meinem Haus. Wenn sie möchten, hole ich Sie ab und wir fahren gemeinsam."

Er konnte deutlich ihr Zögern spüren, da das Treffen schon jetzt immer mehr Formen eines Dates annahm, doch zu seiner Erleichterung nannte sie ihm ihre momentane Adresse. Als er auflegte, konnte er sich ein belustigtes Grinsen nicht verkneifen und setzte sich mit deutlich besserer Laune über seine Unterlagen.

Es war kein Date.

Kein. Date.

Kapitel 18

Delphine war bis in die Zehenspitzen angespannt. Auf der Hinfahrt nach Indianapolis hatte Jonathan kein Wort mit ihr gewechselt, sie nur beim Einsteigen gefragt, ob es ihr gut ginge. Sie hatte das obligatorische *„Klar und Ihnen?"* herausgehauen und seitdem hatten sie geschwiegen und ihre Anspannung war von da an stetig gewachsen.

Sie hätte schwören können, dass er zumindest einmal, als er ihr beim Aussteigen mit ihrem knielangen schwarzen Kleid geholfen hatte, kurz die Fassung verloren hatte, da er einen perfekten Ausblick in ihr Dekolleté gehabt haben musste.

Und dabei hatte sie das gar nicht wirklich beabsichtigt. Das Kleid war bloß das einzig einigermaßen Formelle, was sie bei sich hatte. Sie hatte ja nicht mit einem Geschäftstermin gerechnet, wenn dies auch eher in einem privaten Rahmen ablief, und nicht über die Firma, so wollte sie doch seriös und professionell erscheinen.

Zudem hatte sie ihn nie in etwas Anderem als einem Anzug gesehen und sie wollte sich nicht albern neben ihm vorkommen. Und obwohl dies natürlich kein Date war, schmeichelte ihr seine Reaktion, die er jedoch schnell zu verbergen gewusst hatte.

Noch vor dem Essen hatte sie ihm ein paar Entwürfe gezeigt, die ihm sehr gefallen hatten. Dabei hatte sie ihm sowohl einen moderneren Landhausstil, als auch eine ganz urige Version entworfen. Zu ihrem Erstaunen hatte er ihr gesagt, sie solle sich für den Entwurf entscheiden, der ihr am meisten zusagte. Unsicher, ob er sie nur hatte testen wollen, hatte sie sich für den modernen Landhausstil entschieden, der sowohl warme Brauntöne als auch das eher kühle Blau des Sees verband. Doch statt sie wie erwartet überheblich anzulächeln, hatte er nüchtern genickt und gesagt: „Das hört sich gut an. Dann machen wir es so."

Den Rest des Abends hatten sie sich lediglich über ihre Berufe unterhalten, doch war die Anspannung keine Sekunde aus ihrem Körper gewichen. Sie wusste nicht, was es war, aber er machte sie nicht nur nervös. Es kam ihr vor, als müsse sie ganz genau darauf achten, was sie sagte oder tat, was unglaublich anstrengend war.

Ihm schien nichts davon aufzufallen, denn auch auf der Fahrt zurück nach Bloomwood schwieg er wieder eisern. Klar, bestand ein Geschäftsessen nicht aus privaten Plaudereien, aber sie beide hatten in den vergangenen drei Stunden mehr geschwiegen als Gäste einer Beerdigung.

Im Hintergrund hatte er das Radio laufen, doch Freitagabends liefen dort nur noch Rockballaden oder schnulzige Popsongs, nicht wirklich der beste Background für eine einstündige Rückfahrt mit einem Mann, der kälter war als der Eisblock, der schon seit Ewigkeiten in ihrem Gefrierfach lag und vor geraumer Zeit wohl mal ein Pack Erbsen gewesen sein musste, bevor er mit der Gefrierschrankwand verschmolzen war.

So starrte sie aus dem Fenster und betrachtete die Lichter der Stadt, doch ignorieren konnte sie ihn auch nicht ganz, da ihr schon beim Einsteigen sein Aftershave vermischt mit einem verführerischen Geruch nach Männershampoo in die Nase gestiegen war.

Erst als er am Blumengeschäft ihrer Eltern vorbeifuhr, drehte sie sich zu ihm um.

„Ähm ... Sie sind gerade am Haus meiner Eltern vorbeigefahren."

„Ich weiß", bemerkte er mit einem kurzen Blick auf ihr Gesicht, doch seine Miene blieb unbewegt.

Okay. Nicht ausrasten, bleib ruhig, er ist bloß ein Anzugträger, kein Irrer, versuchte sie sich gut zuzusprechen, doch die Nervosität bahnte sich trotzdem ihren Weg.

„Geht es Ihnen gut?", fragte sie ihn vorsichtig.

„Sicher, wieso?"

„Weil Sie mich gerade entführen."

Er lachte auf, was sie unmenschlich erschreckte, da ihr kompletter Körper unangenehm verspannt war. „Ich entführe Sie doch nicht."

„Sie haben mich nicht zuhause abgesetzt und fahren mit mir irgendwohin, was nicht abgesprochen oder geplant war. Niemand weiß, wohin wir fahren und sie haben mich nicht gefragt, ob ich mitkommen möchte. Ja ... doch. Ich denke, das zählt als Entführung."

Jonathan schüttelte den Kopf, starrte aber weiter auf die Straße.

„Ich entführe Sie nicht. Ich möchte Ihnen nur etwas zeigen. Sehen Sie es von mir aus als ... spontanen Einfall an."

„Verstehen Sie mich nicht falsch, ich bin total für spontane Aktionen zu haben, aber ich habe ein Kleid und eine dünne Weste an, dazu High Heels. Ich bin nicht ausgerüstet um mit Ihnen wandern oder auch nur spazieren zu gehen."

„Ich würde Ihnen wirklich gerne etwas zeigen. Es beinhaltet übrigens keine Wanderung. Möchten Sie noch mitkommen?", fragte er sie nach einigen Minuten, während sie Bloomwood hinter sich ließen.

„Was?"

Noch nie zuvor hatte es ein Mann geschafft, sie derart durcheinander zu bringen wie dieser.

Sie wusste nicht, ob sie sich freuen sollte, dass er ihr gerne etwas zeigen wollte oder ob sie eher unauffällig nach ihrem Handy fischen sollte, um Tucker eine Hilfe-SMS zu schicken.

„Na, Sie sagten doch, ich hätte Sie nicht gefragt und deshalb käme es Ihnen vor wie eine Entführung. Jetzt frage ich Sie, ob sie noch eine Stunde für mich haben", erklärte er ihr nüchtern.

„Geschäftlich?"

„Wäre das die Bedingung für ihre Zustimmung?"

„Nein", entgegnete sie ihm spontan, da er sie neugierig gemacht hatte.

„Na dann. Nein, nicht geschäftlich."

„Okay."

„Okay? So einfach folgen Sie einem Fremden?"

Sie wusste nicht, ob er sie nun aufzog oder ob das sein Ernst war. Warum war er plötzlich so redselig? Hatte er den geschäftlichen Teil jetzt beendet und taute auf?

„Erstens sind Sie mir nicht vollkommen fremd. Zweitens haben Sie weder vor mich zu verschleppen und einzusperren, mich umzubringen oder mir etwas anderes anzutun, richtig?"

„Um Gottes willen. Natürlich nicht."

„Schön."

Still blickte er zu ihr. So lange, dass sie ihn schon bitten wollte, wieder auf die Straße zu sehen, da bemerkte sie, dass sie längst zum Stehen gekommen waren. Da es bereits elf Uhr am Abend war, konnte sie nur schwer Catherines Haus erkennen. Warum war er mit ihr zu seinem Haus gefahren?

Doch gerade, als sie ihn das fragen wollte, war er schon ausgestiegen, hielt ihr die Tür auf und streckte ihr seine Hand hin, die sie dankbar ergriff.

An ihrer Abneigung gegen High Heels hatte sich auch während ihres Jobs nichts geändert, doch sie passten nun einmal perfekt zu diesem Kleid, also hatte sie angesichts dessen, dass sie ohnehin kaum laufen würde, sich dafür entschieden sich ein paar Zentimeter größer zu mogeln. Noch immer war er einen Kopf größer als sie, aber so konnte sie ihm schon ein bisschen besser in die schönen Augen sehen.

Zum Glück waren auf dem Weg zum Haus einige wenige Straßenlaternen angebracht worden, sodass das Gelände nicht vollkommen im Dunkeln lag. Doch wenn sie um Hilfe schreien würde, würde sie dadurch auch niemand retten.

Wenn man es sich genau überlegte war dieses Haus der perfekte Ort, jemanden auf jegliche Art und Weise umzubringen. Ein eiskalter Schauder rann ihr über den Rücken, sodass sie die unliebsamen Gedanken schnell beiseiteschob. Man sagte immer, ein kreativer und fantasievoller Geist sei etwas Besonderes, aber die meiste Zeit war es einfach nur verrückt, dass solche Gedanken in ihrem Kopf herumspukten.

„Haben Sie Angst?", fragte er sie, als er auf dem gepflasterten Weg zum Haus stehenblieb und auf sie wartete.

Sie balancierte möglichst intelligent über sie Pflastersteine und schnaufte. Zum Glück hatte sie sich die Haare zusammengebunden, sonst wäre sie spätestens jetzt hässlich durchgeschwitzt.

„So ein Quatsch. Ich breche mir hier nur den Hals."

„Bleiben Sie wo Sie sind. Ich bin gleich zurück", sagte er und verschwand in der Dunkelheit.

„Danke, ich fühle mich schon viel sicherer mitten im Wald in der Dunkelheit. Mit High Heels, die mich am Weglaufen hindern. Ach, und dann war ich auch noch so intelligent und habe meine Tasche im Auto dieses Axtmörders gelassen, aber hey, mir geht's super. Wer braucht schon eine Handtasche, wenn er in der Erde verscharrt wird? Verdammter Mist!", fluchte sie vor sich hin und kämpfte sich weiter vor.

Wenige Minuten später kam er mit schnellen Schritten auf sie zu und ging vor ihr in die Hocke. Na schön, ein Axtmörder würde ihr keine neuen lilafarbenen Turnschuhe bringen.

„Die müssten Ihnen passen. Sie waren noch im Schuhkarton mit Schild, sind also noch ganz neu. Damit müssten Sie besser vorankommen."

Er griff beherzt nach ihrem rechten Fuß und zog ihr ihren High Heel aus, was sie ins Wanken brachte. So griff sie mit einer Hand nach seiner Schulter.

Unweigerlich stellte sie fest, wie seine Schultermuskeln unter dem weißen Hemd arbeiteten, als er ihr die Schuhe wechselte. Seine Jacke hatte er im Auto gelassen, der Abend war richtig warm und sie ertappte sich dabei, wie sie seine Berührung an ihren Füßen genoss. Was passierte hier überhaupt?

„So, fertig. Ich lege ihre Schuhe schnell ins Auto", unterbrach er ihre Gedanken und ging die paar Schritte zu seinem schwarzen BMW zurück, während sie die Turnschuhe an ihren Füßen betrachtete.

Sie konnte nur hoffen, dass er das ernst gemeint hatte, als er sagte, der geschäftliche Teil sei vorbei, denn in lila Turnschuhen zum knielangen schwarzen Kleid fühlte sie sich nicht mehr gewappnet für eine geschäftliche Unterredung.

Vor sich sah sie plötzlich einen Lichtstrahl und drehte sich zu ihm um, doch da griff er bereits nach ihrer Hand und umschloss sie fest mit seiner, als er sie mit sich zog.

Wo hatte er jetzt schon wieder die Taschenlampe her?

Die Gedanken über seine plötzlich auftauchende charmante Seite wurden von der angenehmen

Wärme seiner Hand beiseitegeschoben, die ihr ein seltsames Ziehen im Magen bescherte. Delphine fühlte sich überhaupt nicht mehr unsicher oder ängstlich, aber das konnte ebenso gut ein Ablenkungsmanöver sein. *Was war diese Fantasie doch eine tolle Eigenschaft,* dachte sie ironisch.

Der Weg zum See war schon wieder viel sichtbarer geworden, seit Tucker und sie die Arbeiten im Vorgarten in dieser Woche beendet hatten und sich gemeinsam tatkräftig durch den Urwald hinter dem Haus kämpften.

Langsam, aber sicher, wuchs das Haus wieder zu seiner Schönheit heran, die kurzzeitig bedeckt gewesen war. Der Vorgarten war nicht allzu groß, aber man konnte schon jetzt einen deutlichen Unterschied sehen. Den größeren Aufwand stellte allerdings der Garten hinter dem Haus da, da hier viel mehr Sträucher, Bäume und Beete, deren Pflanzen von Unkraut überwuchert waren, die Schönheit versteckten.

Erst als Jonathans Hand ihre losließ, verließ sie das wohlig warme Gefühl im Magen und sie hob ihren Blick von ihren Füßen und blickte auf den kleinen privaten Strandabschnitt. Mit dem Unterschied, dass dieses Mal ein einfaches helles Holzboot im Mondschein im Sand lag und Jonathan begann sich die Hosenbeine hochzukrempeln.

Er drückte ihr die Taschenlampe in die Hände, zog sich die schwarzen Schuhe und Socken aus, schob das Boot zum Wasser und streckte ihr die Hand entgegen.

Mit aufgerissenen Augen betrachtete sie ihn. Erwartete er von ihr, dass sie sich mit diesem Kleid in ein Holzboot setzte und mit ihm über den See paddelte? Und wo wollte er überhaupt mit ihr hin? Nichts von dem was er tat, passte zu dem Verhalten, das er ihr bisher entgegengebracht hatte.

Er war nicht charmant. Er war nicht spontan und erst recht nicht abenteuerlustig. Und war das Vorfreude, was sie da in seinen sonst emotionslosen Augen sah?

Erwartungsvoll blickte er sie an und sie trat einen Schritt näher.

„Geben Sie mir ihre Hand", forderte er sie auf.

Sie könnte einfach weglaufen, immerhin hatte sie die Taschenlampe, aber das kam ihr plötzlich albern vor. Sie fühlte sich nicht bedroht und ihr Gefühl verließ sie so gut wie nie.

Ohne weiter nachzudenken, schob sie ihre Hand in seine und ließ sich von ihm in das Boot helfen.

Er versicherte sich, dass sie sicher saß, ehe er das Boot vom Strand abstieß, ebenfalls hineinkletterte und sich ihr gegenüber niederließ.

Delphine hatte keine Ahnung, woher die Paddel kamen, denn sie hatte gar keine gesehen, aber er trieb sie an und steuerte auf den See hinaus.

„Das Ding wird nicht untergehen, oder?" Sitzen konnte man in dem Kleid ja, aber sie bezweifelte ernsthaft, dass man damit auch noch schwimmen konnte.

Jon lachte laut auf, was sie schon wieder erschreckte. Seit wann lachte dieser Mann? Das Strahlen, das dabei von seinen hellblauen Augen ausging und vom hellen Mondlicht noch begünstigt wurde, machte sie sprachlos. Es war schlichtweg nicht fair, wenn ein Mann so gut aussah, dass man jegliche intelligenten Kommentare mit einem Augenaufschlag vergaß. Und warum hatten Männer so schöne schwarze, langen Wimpern, die auch ohne Wimpernzange einen perfekten Schwung besaßen?

„Wir sind fast auf der Mitte des Sees, es ist ein bisschen spät, sich darüber Gedanken zu machen. Aber keine Angst, es wird nicht untergehen, ich habe es heute Nachmittag schon getestet."

Beinahe tat er ihr leid, dass er die ganze Arbeit mit den Paddeln tat, aber auch wenn es gemein klang, so ließ sie ihn gerne schuften, wenn sie dafür das Spiel seiner Armmuskeln betrachten durfte. Dadurch, dass er seine Ärmel locker hochgeschoben hatte, konnte sie die dunklen Härchen auf seinen Unterarmen sehen und sie spürte bei ihrer eingehenden Prüfung sofort wie sie ein sehnsüchtiges Zittern ergriff.

Das Rudern schien ihm keine besondere Anstrengung abzuverlangen, was sie umso mehr beeindruckte, da er als Anwalt sicher den ganzen Tag im Büro hockte.

„Ist Rudern ein Ausgleich für Ihre Arbeit?", fragte sie ihn und musterte dabei sein markantes Gesicht. Je weiter sie vom Festland wegruderten, desto entspannter kam er ihr vor, als lasse er alle seine Sorgen und Gedanken an Land.

„Nicht wirklich. Ich war schon ewig nicht mehr hier draußen. Ich gehe ab und zu ins Fitnessstudio, aber nicht allzu oft. Anwalt ist nicht unbedingt ein Beruf, der einem viel Freizeit lässt."

„Wenn Sie die Wahl hätten und mehr Zeit, würden Sie lieber hier im Freien rudern oder täglich ins Fitnessstudio?"

„Keine Frage, ich wäre wohl täglich hier."

Er lächelte leicht, legte die Paddel hinter sich und blickte sich um. „Es ist eigentlich eine Schande derart nah an so einem Schatz zu leben und es nicht täglich zu genießen. Ich war nicht oft bei meiner Tante, aber seit ich herkam, durfte ich mir das Boot borgen und auf den See hinausfahren."

Delphine betrachtete, wie der Mond sein Licht auf den See warf und ihn in den schönsten Blautönen strahlen ließ.

Der Wald aus Tannen und Tulpenbäumen umrandete in einem dunklen Grün das Paradies. Außer einem sanften Wind und dem leisen Plätschern des Wassers war nichts zu hören. Der absolute Frieden. Sie schloss für einen Augenblick die Augen und sog die blumige, frische Luft ein, ehe er die Ruhe mit leiser Stimme durchbrach und ihr eine Gänsehaut über den Körper jagte. Sie öffnete die Augen und betrachtete, wie sein Gesicht in ein sanftes Licht getaucht wurde.

„Am liebsten bin ich gegen Abend hinausgefahren. Wenn die Sonne unterging. Hier verirren sich nur selten Touristen oder auch Einheimische hin."

Sie erschrak ein wenig darüber, wie sehr sie sich in ihm geirrt hatte, da ihm offenbar doch etwas an dem Grundstück und dem Haus lag. Eigentlich glaubte sie eine gute Menschenkenntnis zu besitzen, aber dieser Mann bestand aus so vielen Kontroversen, es war unmöglich zu diesem Zeitpunkt über ihn zu urteilen.

Als er sich vorsichtig von dem Holzbrett hinunterschob, das als Sitz diente, wankte das Boot leicht. „Was tun Sie?"

Sie hatte wirklich keine Lust auf ein erneutes unerwartetes Bad.

Jonathan ließ seinen Rücken und seinen Kopf auf den Boden des Bootes sinken und legte seine langen Beine über seinen Sitzplatz, sodass er in den Himmel schaute.

Gott, es sollte verboten sein, solch schöne Augen zu haben.

Ohne ein Wort zu sagen, tat sie es ihm gleich und legte sich vorsichtig neben ihn, ihre Beine auf ihre Sitzfläche und blickte in den Himmel. Die wenigen Sterne leuchteten hell, neben dem Vollmond, der ihre Gesichter beleuchtete. Das sanfte Schaukeln des Bootes und das leise Plätschern des Wassers entspannte ihre Muskeln.

„Es ist der einzige Ort, den ich kenne, der absoluten Frieden, Ruhe und Entspannung vereint. Hier gibt es keine Regeln, keine Zeit, keine Kontrolle. Es ist einfach ein Ort fernab von jeglichem weltlichem Stress.“

„Warum haben Sie mich hierher gebracht?“, fragte sie ihn flüsternd und spürte, wie er ihr sein Gesicht zuwandte und tat es ihm gleich. Sein Gesicht war so nah. Obwohl sie seine Augen nur auf dem Kopf stehend sehen konnte, waren sie dennoch so durchdringend und intensiv, dass ihr Herz beinahe durchdrehte. Sie hätte nie gedacht, dass man sich trotz solch lautem Herzklopfen, gleichzeitig derart entspannt fühlen konnte.

Jon zuckte mit den Schultern.

„Sie schienen den ganzen Abend so angespannt und weil dies theoretisch ihr Urlaub ist, fand ich es nicht fair von mir, dass Sie meinetwegen in solchen Stress geraten. Ich fand, Sie hätten eine Auszeit verdient."

Sie konnte ihren Blick nicht von ihm abwenden, spürte aber, wie ihr ein wenig schwindelig wurde und setzte sich langsam auf. Er tat es ihr gleich, zog seine Beine an und blickte sie besorgt an.

„Ist alles in Ordnung mit Ihnen?"

Delphine nickte, starrte eine Weile in den Wald und versuchte ihre Gedanken zu ordnen, die er durch alles, was er sagte, kräftig durcheinander wirbelte. Durch das leichte Schwanken des Bootes berührte sie mit ihrer rechten Schulter immer wieder seine linke. Das elektrisch heiße Kribbeln, welches sie dabei durchfuhr, zwang sie dazu sich ihm zuzuwenden. Durch ihren Blick angezogen wandte er ihr sein Gesicht zu.

Sie hob ihre rechte Hand und legte sie an seine bereits kratzige Wange, bevor sie einem Impuls nachgab, sich ihm entgegen lehnte und ihren Kopf anhob. Jon bedeckte ihre Hand mit seiner, überbrückte die letzten Zentimeter, die ihre Lippen trennten und senkte seinen Mund auf ihren.

Mittlerweile hätte sie es sich denken können, dass dieser Mann keineswegs so emotionslos war, wie er alle glauben lassen wollte, trotzdem überwältigte sie seine Leidenschaft. Schon nach kurzer Zeit glaubte sie, ihr Herz müsse zerspringen.

Gleichzeitig fühlte sie sich so wohl und sicher bei ihm, dass sie diesen Kuss nie wieder unterbrechen wollte.

Ein Kribbeln durchströmte ihren Körper, während er ihre Lippen vereinnahmte und immer wieder testend seine Zunge in ihren Mund gleiten ließ.

Sie hasste schon jetzt den Augenblick, in dem sie Luft holen musste, weil sie dann gezwungen war diese weichen Lippen freizugeben.

Kapitel 19

Jon wusste nicht wie ihm geschah. Am Mittag noch hatte er gedacht, nie wieder einen anderen Gedanken als seine Arbeit zu haben und nun war sein Kopf vollkommen leer. Wie geistig weggetreten befand er sich auf dem Boden eines alten Holzbootes und schmeckte die Süße der Lippen dieses kleinen Blumenmädchens. Wobei er in diesem Moment mehr als deutlich spürte, dass er es nicht mit einem kleinen Mädchen, sondern mit einer außerordentlich leidenschaftlichen Frau zu tun hatte.

Er wusste nicht was in ihn gefahren war, als er nach diesem doch recht angespannten Treffen am Haus ihrer Eltern vorbeigefahren war. Er hatte sie wahrscheinlich zu Tode erschreckt, als er sie im Dunkeln durch den verwilderten Garten seiner Tante gezogen hatte. Als er am Nachmittag zum Anwesen gefahren war, hatte er das Boot im alten Geräteschuppen gefunden, den man nun endlich wieder sah. Gleich da war in ihm das Bedürfnis gewachsen, die schönsten Momente seiner Jugend wieder ein wenig aufblühen zu lassen. Allerdings hatte er da mehr an sich selbst gedacht.

Doch plötzlich war er einfach an ihrem Haus vorbeigefahren, nicht gewillt, sich jetzt schon von ihrem Anblick in diesem einfachen, aber sexy Kleid zu trennen.

Natürlich wusste er, dass dies keineswegs dazu beitrug mit ihr eine professionelle Beziehung zwischen Innenarchitektin und Kunde aufrecht zu halten. Doch für einen Moment hatte er einfach nicht mehr nachgedacht. Wenn er sie ansah, passierte es leider sehr häufig, dass er seine emotionslose Miene vergaß und zuließ, dass sie sich Stück für Stück in sein Leben mogelte.

Er konnte sich nicht daran erinnern schon jemals früher aus dem Büro gegangen zu sein, doch heute hatte er es getan. Er hatte gelächelt, als sie aus dem kleinen blauen Haus getreten war und plötzlich hatte er sich dabei ertappt, wie er sich wünschte, es wäre kein Geschäftsessen zwischen ihnen.

Diese angespannte, kühle Haltung hatte in seinen Augen so gar nicht zu Delphine passen wollen und er wusste, sie tat es nur, um möglichst professionell und geordnet vor ihm zu erscheinen. Das war es aber nicht, was er an ihr so sehr mochte.

Er mochte es, dass sie eben nicht wie die ganzen Frauen war, die er bisher kennengelernt hatte. Er mochte ihre unkonventionelle Art.

Dass sie nicht einmal gemosert hatte, als er ihr die High Heels abgenommen, sie durch eher unpassende Turnschuhe ersetzt und sie anschließend damit durch die Pampa geschleppt hatte.

Noch nie hatte er eine Frau mit an diesen Ort genommen. Noch nie hatte er sich mit einer Frau spät am Abend in ein Boot gelegt und nur den Naturgeräuschen gelauscht. Schon lange hatte er sich nicht mehr derart tiefenentspannt gefühlt. Und zu keinem Zeitpunkt hatte er das Gefühl gehabt, sie wüsste die Schönheit des Augenblicks nicht ebenso zu schätzen wie er.

Trotzdem hatte er sich geschworen, ihr nicht weiter näher zu kommen, denn aus irgendeinem Grund waren ihm ihre Gefühle wichtig. Noch seltsamer war dabei, dass er sie kaum kannte und ihn doch die Gefühle einer beinahe fremden Frau ehrfürchtig machten.

Jon konnte sich gut beherrschen. Er war ein Meister darin seine Gefühle vollkommen abzuschalten, doch ihre leichten Berührungen mit der Schulter, die Art, wie sie seine Wange umschloss wie einen wertvollen Schatz und ihr verschleierter Blick aus diesen schönen Augen, hatten ihn schwach werden lassen wie nie zuvor.

Und schon hatte er sich dabei wiedergefunden, ihre zarten, vollen Lippen zu kosten.

Ihre kleinen, kaum hörbaren Seufzer machten aus seinem Gehirn eine völlig unbrauchbare Masse. Sein Herz klopfte hart und kräftig in seiner Brust. Ihre Lippen bewegten sich in einem derart harmonischen Einklang mit seinen, dass er sich fragte, ob er jemals wirklich einen echten, intensiven Kuss erlebt hatte oder ob dies bloß immer flüchtige Handlungen gewesen waren, die in einer Beziehung eben dazugehörten.

Ehe er seine Hände in ihre Haare wandern lassen konnte, entzog sie sich ihm, verzog ihre geröteten Lippen zu einem kleinen Lächeln, hakte sich mit ihrem rechten Arm bei ihm unter und ließ ihren Kopf auf seine Schulter sinken. Sanft streichelte sie über seinen Rücken, sodass er unter ihren Berührungen wohlig erschauerte. Sie blickten in entgegengesetzte Richtungen, ihr Gesicht dem dunklen Wald zugewandt, dabei wünschte er sich, er könnte sie anblicken. In ihrem Gesicht lesen, was gerade geschah und ob sie das, was geschah, wirklich wollte. Ihre Finger streichelten unablässig über sein Schulterblatt, was ihm eine Gänsehaut bescherte. Er erwischte sich dabei, sich zu wünschen, es gäbe kein lästiges weißes Hemd zwischen ihrer und seiner Haut.

Zu seinem eigenen Erstaunen entzog er sich ihrer Berührung nicht, wie er es bei allen Frauen in seinem Leben bisher getan hatte, sondern bemerkte, wie sehr er ihre Nähe genoss. Auch wenn er sie ewig hätte küssen wollen, so ermahnte er sich dennoch im Stillen, nicht zu viel zu fordern und sie damit womöglich von sich wegzuschieben.

Jon wusste nicht, wie er damit umgehen sollte und ob dieser Kuss nur der intimen, einsamen Atmosphäre zu verdanken war, oder ob es tatsächlich echt und ehrlich war, was sich hier abspielte.

Doch wollte er nicht weiter darüber nachdenken, solange er sich wenigstens vormachen konnte, dass das, was er bei ihrer Nähe fühlte, echte Gefühle der Verbundenheit waren.

Delphine schlüpfte wieder in ihre High Heels und griff nach der Autotür, doch Jon war schneller und hielt sie ihr auf. Ganz der Gentleman, den er schon den ganzen Abend gab.

Schweigend schlenderten sie zur Tür des Blumengeschäfts, dabei berührten sich ihre Arme immer wieder, aber sie wagte es trotzdem nicht seine Hand zu ergreifen, denn sie war mehr als verwirrt von dem Abend, den sie gerade erlebt hatte.

Dieser Zeitpunkt war mehr als gefährlich etwas zu überstürzen.

Sie griff nach ihrem Schlüssel, doch ihre Hände zitterten vor Nervosität, sodass sie sich entschloss erst einmal abzuwarten, bis er wieder verschwunden war.

Dass sie sich vor dem Haus ihrer Eltern befand und diese wahrscheinlich die Autotür gehört hatten und zumindest ihre Mutter mit dem Gesicht an der Scheibe im ersten Stock klebte, machte die Abschiedssituation nicht leichter.

Sie wollte es einfach nur so schnell wie möglich hinter sich bringen, denn es würde bei ihrem nächsten Treffen am Montag nicht weniger seltsam werden, wenn sie sich wieder professioneller begegnen mussten. Wie sollte ihr das nach einem derart leidenschaftlichen tiefen Kuss gelingen? Sie war wirklich mies darin ihre Gefühle zu verstecken und wenn sie jemanden mochte oder mit einem Mann zusammen war, dann teilte sie gerne ihre Freude.

Jon vergrub die Hände in seinen Anzugtaschen und betrachtete ihr Gesicht.

„Na dann, ich fand es sehr schön, dass du noch mitgekommen bist", erklärte er schließlich vorsichtig und mit nicht zu deutender Miene.

„Ja, ich auch."

Nein. Wir sind gar nicht verkrampft. Es ist überhaupt nicht seltsam, sich erst zu streiten, sich anschließend zu verabscheuen, sich dann auf

professioneller Ebene zu begegnen und nur wenig
später übereinander herzufallen wie zwei Teenager.

„Wir sehen uns dann am Montag zur abschließenden Besprechung, ich kümmere mich morgen noch um Handwerker und dann kann's losgehen. Also vielen Dank, dass du die Entwürfe so schnell fertig hattest. Schlaf gut."

Als bekäme sie gerade eine Bewertung ihrer Hausaufgaben, nickte Delphine und klammerte sich an ihrer Tasche fest wie an einem Rettungsanker.

„Ja ... du auch."

Abschätzend blickte er noch einmal in ihre Augen, doch sie konnte nichts in seinem Blick lesen. Sollte er sie jetzt nicht wenigstens kurz küssen?

Dieser Mann warf einfach alle Verhaltensnormen, die sie bisher in einer Beziehung kennengelernt hatte über den Haufen. Nie wusste sie was ihm möglicherweise unangenehm war oder ob er genauso wie sie empfand. Hatte er sich schon wieder von ihr zurückgezogen oder wusste er einfach nicht wie er reagieren sollte und sollte sie die Initiative ergreifen? Warum war eine Reaktion in seiner Gegenwart so kompliziert?

Er nickte, wandte sich um und ging schnellen Schrittes zu seinem Wagen. Ohne sich noch einmal umzudrehen, verschwand er um die Ecke und Delphine stand wie ein begossener Pudel vor der Tür.

Bereute er den Kuss?

Sie hatte ihn schließlich nicht dazu gezwungen, und war seine Absicht nicht ziemlich eindeutig gewesen, wenn er sie auf einen See hinausschleppte, wo sie ganz alleine waren, und er ihr süße Worte entgegen säuselte? Oder hatte er schlichtweg keine Ahnung, dass er damit ihre Gefühle für ihn weiter schürte?

Er hatte sich nicht gewehrt, trotzdem bringt er sie nach Hause und lässt sie dann einfach mit einem trockenen Kommentar stehen, statt sie ein letztes Mal an sich zu pressen und ihr damit eine schlaflose Nacht zu bescheren.

Obwohl sie diese jetzt ohnehin hatte, nachdem aus dem geschäftlichen Treffen das süßeste Date geworden war mit dem schrägsten Ende, das sie jemals erlebt hatte.

Verdammter Kerl!, fluchte sie und schloss die Tür auf.

Kapitel 20

Die Handwerker erschienen erstaunlich pünktlich und begaben sich nach einigen ersten Anweisungen direkt an die Arbeit. Jonathans Anwesenheit war auf wenige Minuten beschränkt gewesen, und dabei hatte er sie kaum angesehen. Was sollte sie davon halten?

Im Grunde ließ diese Abweisung nur einen Schluss zu, und sie hasste ihn, und sie ertappte sich dabei, wie sie während der zehn Minuten, in denen er nur schnell einen letzten Blick auf ihre Pläne geworfen hatte, verschämt unter sich geblickt hatte.

Als müsste sie sich für ihre Gefühle schämen.

Nein, das einzige was passierte, war, dass er sie schon wieder wütend machte. Wie konnte ein Mensch einen anderen leidenschaftlich und süß küssen und ihn ein paar Tage später wieder eiskalt ignorieren?

Irgendwie war es auch ihre eigene Schuld. Das restliche Wochenende hatte sie sich immer mehr in dieses eine unbeschreiblich gute Gefühl hineingesteigert, sich daran immer wieder aufgebaut, wenn ihr Zweifel kamen. Tja und in ihrem Wahn hatte sie sich plötzlich dabei erwischt, wie sie darüber nachdachte, wieder zurück nach

Hause zu kehren, nur damit eine richtige Beziehung möglich war.

Natürlich war das nach einem Kuss überstürzt, aber zu viel Zeit ließ ihre Fantasie aufblühen; und hätte sie noch ein paar Tage gehabt, hätte sie wahrscheinlich begonnen Namen für ihre Kinder zu suchen. Sie hätte ihm das nie gesagt, weil er sie selbstverständlich für völlig verrückt gehalten hätte. Aber wenn sie liebte, dann richtig. Dann mit allem, was sie hatte.

Das war ihr mehr als einmal zum Verhängnis geworden und stürzte sie am Ende einer Beziehung auch jedes Mal in ein tiefes Loch, aber so war sie nun einmal. Ihre Eltern hatten ihr diese Art zu lieben vererbt, in ihrer Erziehung vermittelt und Delphine fand daran auch nichts schlimm. Doch genau deshalb konnte sie mit Jonathans schnellem Wechsel zu absolut kühler Distanz nicht umgehen.

Nachdem sie sich vergewissert hatte, dass die Handwerker wussten, was sie zu tun hatten, verschwand sie in den Garten und half Tucker beim Unkrautjäten.

Am Morgen hatte er sogar einen kleinen Flusspfad entdeckt, der vom Lake Monroe abgezweigt war und bis in Catherines Garten führte, und augenscheinlich extra wie ein chinesischer Garten angelegt worden war.

Seit dem Morgen tat er nichts anderes, als dieses Schmuckstück mit den eingebauten Wasserterrassen freizulegen.

Die lila- und rosafarbenen Schleifenblumen waren bereits zu sehen, und da Tucker nun endlich die Heckenschere weggelegt hatte, sah man einen Teil des schmalen Flusses, der gesäumt von hauptsächlich pinkfarbenen Blumenbüschen und Pfingstrosen in einen winzigen Teich lief.

„Kann ich dir helfen?"

Dankbar und verschwitzt blickte Tucker auf.

„Du könntest die Efeuranken von den Steinen wegschneiden. Soweit ich das sehen kann, sind die Steine sehr hell, da sieht es sicher schöner aus, wenn sie nicht derart zugewachsen sind. Geplant war wohl eher ein geradliniger, chinesisch angehauchter Garten, das sollten wir in diesem Teil des Gartens beibehalten. Ich würde gerne die großen Büsche weiter stutzen."

Sofort schnappte sie sich die Schere und befreite die Steine von den Ranken, dabei brannte ihr die Sonne auf den Rücken und unweigerlich dachte sie daran zurück, wie Jon sie an seine harte Brust gedrückt hatte, nachdem er ihr aus dem abkühlenden Wasser geholfen hatte.

Schon da hätte sie schwören können Verlangen in seinem Blick gesehen zu haben.

Wie konnte ein Mensch nur derart seine Gefühle unterdrücken? Wahrscheinlich bemerkte er nicht einmal mehr, wie verletzend er reagierte. Diese kalte Hülle hatte er sich nicht erst seit gestern antrainiert.

Nachdem sie Stunden später beinahe alle Steine rund um den Fluss in Rekordzeit befreit hatte und man allmählich seine vollkommene Schönheit begriff, konnte sie sich kaum noch beherrschen und schnitt in ihrem Eifer einfach weiter. Dieses Unkraut wegzuschneiden befreite sie. Bis Tucker ihr die Schere wegnahm und sie ihn mit einem bösen Blick bedachte.

„Ich finde es ja schön, dass du mir hilfst, aber du zerstörst gleich alles wieder, wenn du die Blumen auch noch abmetzelst. Was ist denn mit dir los? Schon seit du rausgekommen bist, bist du mies drauf. Dabei war heute Morgen noch alles gut."

Heute Morgen, hatte sie auch noch gedacht, Jon würde es bereuen sie am Freitagabend ohne einen Kuss stehen gelassen zu haben. Und sie hatte sich eingebildet, er hätte ebenso die halbe Nacht wachgelegen.

Stattdessen kam er hier an, kalt wie ein Fisch. Erkundigte sich nur, ob alles nach Plan laufen konnte und verschwand dann fluchtartig in seinem beschissenen Businessoutfit, mit seinem beschissenen Koffer und seiner beschissenen arroganten Art.

„Er ist ein Arschloch und ich habe mir eingeredet, er sei es nicht. Fertig."

„Offenbar ist es nicht so einfach, wenn du dich so darüber aufregst."

„Warum küsst er mich, lässt mich später beim Abschied einfach so stehen und behandelt mich heute, als hätte er mich noch nie gesehen und ich würde ihm sonst wo vorbeigehen? Warum glaube ich, er hätte mich leidenschaftlich geküsst, wenn er in Wahrheit einfach nur höflich auf meine Annäherung reagiert hatte? Er ist so ein Idiot! Hätte er nicht sagen können, dass er das nicht will, bevor ich ... bevor ich ...."

Tucker, dem sie bisher den Kuss zwischen Jon und ihr verschwiegen hatte, starrte sie mit hochgezogenen Augenbrauen an. „Bevor du was?"

Delphine hatte sich so in Rage geredet, dass sie Tucker nun nur ernüchtert anstarrte und die Schulter hängen ließ.

„Keine Ahnung. Bevor ich mir Hoffnungen mache? Bevor ich ... beginne, seit Jahren wieder so etwas wie ein aufgeregtes Kribbeln zu spüren? Bevor ich zulasse, dass ich mich für ihn verändere, nur damit er mich mag, wenn es doch von Anfang an keinen Sinn macht."

Zum Glück wusste Tucker, dass sie ihn schlagen würde, wenn er sie mit einem mitleidigen Blick betrachten und sie für ihren überstürzten, leidenschaftlichen Ausbruch verurteilen würde. Stattdessen öffnete er seine Arme und egal wie verschwitzt und voller Blütenblätter und Erde sie beide waren, war sie doch erleichtert seine Arme um ihren Körper zu spüren.

„Nicht jeder erkennt seine Gefühle so schnell wie du, Delphine. Und du musst lernen, dass die meisten Menschen eher vorsichtig und abwartend reagieren und Gefühle in den meisten Fällen eher verdrängen als zulassen. Außerdem scheint mir Jon nicht gerade der Typ für einen Gefühlsausbruch."

„Warum küsst er mich dann?", nuschelte sie an seiner Brust.

Tucker lachte auf. „Du kannst ziemlich überwältigend sein und Jon ist deine besondere Art nicht gewohnt."

Abrupt löste sie sich von ihm und blickte ihn entrüstet an. „Ist das jetzt meine Schuld, dass er mir kaum in die Augen sehen kann?! Wenn er das alles als Fehler ansieht, dann soll er es mir eben sagen."

„Gib ihm Zeit."

„Ich reise in fünf Wochen wieder ab, Tucker! Wenn er uns jetzt nicht die Chance gibt herauszufinden, was das zwischen uns zu bedeuten hat, dann wird es keine Möglichkeit mehr geben."

Tucker nickte, die Augen zusammengekniffen blickte er über ihre Schulter und grinste schelmisch, sodass sie sich schon umdrehen wollte, um zu sehen, was ihn derart belustigte, doch er schüttelte plötzlich ernster den Kopf.

„Du willst wissen, ob du ihm egal bist?"

Delphine nickte vorsichtig, doch noch ehe sie wirklich antworten konnte, umfasste Tucker ihr Gesicht, presste sich an sie und küsste sie mitten auf den Mund. Und das war so gar kein freundschaftlicher Kuss.

Er verschlang förmlich ihre Lippen, doch im Gegensatz zu Jons Kuss durchfuhr sie kein wohliger Schauer, kein Kribbeln, keine Nervosität, keine Vorfreude. Doch fühlte sich der Kuss seltsam tröstlich an, und sie bemerkte wie sie automatisch ihre Hände an Tuckers Taille legte, der ihren Mund so kunstvoll bearbeitete, als würde er es ernst meinen. Sein Grinsen an ihren Lippen verriet jedoch, dass er irgendetwas im Schilde führte.

Ebenso abrupt wie er sie gepackt hatte, ließ er sie auch wieder los und grinste sie mit einem Funkeln in seinen braunen Augen an.

„Was war denn das bitte?", fragte sie ihn leicht außer Atem mit zusammengekniffenen Augenbrauen.

Tucker hob seinen Blick und sogleich entglitt ihm das Grinsen, sodass sich auch Delphine umdrehte und nicht nur Jonathan, sondern auch Lauren neben dem Haus stehen sah, die geschockt in ihre Richtung starrten. Lauren liefen wohl unbemerkt die Tränen über die rosigen Wangen, die neuen Beetrosen und Hornveilchen, die sie für den Garten gebracht hatte, lagen verstreut auf dem Rasen vor ihr, den Tucker zuvor frisch gemäht hatte.

Jons Miene war wie immer nicht zu deuten, bis auf die Schatten die seine dunklen Augenbrauen auf seine hellen Augen warfen und sie bedrohlich funkeln ließen.

„Scheiße! So war das aber nicht geplant", fluchte Tucker neben ihr, der immer noch wie angewurzelt Lauren anstarrte, wie Delphine Jon.

„Was sollte das?", zischte Delphine, doch im gleichen Moment wandte Lauren sich um, rannte zum Firmentransporter und raste vom Grundstück.

„Ich habe nur Jon gesehen und dachte, das ist eine todsichere Methode zu testen, was er zwischen euch sieht. Scheiße! Was macht Lauren auch schon so früh hier?!" Nervös strich er sich durch seine dunklen Haare, während er auf und ab ging.

Nachdem sie ihren Blick von Jon gelöst hatte, der immer noch wie angewurzelt an derselben Stelle stand und sie anstarrte, verpasste sie Tucker einen Schubs.

„Fahr ihr nach, du Idiot. Erklär ihr das hier und deine bescheuerte Idee. Meine Güte, was ist nur mit euch Männern los?! Los hau ab."

„Du hast recht ... Aber die Geräte."

„Verschwinde!"

Tucker nickte benommen, rannte zum Truck und verschwand ebenso schnell wie Lauren.

Als Delphine zurück zu der Stelle blickte, an der die Blumen verstreut lagen, stand Jonathan nicht mehr da und eine unangenehme Kälte schlich in ihr hoch.

Kapitel 21

Er wollte auf irgendetwas einschlagen. Vorzugsweise auf einen bestimmten Mann, den er zuvor als potenziellen Kumpel angesehen hatte. Noch mehr verwirrte ihn, dass er sich so nicht kannte.

Jonathan war nicht irrational und er hatte auch keine Gefühlsausbrüche. Er wusste nicht einmal wie so etwas aussehen sollte. Er wusste nur, dass Delphine in den Armen dieses Typen ihn gleichzeitig wahnsinnig wütend gemacht und in Windeseile eine Eisschicht um sein Herz gebaut hatte.

Dabei hatte er nicht vorgehabt an diesem Tag wieder zum Haus zurückzufahren, da Delphine alles geregelt hatte und die Handwerker erst einmal nicht viele Anweisungen benötigten, außer Wände in ihren Rohzustand zu versetzen und defekte Gerätschaften korrekt abzuklemmen und anschließend zu entsorgen.

Als er das Haus betrat, beendeten die Handwerker gerade ihre Schicht für diesen Tag. Um seine Nerven zu beruhigen und sich wieder klarzumachen, dass ihn ein halbes Date und ein Kuss nicht dazu berechtigten auszurasten, verschaffte er sich einen Überblick, was bereits entfernt wurde.

Die meisten Wände waren von ihren Tapeten befreit und die Küche stand nun leer.

Jon hatte in seinem Büro gesessen, als ihm eingefallen war, dass sie Tante Catherines Bilder noch nicht abgehangen hatten und er diese unbedingt sicher aufbewahren wollte. Mit einem Blick an die kahlen Wände wurde ihm klar, dass Delphine diese Aufgabe bereits übernommen hatte. Natürlich hatte er sich auch Gedanken über seine Reaktion gegenüber Delphine gemacht.

Seit Freitag dachte er an kaum etwas anderes als an ihren Kuss, ihre Wärme, ihre Zuwendung, die seine Gewohnheiten so vollkommen auf den Kopf stellten. Sie war so impulsiv, ehrlich und direkt, dass er ihr kaum folgen konnte. Wenn er ehrlich zu sich selbst war, dann wusste er schlichtweg nicht, wie er auf sie reagieren sollte.

So war es am einfachsten und logischsten gewesen, sich zumindest bei diesem Termin am Morgen geschäftlich distanziert zu verhalten. Auch wenn sein Körper ihm bei Delphines Anblick in ihren knappen Jeansshorts und ihrem weiten, weißen T-Shirt mit Blumenprint eindeutige Signale gesandt hatte, sie an sich zu ziehen, ihren ordentlichen blonden Haarzopf zu lösen und sie um den Verstand zu küssen.

Jon fand drei der Ölgemälde seiner Tante im Flurbereich und trug sie hoch in eines der kleineren Zimmer, das ihm momentan noch als Abstellraum diente. Er wusste nicht einmal, was sich in den fünf Kisten befand, die dort herumstanden.

Das meiste Mobiliar, einige vergilbte Bücher und unnötiger Kitschkram war bereits von einem Unternehmen, das er beauftragt hatte, ausgeräumt worden, da es für ihn unbrauchbar war. Vermutlich hatten sie sich nicht an die Kisten getraut, da sich Tante Catherines Zeichenutensilien darin befanden.

Jon hatte keine besondere Lust sich wieder nach draußen zu begeben, selbst nachdem Tucker einer offenbar sehr aufgewühlten Frau hinterhergefahren war, wollte er Delphine nicht sehen.

War es für sie ein Spiel? Warum hatte sie sich ihm genähert, wenn sie sich doch in Wahrheit zu Tucker hingezogen fühlte? Jon hasste nichts mehr als Menschen, die sich nicht entscheiden konnten und andere damit verletzten. Entweder man mochte jemanden oder nicht.

Bevor sich ein heißes Brodeln den Weg zurück in seinen Körper bahnen konnte, beschäftigte er sich lieber mit den Kisten und öffnete die erste, die wie vermutet Farben, Pinsel und eine zusammengeklappte Staffelei enthielt. Er widmete sich der nächsten Kiste und stutzte.

Ein nach dem anderen Foto fischte er aus einer Blechbüchse, die zwar an den Rändern teilweise vergilbt waren, aber doch noch klar genug um die Personen zu erkennen. Die ersten Fotografien hatte er einige Male gesehen, denn sie zeigten Tante Catherines Mann, der im Krieg gefallen und ihre einzige Liebe geblieben war.

Jon konnte diese Einstellung sehr gut nachvollziehen. Wie viel Leid hätte sie noch ertragen sollen? Stattdessen hatte sie hier ein wundervoll ruhiges, stressfreies Leben gehabt und hatte sich ihren Leidenschaften hingeben können: Ihren Garten zu einem Schmuckstück zu gestalten und sich ihrer Malerei zu widmen, mit der sie Unmengen von Geld gemacht hatte.

Niemals hätte Jon vermutet, dass diese Bilder so viel Geld abwarfen, aber das Anwesen musste natürlich unterhalten werden. Doch hatte ihn auch sein Vater glauben lassen, dass man mit solch einer künstlerischen Arbeit nie wirklich Erfolg haben würde. Die Summe, die man Jon neben dem Haus zugesprochen hatte, sprach allerdings eine ganz andere Sprache.

Noch immer verstand er nicht recht, warum eine Frau, die er gar nicht so intensiv kennengelernt hatte und die er nur ab und an besucht hatte, ihm alles vermacht hatte, was sie besessen hatte. Was hatte sie dazu bewogen?

Er starrte auf ein Bild, das ihn am privaten Strandabschnitt hinter dem Haus zeigte, wie er spitzbübisch in die Kamera blinzelte und seiner Tante zuwinkte. Damals kaum älter als elf, der erste Sommer ohne seine Mutter und Schwester, war das Zuhause seiner Tante für ihn das reinste Paradies und diese nette ältere Dame für ihn ein Mensch, wie er ihn bisher nicht kennengelernt hatte.

Sie verlangte nicht von ihm den ganzen Tag im Haus zu bleiben und zu lernen. Sie zwang ihn nicht dazu die Serviette auf seinem Schoß auszubreiten und darauf zu achten den teuren Glastisch beim Essen nicht zu zerstören. Es hatte eigentlich gar nichts gegeben, wovor sie ihn gewarnt hätte es benutzen zu dürfen. Keine Glasmöbel, keine teuren Vasen oder Geschirr.

Wenn etwas zu Bruch ging, weil er ungestüm durch das Haus gerannt war, hatte sie gelacht, statt ihn auszuschimpfen und nur gesagt, er soll vorsichtig sein, nicht in die Scherben zu treten.

In ihrer Nähe hatte er nie das Gefühl bekommen, sich rechtfertigen oder still sein zu müssen, oder sich in seiner Entdeckungsfreude einzuschränken. Im Gegenteil, sie hatte ihn förmlich in den See gescheucht, ihm einen Spaten in die Hand gedrückt oder ihm beigebracht, wie man sich selbst mit ein paar einfachen Handgriffen etwas zu Essen zaubern konnte.

Dieses Foto zeigte so viel von dem, was er bei Tante Catherine empfunden hatte. Er fragte sich nur, warum er dieses Gefühl immer wieder so schnell verdrängt hatte, als er zurück zu seinem Vater in die Stadt gekommen war. Vielleicht, weil er ab diesem Zeitpunkt wieder ein kleiner Erwachsener hatte sein müssen und kein Platz für seine kindlichen Bedürfnisse gewesen war. Widerstand war schlichtweg nicht geduldet.

Je weiter er in der Blechbüchse kramte, desto mehr Fotos fand er von sich. Sie waren kaum zu zählen, so viele waren es und Jons Kehle schnürte sich von Bild zu Bild mehr zu und er kam nicht umhin sich schuldig zu fühlen, sich nicht mehr um seine Tante gekümmert zu haben. Wenn er sich keine Arbeit mit nach Hause nahm, dann hatte er sonntags frei.

Warum hatte er sie nicht einfach besucht?

Er war in den vergangenen Jahren immer mehr wie sein Vater geworden. Stellte die Arbeit über Freundschaften, über Familie und schon immer über die Liebe, falls er so etwas überhaupt schon mal erlebt hatte.

Ein leises Klopfen ließ ihn rasch aufblicken. Delphine stand mit schuldbewusster Miene in der Tür und starrte auf ihn nieder, wie er wie ein kleines Kind mit Trauermiene auf dem Boden saß und sich alte Fotos von sich anblickte, auf denen er wirklich ehrlich glücklich gewesen war.

Sofort rauschten die Bilder vor seine Augen, wie sie mit Tucker im Garten steht und er sie mehr als eindeutig und leidenschaftlich küsst. War er in Wahrheit deshalb zurückgekommen? Hatte er sich wegen *ihr* nicht konzentrieren können? Warum sollte er sonst diese Kälte in sich fühlen, die seine Muskeln verhärtete und ihm versagte, sie allzu lange anzusehen?

Sie räusperte sich leise, doch er blickte nicht wieder auf, sondern starrte weiter auf die Bilder in seinen Händen. Trotzdem hörte er die federnden Schritte ihrer Turnschuhe auf dem Holzboden und sah aus seinem Augenwinkel, wie sie sich neben ihm niederließ. Ihre Knie waren nur Zentimeter davon entfernt sich zu berühren, dabei versuchte er keine Wärme oder Zuneigung zuzulassen.

Ungefragt griff sie vorsichtig nach ein paar Fotos von ihm und musterte sie stumm, beinahe so, als erwarte sie, dass er jeden Moment explodieren würde. Nicht unwahrscheinlich angesichts ihrer Rumknutscherei mit mehreren Männern gleichzeitig.

Sie wusste mit Sicherheit nicht, wie lange er vor fast zwei Wochen das Gespräch von Tucker und ihr bei der Arbeit belauscht hatte, ehe er sich bemerkbar gemacht hatte.

Anscheinend gab es noch einen weiteren Mann, der es auf sie abgesehen hatte und den sie auch geküsst hatte. Auch wenn sie verleugnete etwas für diesen Mann zu empfinden, so gefiel Jonathan das gar nicht, und dieses Wissen hatte es zumindest eine Zeit lang einfacher gemacht, sie nicht zu nahe an sich heranzulassen. Er war es nicht gewohnt sich hinten anzustellen, sich in eine Reihe einzugliedern und zu warten, bis man sich dazu bequemte ihn so zu behandeln, wie er es verdiente.

In keine andere Frau hätte er jemals solche Gedanken investiert, fiel ihm gleichzeitig auf.

Sie strich mit ihren Fingern über ein Foto, das seine Tante und ihn auf einer Holzschaukel auf der Terrasse zeigte und sie beide in die Kamera strahlten. Die Holzschaukel stand noch immer hinter dem Haus, aber er hatte auch bemerkt, dass es wohl nicht so klug wäre überhaupt zu testen, ob sie noch hielt.

Schade. Denn neben dem Strandabschnitt und dem beinahe paradiesischen Garten, war das Erlebnis auf der Holzschaukel zu sitzen und einfach nur den Naturgeräuschen zu lauschen, der Inbegriff eines perfekten Urlaubes, einer perfekten Idylle für ihn.

Alles, was dieses Haus und seine Tante verkörperten, stand in einem solch krassen Gegensatz zu dem Leben, das er mit seinem Vater kannte. Das machte es für ihn beinahe unvorstellbar, hier leben zu können. Er liebte das Haus, aber in dieses Haus gehörte auch Lebensfreude, Energie, Liebe und zu schätzen zu wissen, in welch besonderer Umgebung man sich befand.

„Das ist ein sehr schönes Bild. Ihr wirkt ... sehr glücklich", bemerkte Delphine leise ohne zu ihm aufzusehen.

Erst schwieg er kurz, dann warf er einen genaueren Blick auf das Foto in ihren Händen.

„Ich war kurz zuvor in den See gefallen und meine Tante hat mich eine geschlagene Stunde ausgelacht. Das war bei meinem ersten Besuch und ich hatte ein teures Hemd und eine Stoffhose an. Mein Vater wäre ausgerastet, hätte er es mitbekommen ..."

„Aber Catherine nicht."

Ein Lächeln stahl sich bei der Erinnerung auf seine Lippen, dabei wollte ein Teil von ihm Delphine in diesem Moment einfach nicht sehen.

„Nein."

Nach ein paar Minuten Schweigen, räusperte sie sich erneut. „Es tut mir leid. Ich ... ich wusste nicht, was er vorhat. Das war absolut kindisch und ..."

„Kindisch? Ich habe zwei Erwachsene gesehen, die sich sehr nahe waren. Daran ist nichts kindisch", erwiderte er kühl und begann die Fotos zurückzulegen.

Er schloss die Kiste, stand auf, klopfte sich den Staub von der Hose und ging die Treppen hinunter und raus in den Garten, um durchzuatmen.

Als etwas seinen Arm streifte, zuckte er zurück und blickte streng in Delphines trauriges Gesicht. Meine Güte, was konnte diese Frau leidig schauen, nur damit man als Mann das Bedürfnis bekam sie in den Arm nehmen zu wollen.

Erschrocken hob sie beide Hände, ließ sie aber sogleich wieder sinken und seufzte.

„Was du gesehen hast, war bloß der bescheuerte Versuch von Tucker, dich zu einer Reaktion zu bewegen. Das mit Lauren war sicher nicht sein Plan und ich habe das auch nicht kommen sehen. Ich wusste ja nicht einmal, dass du zurückgekommen bist."

Er schnaubte verächtlich. „Ich würde sagen, du warst zu beschäftigt."

„Das war nicht meine Idee. Und es tut mir leid, dass du das gesehen hast und wie du dich vielleicht gefühlt hast. Du zeigst mir ja nicht, was du fühlst oder denkst."

Sein Gesicht zeigte wie gewöhnlich keine Reaktion, obwohl er innerlich kochte.

„Hey, du kannst tun und lassen, was du willst. Solange hier keine Arbeit liegen bleibt, ist mir alles andere egal."

Blitzschnell verdüsterte sich ihre Miene. Im Gegensatz zu sich selbst, übertrug Delphine jegliche Gefühle in ihr Gesicht. „Was soll das?! Erst küsst du mich, dann lässt du mich abends einfach so im Regen stehen, heute Morgen schaust du mich kaum an und jetzt ist es dir egal, was ich mit wem tue?! Warum bist du dann so bescheuert beherrscht und doch irgendwie wütend, wenn es dir ach so egal ist?!"

Jon zuckte gleichgültig mit den Schultern. Innerlich versuchte er sich von ihr zu distanzieren, doch seine Augen stellten viel zu viel an ihr fest, was seinen Magen zusammenziehen ließ. Wie süß ihre Nase sich kräuselte, wenn sie gleichzeitig ihre Stirn in Falten legte. Wie ihre Augen wütend funkeln konnten und das dunkle Blau zu einem Schwarzblau wurde.

„Wenn unser Date oder wie du es auch immer nennen magst für dich nichts bedeutet hat, dann sag es mir ins Gesicht. Ich bin nicht so zerbrechlich, wie du vielleicht denkst und ich habe keine Lust deine Zeichen weiterhin falsch zu deuten."

„Was deutest du falsch?"

„Mein Gott! Bist du so schwer von Begriff?! Wir haben uns geküsst, normalerweise folgt darauf zumindest ein Gespräch oder eine weitere Geste. Irgendetwas, damit ich weiß, was das hier für dich ist. Ist es dir wirklich so egal?"

In Delphines Augen sammelten sich Tränen der Wut, die Jons Magen verkrampfen ließen. Ohne darüber nachzudenken, worauf er sich einließ oder welche Konsequenzen sein Handeln hatte, griff er nach ihrer Hand und zog sie fest an seine Brust.

Eine Hand wanderte wie selbstverständlich um ihre Taille, die andere umfasste ihren zarten Nacken, was sie zu ihm aufblicken ließ.

„Spiel nicht mit meinen Gefühlen", hauchte sie, dabei blickte sie wie gebannt in seine Augen.

„Sieht es für dich aus, als wäre das ein Spiel für mich? Du machst mich wahnsinnig mit deinen fünfzig verschiedenen Persönlichkeiten, doch gleichzeitig kann ich gar nicht genug davon bekommen. Das ist überaus irritierend."

Er wusste selbst nicht woher das kam, aber *ein* Blick in ihr wunderschönes, zartes Gesicht und er wollte ihr scheinbar alles offenbaren, was ihn tief bewegte.

„Ist das jetzt positiv? Und heißt das, es ist dir nicht egal, was ich mit wem tue, auch wenn ich es gar nicht wirklich getan habe?", fragte sie verwirrt und er musste über ihren Versuch, es für sich logisch zu formulieren, lächeln.

„Ja, das ist durchaus positiv. Und du kannst Tucker ausrichten, wenn er mit seinem Gesicht noch einmal zu nahe an deines kommt, dann werde ich mich verdammt nochmal nicht einfach umdrehen."

Wie im Boot legte sie eine Hand an seine Wange und die andere auf seine Brust, sodass ihn ein Gefühl der Wärme überkam. „Heißt das, du magst mich irgendwie?"

Noch ehe sie den Satz richtig zu Ende gebracht hatte, vereinnahmte er ihren Mund mit seinen Lippen. Wie ein Feuer brannte sich die Hitze explosionsartig durch seinen ganzen Körper und schürte sein Verlangen. Viel zu schnell löste er seine Lippen von ihren, da er fürchtete die Kontrolle zu verlieren.

Dicht an sie gepresst musste sie die eindeutigen Signale seines Körpers mehr als deutlich spüren, doch sie blickte ihn nur verschmitzt an und ein zauberhaftes Lächeln umschmeichelte ihre süßen Lippen.

„Ich denke, dass heißt ja."

Diese Frau hatte keine Ahnung, wie sehr sie ihn tatsächlich im Griff hatte und dass dies keineswegs normal für ihn war, sich von einer Frau derart herausfordern zu lassen.

Doch scheinbar war er dieses Mal unfähig sich einfach umzudrehen, so weit wie möglich wegzugehen und nicht mehr an diese Frau zu denken. Es kam ihm nicht vor, als würde sie ihm die Luft zum Atmen nehmen, vielmehr gab sie ihm die Freiheit, die er so dringend benötigte.

Kapitel 22

Seit drei Tagen wechselte sie kein einziges Wort mit ihm und er glaubte es dieses Mal so richtig verbockt zu haben. Hatte Tucker bei Delphines Rückkehr noch geglaubt, das warme vertraute Gefühl, was in seinem Magen hochkroch, könnte so etwas wie Liebe sein, so war er sich nun sehr sicher, sie war nicht mehr als seine beste Freundin.

Natürlich wollte er sie nicht verlieren, auch nicht wegen einer anderen Frau, doch Laurens erschütterter Gesichtsausdruck hatte ihm sprichwörtlich den Boden unter den Füßen weggezogen. Bis sie beim Blumengeschäft der Darlings angekommen waren, hatte sie ihre Tränen getrocknet, ihn jedoch keines Blickes gewürdigt, als er versuchte ihr zu erklären, warum er Delphine geküsst hatte.

Für einen kleinen Moment, in dem er Jon entdeckt hatte, war ihm scheinbar die perfekte Lösung eingefallen, die Verzweiflung seiner besten Freundin aufzuheben. Nichts machte einen Mann rasender, als die Frau, die er liebt, in den Armen eines anderen zu sehen. Leider hatte er über seiner leichtsinnigen Aktion vollkommen vergessen, dass Lauren am Nachmittag einige Blumen vorbeibringen wollte und somit direkt ins offene Messer gelaufen war.

Am liebsten hätte er sich selbst dafür geohrfeigt, aber er konnte nicht mehr tun, als es ihr immer wieder zu erklären. Doch sie wollte ihm nicht glauben. In seiner Verzweiflung hatte er sie jeden Morgen vor der Arbeit und am Abend, wenn sie Feierabend hatte, abgepasst, um ihr wieder und wieder zu beteuern, dass er sie liebte. Und nicht erst seit jetzt wusste er, was er zu verlieren hatte, wenn sie ihm nicht verzieh.

Delphine war zu einem schwierigen Thema zwischen ihnen geworden, da er es mit seiner Vorfreude wohl etwas übertrieben hatte. Zudem hatte er geglaubt, er müsse sich auch noch nach dieser Seite absichern, dass er wirklich für keine andere Frau etwas empfand außer für Lauren.

Dabei hatte er im tiefsten Inneren gewusst, er wollte keine andere Frau an seiner Seite. Sie war die Frau, mit der er eine Familie gründen wollte, die er lächeln sehen wollte, wenn sie ihn sah, die jeden Tag zu etwas Besonderem machte. Doch andauernd ertappte er sich dabei, wie er es vermasselte.

Es hatte eine gefühlte Ewigkeit gedauert, bis er sie zu einem richtigen Date hatte ausführen dürfen. Zunächst hatte er sich gar nicht mal so viel dabei gedacht, es war mehr sein Jagdinstinkt gewesen und ihre Abwehr, die ihn angespornt hatte nicht locker zu lassen. Und dann war sie nicht nur unfassbar schön in einem atemberaubenden knielangen und schulterfreien lila Kleid zu ihrer Verabredung erschienen, sondern war auch noch humorvoll, einfühlsam und unterhaltsam gewesen. Nicht zu vergessen die Tatsache, dass er seinen Blick kaum hatte von ihr abwenden können.

Bis die Sprache auf die Rückkehr der Darling-Tochter gekommen war, waren sie in ihrer eigenen Welt gefangen gewesen. Glückliche Gefangene, wohl bemerkt.

Sein schwärmerisches Gerede über Delphine hatte jedoch schnell zu einem Ausbruch aus dieser Welt geführt. Erst hatte sie sich schweigend seine Lobeshymnen angehört, doch irgendwann war sie zusehends trauriger geworden. Hatte er sie nur testen wollen, ob sie es wirklich ernst mit ihm meinte, und hatte er dabei aus den Augen verloren, dass sie ihm so viel bedeutete?

Tucker war nach drei Tagen Schweigen und einem „Platzverweis" von Magnolia Darling, die sich natürlich auf die Seite ihrer Lauren geschlagen hatte, mit den Nerven am Ende und wollte am liebsten nur noch ins Leere starren.

Seine Arbeit erledigte er nicht wie sonst mit Vorfreude auf das Ergebnis, sondern lustlos.

Dass seine beste Freundin, die ihm natürlich ordentlich den Kopf gewaschen hatte, fröhlich vor sich hinpfiff, hob seine Laune nicht gerade. Sicher freute er sich, dass seine bescheuerte Aktion wenigstens auf dieser Seite den gewünschten Effekt gehabt hatte, doch kam er nicht umhin sich selbst zu bemitleiden.

Wie wildgeworden durch seine Hilflosigkeit, zerstückelte er das Unkraut. Etwas Gutes hatte seine Wut auf sich selbst ja, der Garten fand langsam, aber sicher zu seinem alten Glanz zurück und er staunte nicht schlecht darüber, was eine alleinstehende ältere Frau sich hier alles aufgebaut hatte.

Der Garten war nicht *zu* abstrakt in vier Teile unterteilt. Die Idee dahinter erkannte er schnell und bereute, dass er nicht selbst schon mal auf eine solche Idee gekommen war. Immerhin war das sein Job, aber wenn er sich den Garten so betrachtete, konnte er noch einiges lernen.

Abgesehen von einigen großen Rasenflächen, hatte Catherine, verteilt über das riesige Gelände, vier grob abgeteilte Sektoren geschaffen. In diesen großflächig abgeteilten Bereichen waren jeweils Blumen und Sträucher gepflanzt, die entsprechend der vier Jahreszeiten blühten. Dies ermöglichte, dass der Garten das ganze Jahr über, in der jeweiligen Saison in seinen schönsten Farben blühte.

In der Ausbildung hätte man ihnen beigebracht, jedem der vier Bereiche eine Jahreszeit zuzuteilen, aber die Mischung ließ den kompletten Garten strahlen, wie er es noch nie zuvor erlebt hatte.

An dem Nachmittag, als Lauren auftauchen sollte, hatte er ihr zeigen wollen, was sie bereits alles freigeschnitten hatten und welche Pracht sich unter dem Gestrüpp verbarg, die sich in Worten kaum beschreiben ließ.

„Dein Gesichtsausdruck ist echt gruselig. Ich habe dir gesagt, ich werde später mit ihr reden. Also beruhig dich endlich", stöhnte Delphine genervt, die wie er unter der sengenden Hitze der Junisonne schwitzte. Am vergangenen Tag hatten sie sich im See ein wenig abgekühlt, komischerweise ging es ihm jedoch besser, wenn er sich ein wenig quälen konnte.

„Wenn es dafür nicht zu spät ist."

„Ich bitte dich, Tucker. Du warst sonst nie so weinerlich. Lauren liebt dich, aber sie ist verletzt. Ich würde auch nicht mit dir reden wollen."

„Danke, das baut mich auf. Du findest immer die richtigen Worte", entgegnete er sarkastisch.

„Okay. Machen wir heute eine halbe Stunde früher Schluss."

In Windeseile packte sie die Geräte zusammen und trug sie zu dem kleinen Schuppen, der versteckt zwischen zwei Tulpenbäumen stand.

„Los!" Wie ein gehorsamer Hund, tat er es ihr gleich.

„Wo fahren wir hin?", fragte er auf halber Strecke.

Seufzend verdrehte sie ihre ritterspornblauen Augen. „Zu Lauren. Du kannst bei mir duschen, in der Zwischenzeit rücke ich deine Welt wieder gerade, du bist nämlich unerträglich miesepetrig. Und ich will meine restlichen vier Wochen Urlaub nicht damit verbringen, dir beim Baden in Selbstmitleid zuzusehen. Also fahr schneller."

„Ich hab dich lieb, weißt du das?"

„Ich weiß", grinste sie selbstzufrieden und er musste das erste Mal seit Tagen endlich wieder auflachen.

„Lass es einfach, Delphine", knurrte Lauren zum wiederholten Mal, doch diese lief ihr trotzdem unentwegt durch den Laden nach.

„Tucker ist schrecklich ungeschickt im Umgang mit Frauen. Er wohnt schon so lange alleine, dass er gar nicht mehr weiß, wie er sich richtig verhalten soll, wenn da plötzlich noch jemand ist. Er ist ein Einzelkind, seine Eltern wohnen irgendwo an der Westküste und er ist es gewohnt alleine klarzukommen. Mit solchen Aktionen wie dem Kuss denkt er sich einfach nichts und es hat auch keine Bedeutung. Für keinen von uns beiden."

Lauren schnaufte. „Ja, sicher. Deshalb redet er auch tagelang über nichts anderes."

Delphine kam sich vollkommen bescheuert vor. Sie war nicht nur verschwitzt, sondern stieß bei Lauren auch auf extrem harte Mauern, dabei war so offensichtlich, wie sehr die beiden sich im Weg standen.

„War euer Trip nach Michigan City denn nicht schön?"

„Natürlich war es das. Aber ich habe keine Lust, mit dir zu konkurrieren, verstehst du das nicht? Er liebt dich. Er hat dich schon immer geliebt, ich bin eine Zwischenlösung und das tut weh."

Lauren schüttelte den Kopf und verschwand im Hinterzimmer.

Delphine legte den Kopf in den Nacken und stöhnte. Ihr Urlaub war eine Katastrophe. Eigentlich war sie nach Hause gekommen, um ihre Eltern zu unterstützen, stattdessen arbeitete sie tagtäglich mit Tucker an einem monströsen Garten, der gar kein Ende nahm, überwachte die Arbeiten im Haus, schlug sich mit Tuckers Beziehungsproblemen, dem Gejammer ihres Vaters und der immer wieder auftauchenden Kälte eines gewissen attraktiven Anwalts herum.

Wenigstens einen Punkt wollte sie heute noch von ihrer Liste streichen, bevor sie zur Belohnung noch einmal Jons dunkler Stimme über das Telefon lauschen und anschließend völlig ermattet in ihr Bett fallen würde.

„Ich liebe Tucker auch ...", warf ich Lauren an den Kopf, die mit einem Korb voller Dahlien aus dem Hinterzimmer kam. Wütend musterte Lauren Delphine, aber sie sagte sich, Wut war besser als Gleichgültigkeit. Laurens Wut bewies, dass sie Tucker liebte und dass sie im Grunde ihres Herzens nicht bereit war ihn aufzugeben. Sie mochte Lauren, aber wenn es nötig war, dass sie erst einmal Laurens Wut auf sich zog und von Tucker ablenkte, dann nahm sie das in Kauf.

Wutentbrannt stellte Lauren die Dahlien auf dem Tresen ab und baute sich mit ihren fünf Zentimetern Körpergröße mehr vor Delphine auf. „Was bildest du dir ein? Wir sind seit fast drei Monaten zusammen. Und nur weil du plötzlich hier auftauchst, heißt das nicht, dass ich ihn einfach so aufgebe. Tucker ist *mein* Freund. Du solltest dich schämen hier mit jedem x-beliebigen rumzumachen. Dieser Mann gehört mir und du lässt die Finger von ihm, verstanden?"

Delphine musste sich beherrschen nicht zu lächeln, da sie befürchtete, Lauren würde ihr jeden Moment an die Gurgel springen. Stattdessen nickte sie nüchtern.

„Ja, verstanden."

Verwirrt musterte Lauren Delphines Gesicht. Sie war nur froh, dass momentan keiner im Laden war, aber der *kurz-vor-Ladenschluss-Ansturm* würde nicht mehr lange auf sich warten lassen.

„Wirklich?"

„Ja, Tucker ist dein Freund. Ich verstehe das."

„Du sagtest du liebst ihn."

Skeptisch betrachtete Lauren Delphine.

„Natürlich liebe ich ihn. Er ist wie ein Bruder für mich und ich werde nicht aufhören ihn zu sehen, mit ihm zu telefonieren oder ihn zu umarmen. Damit musst du wohl oder übel klarkommen, aber wir haben das einmal versucht und es war zu seltsam. Und es ist so offensichtlich, dass er *dich* liebt, Lauren. Das mit dem Kuss war einfach nur seine komische Art mir zu helfen, dass Jon endlich mal eine Reaktion zeigt. Jon ist mir wichtig und Tucker weiß das, aber er hätte das nie getan, wenn er gewusst hätte, dass er dich damit verletzt. Gib das nicht einfach auf. Nicht wegen mir. Ich wünsche mir nichts mehr, als dass ihr zwei eine echte Chance habt."

„Ich auch", flüsterte sie. Die Tränen, die sich in Laurens Augen gesammelt hatten, bahnten sich ihren Weg über ihre Wangen, doch das leichte Lächeln um ihre Mundwinkel beruhigte Delphine.

Tucker der frisch geduscht in Flanellhemd, Jeans und mit verwuschelten dunklen Haaren vorsichtig um die Ecke lugte, wirkte erschrocken.

Langsam näherte er sich. Mit einem besorgten Blick in Laurens Gesicht blieb er neben Delphine stehen.

„Nimm sie halt in den Arm. Herrgott!", fluchte Delphine und schubste Tucker die restlichen Zentimeter in Laurens Arme, die sich bereitwillig gegen ihn sinken ließ.

Triumphierend grinste Delphine, wünschte sich jedoch zugleich, sie hätte ebenfalls eine starke Schulter zum Anlehnen. Seit sie den restlichen Montag mit Jon am Strand gefaulenzt hatte, hatte sie ihn nur noch über das Telefon gehört.

Er versank in Arbeit um kam vor neun Uhr nicht aus dem Büro, während sie zu der Zeit vollkommen fertig in ihr Bett fiel. Hätte sie ihren Führerschein, könnte sie zu ihm fahren ... Wahrscheinlich war es jedoch sicherer für den Rest der Menschheit, wenn sie sich wieder vollkommen im Griff hatte. Und mit den Gedanken bei Jonathan, seinen breiten Schultern, seinen schönen Augen und dem Gefühl, das er in ihr auslöste, wenn er mit seinen Finger federnd über ihre Arme strich und sie sich geborgen an ihn lehnte, würde sie ohnehin nur Gefahr laufen, in Träumereien versunken gegen den nächsten Baum zu fahren.

Dieser Mann stellte ihre Welt mächtig auf den Kopf. Zumal er für alles zu stehen schien, was sie so gerne hinter sich lassen wollte. Eine gesellschaftliche Stellung, die von ihm professionelle Beherrschung verlangte, eine gewisse emotionale Kälte, mehr als zehn Stunden Arbeitszeit, kaum Ruhe, keine spontanen Ausflüge und seine angespannte Haltung in diesen teuren Designeranzügen.

Trotzdem wirkte er eine ungeheure Anziehung auf sie aus wie kein Mann vor ihm. Zudem versuchte er sie scheinbar nicht zu verändern, obwohl seine Persönlichkeit sich von ihrer derart zu unterscheiden schien.

„Träumst du?", riss Tucker sie aus ihren Gedanken und grinste sie mit Lauren in seinen Armen an. Lauren schmiegte sich immer noch mit feuchten Wangen an ihn.

„Es tut mir leid, was ich dir an den Kopf geworfen habe", sagte sie leise, dabei färbten sich ihre Wangen rosa.

Besänftigend strich Delphine ihr über den Arm. „Vergessen wir das. Solange ihr nur wenigstens zusammenbleibt, ist mir alles andere egal."

„Ich bin dir was schuldig, Delphi."

Delphine grinste Tucker verschmitzt an, der Lauren nicht eine Sekunde losließ.

„Ich weiß, mein Freund. Und ich werde es bestimmt nicht vergessen."

Da die beiden offenbar nicht gewillt waren sich an diesem Tag noch einmal loszulassen, schickte Delphine sie nach Hause und übernahm mit ihrer Mutter die restliche Stunde. So verschwitzt und kaputt wie sie war, musste der Gefallen, der Tucker ihr schuldete, mindestens doppelt so groß sein. Doch zu sehen, wie erleichtert und vorsichtig optimistisch die beiden Arm in Arm das Blumengeschäft verlassen hatten, entschädigte Delphine zumindest ein wenig.

Gleich nach ihrem Feierabend würde sie Jon anrufen, dabei wünschte sie sich, er wäre bei ihr, um sie in die Arme zu nehmen. Es erschreckte sie nicht einmal, wie schnell sie sich an ihn gewöhnte, es gefiel ihr. Sehr sogar.

Kapitel 23

Stück für Stück fuhr Delphine mit ihrem Finger über die kleine Liste, die sie für den Kauf der Möbel erstellt hatte, welche für das Haus benötigt wurden. Jon wollte es auf jeden Fall möbliert verkaufen und damit den Preis noch ein wenig in die Höhe treiben, da die veralteten Wasserleitungen und die Tatsache, dass nur mit Öfen geheizt werden konnte, doch ein Hindernis für den Verkauf sein konnten.

Sie genoss den Frieden zwischen ihnen, der nun immerhin schon fast sieben Tage anhielt, weshalb sie ihn auch nicht darauf ansprach, warum er das Haus nicht behielt. Er wohnte natürlich in Indianapolis wesentlich näher bei seinem Job, aber auch näher bei seinem Vater und das Verhältnis zu diesem schien noch weitaus unterkühlter, als sie vermutet hatte, und Jon nicht allzu glücklich damit.

„Wie hast du es eigentlich geschafft, dass dein Vater dir an einem Montag freigegeben hat?" Sie hob ihren Blick von ihrer Liste, doch als sie um sich blickte, war von Jonathan keine Spur. Sie waren gerade erst im Möbelhaus angekommen und sie hatte nur schnell einen erneuten Blick auf die Liste werfen wollen, damit sie sich nicht verzettelten, aber er war nicht mehr zu sehen.

„Jon? Jonathan?!", rief sie möglichst leise, damit die Leute nicht glaubten, sie würde ihr vermisstes Kind suchen. Mit schnellen Schritten ging sie durch die ersten Gänge, die sich rechts und links abzweigten. Doch als sie wieder auf dem Hauptgang ankam, war er noch immer nicht in Sicht.

Plötzlich erschrak sie von einer raschen Bewegung rechts von ihr, machte einen schnellen Schritt zur Seite und sah Jonathan auf dem Einkaufswagen stehend, den sie für kleinere Teile mitgenommen hatten, mit einem breiten Grinsen im Gesicht quer über den Gang sausen und im gegenüberliegenden wieder verschwinden.

Delphine schloss kurz die Augen und öffnete sie dann wieder, um sich zu vergewissern, dass sie das nicht träumte.

Doch als sie sah, wie er in gemächlicherem Tempo zurückgerollt kam, konnte sie ein Lachen nicht mehr zurückhalten. Wie ein kleiner Junge stand er in einer alten Jeans und einem dunkelblauen T-Shirt vor ihr, die Haare vom Fahrtwind vollkommen durcheinander und die Augen vor Freude leuchtend, sodass sie sich die Tränen aus den Augen wischen musste.

„Was genau machst du da? Ich wollte dich etwas fragen und plötzlich warst du weg", brachte sie mit erstickter Stimme heraus.

Sie konnte sich kaum beruhigen, weil sie dieses Bild wohl nie wieder aus ihrem Kopf würde verbannen können.

Entgegen seinem normalen Verhalten fand er zum Glück nicht wieder sofort zurück in diesen schrecklich ernsten Modus, sondern lächelte weiter, was ihm viel besser stand.

„Dad hat unsere Möbel immer von jemandem aussuchen lassen, deshalb war ich noch nie in einem Möbelhaus. Als Kind wollte ich unbedingt dorthin, weil ich in einem Film gesehen hatte, wie ein Junge mit dem Wagen durch die Gänge gefahren war. Ich glaube, er ist dabei in irgendetwas hineingefahren, aber ich wollte es natürlich besser machen. Mein Dad meinte jedoch nur, er würde seine wertvolle Zeit sicher nicht damit verbringen Weiberkram zu erledigen ..."

Delphine fand sein schmollendes Gesicht zum Niederknien und konnte sich nicht beherrschen. „Armes Baby", sagte sie leise und lächelte mitleidig.

Sie streckte sich auf die Zehenspitzen, gab ihm einen schnellen Kuss und spielte mit ihren Händen fasziniert an seinen braunen Haaren. *Gott*, was hatte sie sich gewünscht ihre Hände in diesen dicken Haaren vergraben zu dürfen. Es gab jedoch nichts Schrecklicheres, als die Hände aus besagten Haaren zu ziehen und dabei allerlei Gel an sich kleben zu haben.

Am Morgen, als er sie von zu Hause abgeholt hatte, hatte sie gleich an einigen abstehenden Strähnen bemerkt, dass er dieses Mal auf die übliche Prozedur verzichtet hatte und seitdem juckte es schrecklich in ihren Fingern.

„Was tust du da?", riss er sie amüsiert aus ihrer Trance, die vermutlich sonst noch Stunden angedauert hätte. Es war ihr total egal, dass sie mitten in einem Möbelhaus standen und sie seine Haare zerwühlte. Wer wusste schon, wann sie die Chance noch einmal bekam? Obwohl sie relativ kurz waren, lockten sie sich an den Enden, was sie unglaublich süß und sexy zugleich fand.

„Ich hatte es eilig heute Morgen, außerdem musste ich ja nicht ins Büro", verteidigte er sich regelrecht, sodass sie empört die Augen aufriss und sich zwang ihre Hände von seinen Haaren zu nehmen. Stattdessen griff sie nach seinen Händen.

„Soll das ein Witz sein? Wegen mir musst du dieses Zeug nicht in die Haare schmieren."

„Mein Dad hat ähnlich widerspenstige Haare und seit ich in meinen Beruf eingestiegen bin, hielt ich es für seriöser sie zu bändigen."

„Mmh..." Ihr Blick glitt wieder von seinen Augen zu seinen Haaren und sie konnte sich nicht entscheiden, was sie lieber ansah.

Sie hatten es ja nicht eilig und irgendwie erschien ihr die Gelegenheit günstig, ihren Bedürfnissen freien Lauf zu lassen.

Jon lachte auf. „Gehe ich recht in der Annahme, dass du nicht einer Meinung mit meinem Dad bist?"

„Ich wünschte, wir hätten heute nichts mehr vor und würden uns gerade nicht in einem vollen Möbelhaus befinden. Erklärt das deine Frage?", flüsterte sie heißer in sein Ohr und spürte unter ihren Fingern an seinen Unterarmen, wie ihn eine Gänsehaut überfuhr. Jonathan stöhnte leise auf, als sie sich an ihn presste und griff nach dem Wagen.

„Was tust du?", fragte sie, als er sie vor sich zwischen den Lenker und seinen Körper zog und langsam weiter durch den Hauptgang schlenderte.

Sogleich spürte sie sehr deutlich, warum er nicht ohne Schutz weitergehen konnte und freute sich insgeheim, dass sie ihm diese Reaktion entlockt hatte.

„Was wolltest du mich fragen?", presste er unter deutlich unterdrückter Erregung vor.

„Versuchst du dich abzulenken?" Belustigt legte sie ihre Handtasche in den kleinen Korb, legte ihre Hände über seine an den Griff des Einkaufswagens und wackelte grinsend mit ihrem Po, was ihm ein beinahe flüsterndes Stöhnen entlockte, das wohl nur sie hören konnte. *Zum Glück.*

„Würdest du damit aufhören, du kleine Hexe? Ich habe keine Lust auf eine Anzeige, aufgrund Erregung öffentlichen Ärgernisses und wenn ich an deinen fehlenden Führerschein denke, dann wäre es für dein wachsendes Strafregister auch nicht förderlich."

Betont langsam schlichen sie weiter zu den Esszimmern und trotz seiner anwaltmäßigen Ansage, bekam sie das Grinsen nicht aus dem Gesicht, dafür fühlte sich sein starker Körper an ihren gepresst viel zu gut an. Die Art, wie ihre nackten Unterarme immer wieder aneinander rieben, machte sie ganz schwach; so war sie ganz froh, zwischen dem Wagen und seinem Körper eingeklemmt zu sein. Bevor sie aufgebrochen waren, hatte sie Schlimmstes befürchtet. Dass er sich wieder zurückziehen könnte oder ihn der Einkauf langweilte, sehr zu ihrer Freude und ihrer Entspannung war jedoch offenbar genau das Gegenteil der Fall.

„Ich habe keinen Eintrag in irgendeinem Strafregister ... da bin ich mir ziemlich sicher.

Es war lediglich eine kleine Geschwindigkeitsüberschreitung und der Officer sagte, das bliebe unter uns. Wir haben einen Deal. Wenn ich zurück bin, kann ich den Führerschein wieder abholen.

Das tut jetzt aber gar nichts zur Sache. Themawechsel!", rief sie betont fröhlich aus und er musste auflachen.

„Okay, okay. Also warum hast du mich vorhin gesucht?"

Bevor sie die Esszimmer erreichten, erblickte Delphine die Wohnzimmer, ergriff Jons Hand und zog ihn mit sich durch die Ausstellungsräume. An seinem lockeren Gang konnte sie erkennen, dass er sich offensichtlich wieder beruhigt hatte.

„Ich wollte nur wissen, wie du deinen Vater überzeugt hast heute freizunehmen. Da er schon am Freitag einen Aufstand gemacht hat, als du früher gegangen bist."

Fachmännisch kritzelte sie ein paar Preise auf ihren kleinen Block, während Jon sich in einen großen Sportsessel fallen ließ und etwas in der Art murmelte wie *„Ich bin im Himmel".*

„Wenn ich dir sage, er war nicht begeistert, wäre das wohl eine Untertreibung, aber ich bin sechsunddreißig und ich kann mich kaum noch an meinen letzten Urlaub erinnern. Man sollte meinen, dadurch, dass ich bei meinem Vater arbeite, hätte ich mehr Freiheiten als andere, aber glaub mir, das ist definitiv nicht so."

Wie wild kurbelte er an dem Hebel, der an der rechten Seite befestigt war, um den Sitz nach hinten zu klappen, beinahe so, als würde er damit einen Teil seiner Wut herauslassen.

„Ich könnte es wirklich einfacher haben, aber mein Dad ist nun mal meine einzige Verwandtschaft hier in der Umgebung und außerdem sind da auch noch Miles, mein bester Freund und seine Frau. Das macht alles erträglicher. Und wenn ich einen freien Tag brauche, dann nehme ich mir den."

„Warum lehnst du die Scheidungsfälle deines Dads nicht ab?"

Sie fürchtete jederzeit, dass er sich wieder zurückzog, daher beschäftigte sie sich intensiver als nötig mit den Beschreibungen der Möbel, hörte ihm jedoch aufmerksam zu.

„Alte Gewohnheiten legt man wohl nicht so einfach ab. Wenn er mich um etwas bittet, wobei *befielt* wohl das bessere Wort ist, dann tue ich es. Meistens kann ich mich ganz gut gegen ihn behaupten, aber es ist anstrengend, und ich bin es leid mich mit ihm zu streiten. Zumal bald wieder eine Hochzeit mit Ehefrau Nummer fünf ansteht und dann bin ich ihn erst einmal wieder eine Weile los. Er ist irgendwie immer besser gelaunt, wenn er verheiratet ist. Trotzdem will ich lieber keine Details wissen. Würdest du mich ... mmh ... begleiten?"

Überrascht sah sie auf. „Was?"

„Zur Hochzeit. Sie findet am Samstag statt. Keine große Sache. Mein Dad muss sparen, er macht das so alle fünf Jahre, das ist nicht gerade billig."

Sie schrieb eine weitere Summe auf ihren Block und wollte an ihm vorbeigehen, um sich ein wenig Bedenkzeit zu verschaffen. Die Eltern kennenzulernen war doch irgendwie ein wichtiger Schritt und wenn sie ehrlich war, hatte sie ein wenig Angst davor, dass Jons strenger Vater sie nicht leiden konnte.

Als sie an ihm vorbeigehen wollte, zog er an ihrem Arm, sodass sie das Gleichgewicht verlor und auf seinen Schoß plumpste. Sie fing sich teilweise an ihm, teilweise an dem weichen Leder des riesigen Sessels ab, der allerlei Fächer und Ablagestellen bot, und Jon wie wahrscheinlich jedem Mann unglaublich gut gefiel.

„Schöner Sessel, was kostet der?", fragte sie und reckte sich nach dem Preisschild. Dass ihr Dekolleté dadurch direkt vor seinem Gesicht lag wie ein All-You-Can-Eat-Buffet hatte sie nicht bedacht, angesichts seines verstärkten Griffs um ihre Taille schien er sich daran jedoch nicht zu stören.

„Er ist gar nicht mal so teuer, ich schreibe ihn mal auf."

Jonathan schien ziemlich abgelenkt, dabei hatte sie nicht einmal ein besonders tief ausgeschnittenes T-Shirt an. Sie hob sein Gesicht mit ihren Fingern an und musterte ihn belustigt.

„Mein Gesicht ist hier oben, Herr Anwalt."

„Äh ... klar, weiß ich. Also ... kommst du mit?"

Sie zögerte. „Du musst nicht, wenn du nicht willst", warf er daher schnell hinterher.

„Doch, doch. Ich habe ... ich glaube, ich habe nichts Passendes dabei."

„Dann gehen wir danach eben noch in ein Einkaufszentrum."

Ihre Augen begannen zu leuchten. „Ernsthaft, du gehst mit mir shoppen?"

„*Ein* Kleid kaufen", präzisierte er.

„Super. Dann bin ich dabei."

Euphorisch schlang sie ihm die Arme um den Hals, küsste ihn und wollte von seinem Schoß aufstehen, doch er hielt sie eisern fest.

Eine ihrer Augenbrauen wanderte nach oben und sie musste grinsen. „Schon wieder?"

„Sei still. Das ist deine Schuld, mit deinem Gewackel", grummelte er, doch sie zuckte nur mit den Schultern und schmiegte sich eine Weile an ihn. Sie fühlte sich in diesem Moment so wohl bei ihm, dass sie glaubte nie wieder aus dem Sessel aufstehen zu wollen.

„Meinetwegen."

Kapitel 24

Seinen Vater kennenzulernen zählte zwar nicht unter die Top-Ten ihrer liebsten Dates mit Jon, aber solange sie mit ihm zusammen sein konnte, war ihr der Anlass ziemlich egal. Obwohl die Umstände doch zugegebenermaßen gewöhnungsbedürftig waren.

Sein Vater heiratete und offenbar nicht das erste Mal, doch war sie ohnehin kaum dazu in der Lage, sich auf etwas anderes als auf Jonathan zu konzentrieren, wenn er andauernd in diesem wunderschönen, sexy grauen Anzug um sie herumschlich.

„Du siehst heiß aus", flüsterte Jon ihr ins Ohr, nahm ihr das leere Glas ab und schlang zu ihrem Erstaunen die Arme von hinten um ihre Taille. Das war das erste Mal an diesem Abend, dass er sich ihr in der Öffentlichkeit und unter den strengen Augen seines Vaters annäherte. Sie standen wie die anderen Gäste – scheinbar alles Anwälte aus Mr. Kings Kanzlei – um die Tanzfläche und beobachteten das Hochzeitspaar beim Einführungstanz.

Jonathans Vater war zweifelsohne ein gutaussehender Mann, das zumindest hatte er seinem Sohn vererbt. Wie sie einige Stunden zuvor hatte feststellen müssen, leider auch die strenge Miene, die in ihrer Gegenwart zum Glück nur noch selten zum Vorschein kam seit der letzten Woche, jedoch immer noch häufig genug, um sie so richtig zu nerven. Es war das erste Wochenende im Juli und sie waren nun fast zwei Wochen zusammen, obwohl sie es nie offiziell ausgesprochen hatten, war doch die Tatsache, dass sie jeden Abend miteinander telefonierten und sich so oft es ging trafen, ein mehr als eindeutiges Zeichen.

„Das sagtest du bereits", hauchte sie so leise es ging zurück. Dabei fühlte sie sich in seinen Armen mindestens so schwach wie sie sich anhörte. Meine Güte, dieser Mann machte sie so verrückt, dass sie glaubte ihn jeden Moment anspringen zu müssen, um sich wenigstens ein wenig von seiner Attraktivität zu kurieren.

Langsam gesellten sich mehr Paare zum Hochzeitspaar, das tatsächlich verliebt aussah, was sie verwunderte, denn Mr. Kings Gesichtsausdruck war noch um einiges verschlossener als Jons. Zumindest *Mrs. King* sah ehrlich glücklich aus.

Jon griff nach ihrer Hand, zog sie auf die Tanzfläche, presste seinen großen, starken Körper an sie und wiegte sich langsam mit ihr hin und her, dabei streifte sein Atem immer wieder ihr Ohr und ließ sie wohlig erschauern.

„Weißt du, diese Feier ist mit dir viel leichter zu ertragen.

Auch wenn dieses Kleid, mit dem tiefen Rückenausschnitt nicht wirklich zu meiner Beruhigung beiträgt."

Sein heiseres Lachen ließ ihren ganzen Körper kribbeln und sie schmiegte sich enger an ihn, um ihre Sehnsucht ein wenig zu stillen. Stattdessen wurde das Bedürfnis, ihm noch viel näher zu sein, beinahe unbändig. Dieses nachtblaue Kleid war aber auch so dünn, dass seine Wärme direkt auf sie überging. In diesem Moment schwor sie sich es nie wegzuwerfen, denn es sollte sie immer daran erinnern, dass Jonathan sie vor seinem Vater als *seine Freundin* vorgestellt hatte und wie perfekt sich das in ihren Ohren angehört hatte.

Der ältere Mann hatte sein Gesicht prüfend verzogen, doch Jon hatte seinen Griff um ihre Taille verstärkt und noch einmal betont: „Sie gehört zu mir."

Der wohlige Schauer, der sich dabei über ihrem ganzen Körper ausgebreitet hatte, war mit keinem guten Gefühl zu vergleichen gewesen, das sie bisher erlebt hatte. Er hatte sich seinem Vater entgegengestellt. *Wegen ihr. Seiner Freundin.* Verhindert, dass er sie auseinandernahm und prüfte, ob sie gut genug für seinen Sohn war.

„Wir haben oben ein Hotelzimmer, aber ich würde viel lieber zu meiner Wohnung fahren."

Mit verschleiertem Blick und einem leichten Lächeln schaute sie zu ihm auf, kaum noch fähig ihr Verlangen zu unterdrücken. „Soll das ein Angebot sein?"

Zwei Wochen war vielleicht keine lange Zeit, doch dieser Mann hatte sie bereits nach einem unschuldigen Kuss so weit bekommen, dass sie sich am liebsten ihre Klamotten vom Leib gerissen hätte.

„Wir können doch nicht einfach verschwinden."

Auch wenn alles in ihrem Inneren schrie: *Schwing deinen Hintern in sein Auto und fahr mit ihm, wohin er will.* Einen schlechten Eindruck bei Jons Vater hinterlassen wollte sie jedoch auch nicht, wenn sie sich einfach so aus dem Staub machte.

„Ich bleibe nie länger als drei Stunden. Länger ertrage ich meinen alten Herrn ohnehin nicht und bevor ich mir noch einmal anhören muss: *Du kannst mich ruhig Mutter nennen*, verschwinden wir lieber. Wenn du nicht mit zu mir willst, kann ich dich auch nach Hause fahren."

Dieses nüchterne Angebot erstaunte Delphine, andererseits wusste sie, wie schnell er den Schalter für seine Gefühle umlegen konnte. Wirklich ein zweifelhaftes Talent.

„Machst du Witze? Erst machst du mich scharf, und dann willst du mich nach Hause fahren?"

Gleichgültig zuckte er mit den Schultern, dass sie ihn am liebsten geboxt hätte, aber sie trug ein Kleid und fühlte sich an diesem Abend wie eine Lady. Und eine Lady prügelte sich nicht mit ihrem Freund, nur weil er seine Gefühle so viel besser unter Kontrolle hatte als sie.

„Sicher, wenn du nach Hause willst, fahre ich dich."

„Ich werde ganz sicher nicht die ganze Nacht wach liegen und an dich denken, Mister. Entweder schleppst du mich jetzt ab oder das war's mit uns."

Jon lachte heiser auf. „Zu Befehl, Ma'am."

Es war wirklich keine Schande, dass sie keinen Blick für seine Einrichtung hatte, denn viel gab es nicht zu bestaunen. Das Wenige, was sie unter seinen Küssen zum Schlafzimmer wahrgenommen hatte, war dieser typisch praktische Junggesellenstil. Ganz nach dem Motto: Wer braucht schon Deko?

Spätestens als er ihr das weich fließende nachtblaue Kleid über die Schultern streifte, dieses verführerisch langsam an ihrem Körper hinabglitt und er sein weißes Hemd aufknöpfte, vergaß sie ihre Umgebung schnell.

Fasziniert verschlang sie jeden Zentimeter seiner entblößten Brust mit ihren Augen und strich mit ihren Fingern über die dunklen Haare, die sich über seinem Bauch verjüngten und unter ihrer Berührung leicht erzitterten.

Schneller als sie es wahrgenommen hatte, hatte er sich die Schuhe abgestreift und sich gleichzeitig mit seiner Anzughose, seiner engen Boxershorts entledigt. *Dieser Mann war die pure Verführung*, dachte sie, dabei kam sie kaum dazu ihn vollständig zu betrachten, weil seine Augen ihren Körper derart intensiv musterten, dass sie sich bedecken wollte, obwohl sie zumindest noch ihr Höschen trug. Der tiefe Rückenausschnitt des Kleides hatte es ihr unmöglich gemacht einen BH darunter anzuziehen, wodurch sie während der Feier immer wieder gezwungen gewesen war zu kontrollieren, ob man ihre Gänsehaut noch an anderen Stellen unvorteilhaft sehen konnte. Zum Glück hatte man dem Kleid zwei kleine Softschalen eingenäht, trotzdem war sie sich ohne BH und mit Jonathans Nähe ein wenig nackt vorgekommen.

Gerade als sie ihre Hände hob, um ihre kleine Brust damit vor seinen Blicken zu schützen, kam er ihr zuvor und griff nach ihren Händen.

Er trat näher, presste seine Brust gegen ihre, hauchte Küsse unter ihr Ohr und jagte ihr tausende kleiner Schauer über den Körper, als er mit dunkler Stimme sagte: „Nicht. Versteck deine Schönheit nicht vor mir."

Mit einem deutlich hörbaren Grinsen in der Stimme fügte er hinzu: „Es ist ohnehin ein wenig spät, sich bedecken zu wollen, Blümchen."

Vor ein paar Wochen hätte sie sich wahrscheinlich gegen diesen komischen Spitznamen gewehrt, aber in dieser Situation konnte er so ziemlich alles zu ihr sagen, sie war wie Wachs in seinen Händen. Ihr Körper verlangte so schmerzlich nach ihm, dass sie ihn näher zum Bett dirigierte und ihn mit sich zog.

Während er sich an ihrem Körper entlang küsste, konnte sie nicht aufhören das Spiel seiner Rückenmuskeln unter ihren forschenden Händen zu genießen. Sein dunkles Haar kitzelte ihren Bauch und sie verstärkte den Griff um seine Oberarme, als er ihr mit einer schnellen Bewegung das blaue Höschen abstreifte.

Sie glaubte zu hören, wie er ein Päckchen öffnete, aber sie war in einem Bad der Gefühle gefangen, wo sie unfähig war, etwas anderes wahrzunehmen, als die Laute, die aus ihrer beider Münder drang.

Beinahe quälend langsam strichen seine wenigen zarten Brusthaare über ihre Brust, die sich schmerzlich vor Verlangen zusammenzog. Scheinbar ungerührt vereinnahmten seine warmen, weichen Lippen ihren Mund, während sie ihre Hände an seinem Rücken hinabwandern ließ. Er lächelte an ihren Lippen, was sie wahnsinnig machte.

Er hatte sich scheinbar wunderbar unter Kontrolle, aber ihr kam es vor, als würde sie nach einem dreitägigen Marsch durch die Wüste eine Flasche Wasser sehen.

„Bist du ungeduldig?"

Irgendwie schaffte sie es in seine markerschütternden hellblauen Augen zu blicken und frech zu lächeln. „Nein. Du?"

Sein Lächeln wurde dunkler. Sie nahm nichts anderes mehr wahr als sein schönes, markantes Gesicht, seine Lippen, die verführerisch über ihren schwebten, und seinem schweren, harten Körper auf ihr. So könnte sie für immer liegen bleiben, dachte sie und rutschte ungeduldig unter ihm hin und her.

Er stöhnte gequält auf und hauchte: „Sehr ungeduldig."

Ehe sie sich versah, hatte er sich mit ihr vereinigt. Ihr Körper schien wie mechanisch leidenschaftlich zu reagieren, sie hatte keinerlei Kontrolle mehr über sich und gab sich ihm hin wie keinem Mann zuvor. Sie hatte nicht das Gefühl, vor Jon etwas zurückhalten zu müssen. Seine Küsse blieben ebenso drängend, wie liebevoll. Seine Bewegungen ebenso kraftvoll, wie zurückhaltend. Jonathan war nicht ihr erster Partner, doch das erste Mal kam es ihr vor, als würde sie nie genug von ihm bekommen können.

Sie umklammerte seine Schultern und ließ eine Hand in seine weichen Haare wandern, die er für sie neuerdings nicht mehr mit kiloweise Haargel verunstaltete.

Seinen warmen Atem in ihrer Halsbeuge zu spüren machte sie schier verrückt vor Verlangen, sodass sie sich kaum noch zurückhalten konnte. Schneller als sie es wollte, zog sich alles in ihr zusammen und brach über sie hinein wie eine kraftvolle Welle.

Vollkommen versunken im Augenblick bemerkte sie kaum die Worte, die sich flüsternd aus ihrem Mund schlichen und doch kamen sie beide nicht umhin sie zu hören.

„Ich liebe dich."

Sie wusste selbst nicht woher das kam, doch statt sich erschrocken von ihr anzuwenden, bedachte er sie mit einem sanften Lächeln und strich mit seinen Lippen über ihre, ehe er sich neben sie rollte und sie fest in seine Arme zog.

Ihr Kopf war vollkommen leer. Nichts existierte in diesem Moment, außer der Gewissheit, dass sie sich in den Mann verliebt hatte, der seine Arme beschützend um sie geschlungen hielt und an dessen warmer Brust sie selig einschlief.

Alles andere konnte warten.

Kapitel 25

Sie liebte ihn. Liebte sie ihn wirklich oder war es bloß dem intensiven Moment geschuldet? Konnte man nach zwei Wochen sagen, man liebte jemanden? Und wie sollte sich das anfühlen?

Wenn man bedachte, dass sie seine gefühlskalte Seite kannte, deren Erscheinen er nicht kontrollieren konnte, seinen Vater kannte und ihn nicht verschreckend fand und dass sie erlebt hatte, wie abweisend er selbst meistens war und sie trotzdem nicht die Flucht ergriffen hatte, war es durchaus möglich, dass sie glaubte ihn zu lieben.

Zu hören wie ihm jemand seine Liebe gesteht, war für ihn kaum zu begreifen gewesen. Was hatte sie von ihm als Erwiderung erwartet? Manchmal kam er sich vor wie ein Kleinkind, zumindest auf emotionaler Ebene.

Natürlich hatte sie es seit dem Abend vor zwei Wochen nicht mehr gesagt. Er hoffte nur, dass sie sich deshalb nicht schämte, denn es war für ihn ein besonderer Moment gewesen. Sie forderte eine Liebeserklärung seinerseits nicht ein und er war froh deshalb, andererseits war sie ein solch liebevoller Mensch, dass sie es mehr als verdient hätte einen Mann an ihrer Seite zu haben, der ihr zumindest sagen konnte, was er für sie empfand.

Bei dem Gedanken an einen anderen Mann, der im Gegensatz zu ihm keine Probleme damit hatte, seine Gefühle zumindest richtig zu deuten, stieg die Wut in ihm auf. Bereits in einer Woche musste sie zurück nach South Carolina zu ihrem Job, ihrer Wohnung und ihrem alten Leben. Wenn er ihr nicht sagen konnte, dass er sie brauchte, dann würde sie keinen Grund sehen zurückzukehren.

Dass der Scheidungsfall, den sein Vater ihm vor einigen Wochen auf den Tisch geworfen hatte, sich nun doch etwas komplizierter gestaltete und ihm Zeit raubte, über die Sache mit Delphine vernünftig nachzudenken, ärgerte ihn maßlos. Zumal er sich nun in einem Zwiespalt befand, den er zuvor nicht bedacht hatte.

Ein seltsam unangenehmes Gefühl beherrschte seinen Magen, als er vor dem kleinen blauen Haus, welches über und über mit Blumen dekoriert war, parkte. Noch ehe er den Eingang erreicht hatte, kam Delphine aus dem Laden gestürmt.

Ihre pinkfarbenen Turnschuhe, eine grüne Schürze und die zum Zopf gebundenen langen blonden Haare ließen sie gleichzeitig unglaublich jung und verführerisch zugleich erscheinen.

Ihre Augen funkelten ihn freudig überrascht an, bevor sie schnellen Schrittes auf ihn zukam und sich in seine Arme warf. Verlangend hob sie ihm ihre vollen Lippen entgegen, die er bereitwillig küsste, doch kam es ihm plötzlich falsch vor, was er tat. Auch wenn sein Körper und Geist sich dagegen sträubten sie jemals wieder aus seinen Armen zu lassen. Warum konnte dieser Mensch nicht bei ihm bleiben?

„Hast du Mittagspause? Die dauert doch sicher nicht so lange, ich dachte du musst heute den ganzen Tag arbeiten."

Sie lächelte ihn so vertrauenswürdig an, dabei war ihm zu diesem Zeitpunkt das erste Mal bewusst, dass er ihr, ohne es absichtlich zu tun, die ganze Zeit etwas verschwiegen hatte. Doch bisher waren andere Dinge wichtiger gewesen und es war in den Hintergrund gedrängt worden. Das Haus hatte ihn ziemlich beschäftigt, die Renovierung, der verwilderte Garten, seine eigenen Mandanten und dann noch die Fälle, die er seinem Vater für dessen Flitterwochen abgenommen hatte.

Sie sank zurück auf ihre Fersen, griff nach seinen Händen und betrachtete skeptisch sein Gesicht. Beinahe so, als würde sie direkt in seine Seele blicken können, und er hasste den Moment, in dem sie ihn nicht mehr besorgt, sondern enttäuscht anblicken würde.

„Was ist los? Geht es dir nicht gut? Ist etwas mit deinem Vater?"

Er wusste, je länger er schwieg, desto schwerer würde es werden und vielleicht war es auch gar nicht so schlimm, dass er es vergessen hatte zu erwähnen.

Wie konnte sie so aufmerksam und liebevoll zu ihm sein, ihn trotz seiner offensichtlichen Fehler lieben, wie sie sagt und wie konnte er diese Illusion zwischen ihnen zerstören? Ihr ein- für- allemal beweisen, was sie wahrscheinlich von Beginn an gedacht hatte, dass er vollkommen gefühllos war? Auch wenn dies das erste Mal in seinem Leben war, das er sich von seinen Emotionen beinahe übermannt fühlte.

„Ich habe einen Termin", brachte er schließlich gefasst heraus. An ihrem verwirrten Lächeln bemerkte er, dass sie durch seine kryptische Aussage nicht wusste, worauf er hinauswollte.

„Mit deinen Eltern, Delphine. Sie sind Mandanten meines Vaters. Er hat mir vor ein paar Wochen den Fall übertragen. Über zwanzig Jahre Ehe, gemeinsames Geschäft, gemeinsames Haus, das Ehepaar Darling."

Sein nüchterner Ton überraschte ihn selbst, denn in ihm tobte ein Wirbelsturm. Er sah den Moment der Erkenntnis in ihrem Blick und wie sich ihre Miene schlagartig veränderte.

Wie sie einen Schritt von ihm wegtrat, seine Hände losließ, sich von ihm entfernte, nicht bloß körperlich.

Er wusste, sie würde nicht zulassen, dass er in diesem Moment nach ihrer Hand griff, deshalb versenkte er seine Hände tief in seinen Anzugtaschen und bemerkte, dass er an diesem Tag noch mehr in dem verdammten Anzug schwitzte als sonst.

Delphine verengte die Augen. „Das ist Blödsinn. Meinem Vater geht es wieder besser, die beiden sind wie immer, sie lieben sich, warum sollten sie sich scheiden lassen? Und warum sollten sie mir nichts davon erzählen?"

„Delphine? Oh, Mr. King, wir hatten heute Morgen telefoniert."

Magnolia Darling trat auf ihn zu und reichte ihm die Hand. Delphines Augen waren in Unglauben geweitet. Sie wandte sich von Jonathan ab und durchbohrte ihre Mutter mit einem wütenden Blick.

„Seid ihr verrückt geworden?! Am Sonntag plant ihr noch eure jährliche Tour nach San Francisco zum Outside Lands Festival und heute wollt ihr euch scheiden lassen?!"

„Wir wollten dir das sagen, aber hör zu, wir ..."

Doch weiter kam Magnolia nicht, da Delphine sich bereits Jon zugewandt hatte und ihm einen kräftigen Stoß gegen den Oberkörper verpasste.

„Und was ist mit dir?! Du weißt seit *Wochen* davon, spätestens als wir zusammen gekommen sind, hättest du mir das erzählen müssen!"

„Ihr seid zusammen?" Magnolia schien sich zu freuen und dabei gar nicht zu bemerken, wie aufgebracht ihre Tochter tatsächlich war.

„Nicht jetzt, Mutter!"

Magnolia, die mit ihrem bodenlangen bunten Kleid und der rosafarbenen Blume im blonden Haar beinahe genauso jung und hübsch wie ihre Tochter aussah, berührte sie kurz am Arm, doch sie zuckte wie ein wildes Tier zurück. Seufzend zog sich ihre Mutter wohlweißlich in den Laden zurück, da die Kundschaft wartete und bat Jon später kurz reinzukommen.

Wenn er es denn überlebte ...

„Hör mir zu, ich wusste das erst nicht. Als ich dich kennenlernte, hatte ich den Fall bereits, aber es war in der Zwischenzeit ruhig geworden, also hatte ich es schlichtweg vergessen. Mir war der Name vor ein paar Wochen ja auch noch kein Begriff. Als mir die Unterlagen vor ein paar Tagen in die Hand fielen, wusste ich nicht, ob ich das Recht dazu hatte, es dir überhaupt zu sagen."

Trotz besseren Wissens berührte er sie am Arm, woraufhin sie ihren Arm wegzog und mehr Distanz zwischen sie brachte.

Sein Kopf schmerzte und die Mittagsonne, die unerbittlich auf sein dunkles Haar und seinen schwarzen Anzug schien, machte es ihm nicht einfacher sich zu entspannen und eine möglichst kluge Wortwahl zu treffen.

„Das ist der Grund, warum du es mir nicht gesagt hast, richtig?"

Verwirrt von ihrer ungewöhnlich leisen und zerbrechlichen Stimme, die so gar nicht zu ihr passen wollte, runzelte er die Stirn. „Was?"

„Dass du mich liebst. Jon, wir sind jetzt seit beinahe einem Monat zusammen, vor zwei Wochen habe ich dir ohne nachzudenken einfach gesagt, was ich fühle. Das mindert jedoch nicht die Wahrheit meiner Worte. Ich schweige seit zwei Wochen, weil ich dich wirklich nicht drängen will, aber ich glaube mittlerweile, wenn du dasselbe empfinden würdest, hättest du es längst erwidert ...

Es war dir vollkommen egal, wie ich mich dabei fühle, wenn du mir einfach mal so nebenbei sagst, dass du einen Termin bei meiner Mutter wegen einer Scheidung hast. Du liebst mich nicht Jon, denn sonst hättest du es mir spätestens gesagt, als du bemerkt hast, dass mir das mit dir nahe geht."

Was sollte er sagen? Alles was er sagte, würde sie ihm sowieso nicht glauben.

Sagte er ihr jetzt, dass er zumindest glaubte er habe sich auch in sie verliebt, würde sie denken, er log, um sich aus der unangenehmen Situation zu retten. Wenn er ehrlich war, hatte er das mit ihnen beiden nicht kommen sehen und er hätte nie gedacht, dass es überhaupt zu diesem Punkt kommen würde. Dass es jemals eine Rolle spielen würde, dass ihre Eltern sich scheiden lassen.

Er hatte es eine Zeit lang verdrängt, auch deshalb, weil sich keiner mehr deshalb bei ihm gemeldet hatte. Doch dann vor ein paar Tagen, hatte ihn ein Anruf und die Bitte um ein Gespräch erreicht. Und es war nicht allzu schwer gewesen, herauszufinden, dass es sich bei dem Scheidungsfall um Delphines Eltern handelte. Die Erkenntnis hatte ihm natürlich Kopfzerbrechen bereitet, aber in erster Linie galt seine Verpflichtung seinen Mandanten.

Womöglich hatte er aber auch ganz genau gewusst, dass er als der Schuldige dastehen würde, wenn herauskäme, dass er die Unterlagen die ganze Zeit hatte. Wahrscheinlich hatte er einfach gehofft, das Gefühl, ehrlich geliebt zu werden, wäre ihm länger gewährt, wenn er schwieg und die Dinge einfach laufen ließ.

Sie fuhr fort und unterbrach das Chaos in seinem Kopf. „Ich habe es gewusst ... Ich wusste, worauf ich mich einlasse und dass es nicht einfach wird, wenn du mal wieder auf *gefühlskalt* umschaltest, aber das hier ... Was war so schwer daran, mir es in einem ruhigen Moment zu erklären, statt hier aufzutauchen und mir die Nachricht so um die Ohren zu hauen?! Es geht hier nicht nur um eine eventuelle Scheidung meiner Eltern, was ich immer noch für schwachsinnig halte. Es geht darum, dass du es nicht für nötig hältst, mich vor solch unangenehmen Gefühlen zu schützen. Du findest es offensichtlich nicht wichtig mir nach vier Wochen eine Antwort zu geben, wenn ich dir sage, ich liebe dich. Ich kann mich nicht mal daran erinnern, ob du mir jemals gesagt hast, dass du mich wenigstens magst oder mich gerne um dich hast. Ich ... ich kann das nicht, Jon."

Er spürte wie sich sein Magen verknotete, und ein Teil von ihm wollte weglaufen. Gleichzeitig verhärtete sich seine Miene und der gewohnte eiskalte Panzer legte sich um sein Herz. Sein Abwehrmechanismus funktionierte scheinbar hervorragend.

„Was kannst du nicht? Was erwartest du von mir? Dass ich einfach jeder Frau sage, dass ich sie liebe, auch wenn... "

Ihre Stimme nahm einen gefährlich kalten Ton an. „Auch wenn, was? Wenn du es nicht ernst meinst? ... Nein, dann solltest du es wirklich nicht tun, aber dann wäre es zumindest rücksichtsvoll gewesen, mir nicht die Illusion zu vermitteln, diese Beziehung könnte es wert sein zurückzukehren. Das hätte weitaus weniger wehgetan. Aber ich dachte, du bist nicht wie dein Vater. Ich habe gesehen, wie du dich ehrlich gefreut hast, wie du die Stunden am See genossen hast, und wie heftig und dann wiederum ruhig dein Herz an meinem Ohr gepocht hat, wenn du mich in den Armen gehalten hast."

„Gib mir Zeit", bat er sie leise, dabei sah er jedoch eine Unerbittlichkeit in ihrem Blick, die er nie zuvor gesehen hatte oder je hatte sehen wollen.

„Das würde ich, Jon. Wenn ich das Gefühl hätte, dir würde unsere gemeinsame Zeit etwas bedeuten und es sich lohnen würde, mehr Geduld zu investieren, dann würde ich es tun. Aber wie lange soll ich warten, bis du mir sagen kannst, was du empfindest? Ein Jahr, zehn Jahre? Und was ist, wenn du in einem halben Jahr feststellst, es war doch keine Liebe, die du empfunden hast? Dann habe ich alle Zelte für einen Mann abgebrochen, der weder ein Gefühl dafür hat, vor was er mich beschützen sollte, noch wie er mich lieben kann. Und ich kann mich nicht verändern ... Das habe ich zu oft getan. Ich will nicht andauernd fürchten, dich mit meinen Gefühlen zu überrumpeln."

Jon schluckte den Kloß in seinem Hals hinunter, aber sechsunddreißig Jahre, in denen er immer wieder gehört hatte, wie hinderlich Gefühle waren, nicht nur beruflich sondern auch privat, schaltete man nicht einfach so aus.

„Die Arbeiter wissen, was noch im Haus zu tun ist, alles weitere lasse ich über die Firma laufen, die Visitenkarte hast du."

„Delphine."

Sie hob eine Hand, um ihn zum Schweigen zu bringen. „Lass es gut sein, okay? So etwas passiert ... Menschen passen nicht immer zusammen und offenbar ist das bei uns so. Besser wir erkennen es jetzt, wo wir noch keine Verpflichtung eingegangen sind."

Schneller als er aus seinem Schock erwachen konnte, war sie im Laden verschwunden und die breite Treppe hochgerannt. Zurück blieben seine eigenen Vorwürfe, dass er nicht sagen konnte, was für ihn die Zeit mit Delphine bedeutete. Er wusste nur, er wollte sie nicht gehen lassen. Er liebte ihre Gegenwart, ihre Fröhlichkeit, ihr Temperament und ihre unkonventionelle Art. Aber wenn sie ihm nicht die Zeit gab wenigstens darüber nachzudenken, was in ihm vorging, wie sollte er ihr dann die Wahrheit sagen?

Wieso musste er sich von heute auf morgen entscheiden?

Warum glaubte sie, er sei nicht bereit sie zu beschützen, wenn sie ihn brauchte?

Seine Brust schmerzte schrecklich, doch war er wegen eines Termins gekommen und sein Vater würde von ihm erwarten, dass er sich zusammenriss. Er atmete tief ein und aus und ging in den Laden.

Ein paar Stunden Abstand würden schon helfen und dann konnte er sein Leben wieder in Ordnung bringen.

Kapitel 26

Sie hatte sich geschworen, wenn es soweit kam, dass Jon ihr keine Gefühle entgegenbringen konnte, dass sie nicht in Tränen ausbrechen würde, und doch rannte sie mit tränenüberströmtem Gesicht durch den Blumenladen die Treppen hoch.

Nicht einmal Toby, der seit vergangener Woche förmlich hier lebte, weil er die neue Aushilfe Zola anmachte, konnte sie dazu bewegen, wenigstens ein klein wenig zu lächeln. Zu weh tat Jons Abweisung. Dabei war diese Situation vollkommen außer Kontrolle geraten. Zunächst noch geschockt von der neuen, völlig bescheuerten Idee ihrer Eltern, sich scheiden lassen zu wollen, obwohl sie noch am Wochenende ihren ersten Ausflug nach Harrys Unfall geplant hatten, sah sie sich Tage vor ihrer Abreise doch unter Druck gesetzt.

Sie wollte ihn nicht drängen etwas zu sagen, was er nicht wollte. Aber selbst wenn er sie nicht liebte, aber sie zumindest sehr mochte, dann sollte er dies nun zumindest sagen können. Stattdessen hatte sie mal wieder in eine vollkommen undurchdringliche Miene geblickt, die nichts von seinen wahren Gefühlen gezeigt hätte. Vielleicht musste sie aber auch schlichtweg akzeptieren, dass es Menschen gab, die ihre Gefühle niemals mit anderen teilten.

Nur konnte sie mit einem solchen Menschen nicht zusammenbleiben, wenn sie fürchten musste, sie bedeute diesem Menschen nichts.

Alleine seine Aussage, er habe den Antrag auf Scheidung ihrer Eltern vergessen ... *Nein*. Er hatte sich einfach davor gedrückt, ihr diese unangenehme Nachricht überbringen zu müssen. Sie hatte ihm immer mal wieder den Wink gegeben, dass er ihr doch wenigstens mit Gesten zeigen konnte, dass sie ihm wichtig war.

Doch das einzige Mal, wo er von sich aus auf sie zugekommen war, war am Tag der Hochzeit seines Vaters. Sie konnte das nicht, und sie konnte nicht ihren Job und ihre Wohnung für jemanden aufgeben, der sie im Grunde seines Herzens nicht wollte, es ihr nur nicht sagen konnte.

Sie wollte sich nicht aufdrängen und sie würde sich mit Sicherheit nicht mehr verändern. Ohnehin könnte sie sich nie so sehr verändern, dass es ihr nicht wichtig wäre, dem Menschen, den sie liebt, dies auch zu sagen oder zu zeigen.

Ihre Eltern würden schon verstehen, wenn sie eine Woche früher als geplant nach Hause fuhr, denn sie ertrug es nicht zu wissen, dass er jeden Moment kommen konnte. Dass sie ihm über den Weg lief, und dass er sie mit dieser kalten Miene musterte, als sei sie nicht die Richtige für ihn. Als hätte ihm die gemeinsame Zeit nichts bedeutet.

Ihre Eltern ließen sich nicht scheiden. In ihrem alten grauen Jogginganzug schlich Delphine durch ihr Townhouse-Apartment und bemitleidete sich selbst. Der Streit über den Antrag ihrer Eltern hätten sie sich sparen können, da ihre Eltern bloß ihren ersten richtigen Streit gehabt hatten und ihre Mutter den seltsamen Witz ihres Vaters nicht verstanden hatte: *Dann lassen wir uns eben scheiden. Vielleicht kommen wir dann auch in so eine Reality-Show, die du neuerdings ja so gerne schaust.*

Ob es der Kommentar gewesen war, den sie nicht verstanden hatte oder ob sie aus purem Trotz einfach die Scheidung eingereicht hatte, um das Feuer in ihrer Beziehung wieder anzufachen, konnte Delphine nicht sagen. Aber solche Aktionen waren mal wieder typisch für ihre Eltern.

Kein Wunder, dass man sie als verrückt bezeichnete, das war sogar für sie ein ganz neues Level an Wahnsinn. Doch Scheidung hin oder her, hätte sie ihn sonst dazu gebracht ehrlich zu ihr zu sein?

Er hatte gesagt, er könne einem Menschen nicht sagen, dass er ihn liebt, wenn ... Er hatte zwar nicht weitergesprochen, aber gab es dazu viele Alternativen? Sie gestand ihm zu, dass er sie nicht absichtlich hatte verletzen wollen. Angesichts seines Vaters, der ihr sehr unterkühlt vorgekommen war, war Jon ja der reinste Gefühlsmensch.

Natürlich hatten in Bloomwood alle ihren überstürzten Aufbruch mitbekommen und ihr Anrufbeantworter platzte aus allen Nähten, sodass sie schließlich den Stecker gezogen hatte. Sie ertrug es einfach nicht, mit Tucker, Lauren, ihrer Mom oder ihrem Dad zu reden. Was sollte sie sagen?

Sie hatte sich eben in einen Mann verliebt, der ihre Gefühle nicht erwiderte. So etwas passierte schon mal und es tat verdammt weh. Es tat so weh, dass sie nicht genug Raum für ihren Schmerz hatte.

Am liebsten hätte sie ein paar unliebsame Gefühle mit einer Spritztour abgeschüttelt, aber ihre Vereinbarung mit Officer Miller, war mehr als fair gelaufen. Er hatte sie in den vergangenen Monaten derart oft erwischt, es hätte ihn dazu berechtigt ihr das Ding komplett abzunehmen.

Stattdessen hatte sie ihm 200 Dollar bezahlt und ihm für zwei Monate den Führerschein mitgegeben, damit sie vielleicht endlich lernte, dass schnelles Autofahren kein Ausgleich dafür sein konnte, wenn etwas in ihrem Leben nicht so lief wie es sollte.

Da sie noch eine Woche Urlaub hatte und nichts mit sich anzufangen wusste, obwohl draußen die Sonne strahlte, zog sie die Vorhänge zu, vergrub sich in ihrem Bett und schaltete den Fernseher an.

Wie konnte sie Freude an dem schönen Wetter empfinden, wenn ihr Herz in ihrer Brust zu zerreißen drohte?

Kapitel 27

Völlig entnervt von Miles Jammer über seine Frau, und wie sehr sie sich plötzlich ein Kind wünscht, nur weil ihre Schwester auch schwanger ist und es ja so schön wäre, wenn die beiden gemeinsam aufwachsen könnten, starrte Jon noch tiefer in sein Bierglas.

„Weißt du, ich liebe sie ja und ich möchte auch eine Familie mit ihr gründen, aber nicht damit ihre Schwester noch öfter bei uns herumhängt. Du kannst dir nicht vorstellen wie peinlich das ist, wenn du dich umziehst und auf einmal steht deine Frau mit deiner Schwägerin im Zimmer."

Nein, das konnte er sich wirklich nicht vorstellen, denn eine Frau hatte es in Jons Leben schon seit zwei Monaten nicht mehr gegeben. Es war Ende September und noch immer hatte er kein Lebenszeichen von Delphine bekommen. Zumindest nicht offiziell.

Über Tucker hatte er erfahren, dass es ihr ganz gut zu gehen schien und sie wieder wohlbehalten in Columbia angekommen war.

Es war gut, wenn sie nicht litt, er litt vermutlich für beide genug.

Sein Alltag war trostloser als sonst schon, sein Leben mal wieder von Arbeit von früh bis spät erfüllt und sein Vater zwang ihm immer noch die Scheidungsfälle dann und wann auf. Doch egal wie sehr er sich wand, er schaffte es nicht aus diesem Teufelskreis auszubrechen.

Der Ausbau im Haus war auch ohne ihre Anwesenheit gut vorangegangen, sodass er nur noch auf die neuen Möbel warten musste. Tucker hatte den Rest des Gartens mit Lauren auf Vordermann gebracht, der nun im Spätsommer schlichtweg wunderschön aussah. Doch jedes Mal wenn er zu seinem Haus fuhr, kam er nicht umhin Delphine zu vermissen. Ihr zeigen zu können, was sich verändert hatte. Ihr Lachen zu hören. Ihre Augen aufblitzen zu sehen, wenn sie etwas überwältigte.

Zu sehen wie sich jede einzelne Emotion auf ihrem Gesicht widerspiegelte, faszinierte ihn mehr als das tägliche Fernsehprogramm oder seine Umgebung. Der Strand war ohne sie noch leerer als ohnehin. Die Pflanzen blühten zwar, aber er fand keine Begeisterung für die schönen Farben.

Doch egal wie sehr er sie vermisste, und egal wie lebenswerter und spannender sie sein Leben gemacht hatte, sie hatte recht. Er war nun einmal der Sohn seines Vaters und er konnte nicht aus seiner Haut. Er konnte nicht einmal seiner eigenen Mutter sagen, dass er sie liebte.

Wenn man es nie von anderen Menschen hört, dann verpasst man den Zeitpunkt in dem man erkennt, wann es den Einsatz wert ist. Er hatte ja nicht einmal mit Sicherheit sagen können, ob das Gefühl, das er in Delphines Gegenwart, und auch wenn sie nicht bei ihm war, verspürte, Liebe war oder nicht.

„Oh und dann haben wir uns ein Schwein im Tierheim ausgesucht, es rosa gestrichen und jetzt kackt es uns die Wohnung voll", erzählte Miles ihm trocken.

„Was?" Jon sah verwirrt von seinem Glas auf, während Miles nur belustigt den Kopf schüttelte.

„Mann, du hörst mir keine Sekunde zu. Ich würde *dir* ja zuhören, aber du bist ja seit neuestem stumm. Wenn du sie liebst, dann hol sie dir zurück, aber mach hier keinen auf Weichei und starr jahrelang in dein Bier."

„Wahnsinnig witzig."

„Naja, es ist schon selten witzig wie sehr du dir selbst im Weg stehst, nur weil du glaubst, du wärst so emotionsloser Typ wie dein alter Herr."

„Bin ich nicht?"

Miles schnaubte. „Glaubst du, dann wäre ich mit dir befreundet? Du bist vielleicht emotional nicht voll auf der Höhe, aber dein Vater ist einzigartig, glaub mir."

Resignierend ließ Jon die Schultern sinken.

„Bevor du mich gleich angreifst, solltest du mir vorher zu Gute halten, dass ich deshalb nie gefragt habe. Warum hast du ihr nicht gesagt, dass du sie liebst?"

Jon schüttelte den Kopf. Alleine an Delphine zu denken, an ihr Gesicht zu denken, in dem er den ganzen Schmerz gesehen hatte, den er ihr in dem Moment zugefügt hatte, als er ihr nicht sagen konnte, was sie ihm bedeutete, ertrug er kaum.

„Weil ich es nicht wusste. Ich meine, ich wusste es schon, aber ich habe es noch nie gesagt. Und sie hat es nicht verdient, dass ich mich erst anstrengen muss, um es überhaupt über die Lippen zu bringen."

„Du hast es zu mir gesagt. Allerdings warst du da ziemlich besoffen ... Und jetzt, was willst du tun?"

„Nichts."

Miles grummelte vor sich hin. „Ja ... das war nicht ganz die Antwort, die ich mir erhofft hatte. Aber das wird schon gehen. Wir haben ja noch ein bisschen Zeit, um dich wieder herzustellen und dir deinen Text zu diktieren. Zur Not besorge ich uns ein paar Flaschen Whiskey an der Tankstelle, das wird dich schon in die richtige Richtung bringen."

Entweder hatte er bereits mächtig einen im Tee oder Miles redete mal wieder Unsinn, vielleicht auch beides auf einmal.

Doch als Miles ihm seine Anzugjacke überwarf, ihn vom Barhocker schubste und ihn mit sich aus der Bar zerrte, war er restlos verwirrt.

Seit zwei Wochen lungerte sie jetzt schon im Townhouse-Apartment herum und bemitleidete sich selbst. Nachdem sie den Fehler gemacht hatte ihren Anrufbeantworter wieder einzuschalten, prasselten nur noch besorgte Anrufe auf sie ein.

Neben Tucker, der sie nach seinem zehnten Anruf als Feigling betitelt hatte, worüber sie sich schrecklich aufgeregt hatte, ließ auch ihre Mutter sie kaum in Ruhe, seit sie Jon vor zwei Monaten kennengelernt hatte, schien ihr Radar für potenzielle Schwiegersöhne wieder auf Hochtouren zu laufen.

Sie wollte nicht unhöflich zu ihrer Mutter oder ihren Freunden sein, denn sie konnten nichts dafür, dass sie sich jedes Mal derart heftig in ihre Gefühle stürzte, doch dieses Mal fiel es ihr schwerer sich wieder zu fangen.

Es sah ihr nicht ähnlich einfach ihren Job zu kündigen, nur weil eine Kundin sie mit ihren Vorschlägen in den Wahnsinn trieb. Delphine war zweifellos ein freiheitsliebender Mensch, aber selbst sie wusste, dass man ohne Job in diesem Land schneller unterging, als man bis drei zählen konnte.

So frei wie nach ihrer Kündigung hatte sie sich jedoch schon lange nicht mehr gefühlt. Sie wusste, es war die richtige Entscheidung und ein erster Schritt aus ihrem langweiligen, eingestaubten Leben, andererseits hatte sie seither mehr als einmal eine Panikattacke bekommen. Denn ohne Geld, keine Zahlung von Rechnung und Miete. Und ohne Wohnung, saß sie auf der Straße.

Doch zurück nach Hause zu kriechen, kam für sie auf gar keinen Fall in Frage. Sie hatte noch einige Rücklagen, doch in den nächsten drei Monaten musste sie sich darüber klar werden, wie sie ihr Leben wieder in die Hand nehmen konnte.

Momentan war sie dazu jedoch noch viel zu emotional kaputt, als dass sie ernsthaft darüber nachdenken konnte, wie es beruflich weitergehen sollte.

Jeden verdammten Tag an Jon zu denken war Herausforderung genug, zurück nach Hause zu fahren und die Gefahr einzugehen ihn zu sehen, das würde sie nicht ertragen ohne in Tränen auszubrechen. Und sie hatte es so satt zu weinen.

In diesen blöden Internetforen, in denen sie sich neuerdings herumtrieb und jeden einzelnen Beitrag über Beziehungen las, schrieb man, es dauere zwei Wochen bis maximal zwei Monate, um über eine Liebe hinwegzukommen. *So ein Blödsinn!*

Oder war das bei anderen Menschen wirklich so? Vielleicht war sie in diesem Punkt schon wieder von der Regel ausgenommen, dabei wünschte sie sich nichts sehnlicher als den Druck in ihrer Brust loszuwerden. Sie wollte wieder richtig atmen, essen, Sport sollte sie vermutlich auch treiben, nicht um abzunehmen, sondern um ihre Muskel aufzubauen. Abgenommen hatte sie in den vergangenen acht Wochen sicher fünf Kilo. Was sie doch tatsächlich auf ihre Wunschgröße 38 gebracht hatte, aber nicht einmal darüber konnte sie sich freuen.

Am frühen Morgen wäre sie beinahe am Telefon zusammengebrochen, nur weil die Lastwagen vom Möbelhaus in Bloomwood angekommen waren. Die Möbel, die sie gemeinsam mit Jon ausgesucht hatte waren da, aber es hatte sich alles geändert. Während sie ihre Mutter anrief, die den Möbelpackern ebenso gut eine Unterschrift geben konnte, klingelte es an ihrer Tür.

Wahrscheinlich war sie in ihrem grauen Jogginganzug und den nachlässig zusammengebundenen Haaren nicht gerade eine Augenweide, aber wen interessierte das schon?

„Möchtest du nicht für ein paar Tage zu uns kommen? Ich kümmere mich um dich und du weißt, ich hätte dich liebend gerne wieder ganz hier bei mir", bot ihre Mutter ihr an.

Ohne durch den Türspion zu sehen, öffnete sie die Tür, dabei wäre ihr beinahe das Telefon aus der Hand gefallen, denn vor ihrer Tür stand Tucker, der sich ohne zu fragen an ihr vorbeidrängte.

Verwirrt, Tucker in ihrer Wohnung in Columbia zu sehen, schloss sie die Tür und verabschiedete sich schnell von ihrer Mom.

„Das ist lieb von dir, Mom. Aber du weißt, warum ich nicht kommen kann. Ich melde mich bald wieder bei dir und danke wegen der Möbelpacker."

Als sie das Telefon an der Garderobe ablegte und aufsah, war Tucker aus ihrem Blickfeld verschwunden. War er wirklich hier gewesen oder halluzinierte sie jetzt schon?

Ihr Apartment war recht überschaubar, weshalb sie um die Ecke in ihr Schlafzimmer lugte und sich beruhigen konnte, dass sie wenigstens nicht durchgeknallt war. Tucker hatte ihren Koffer auf ihr Bett gehoben und begann ihre Kleidung darin zu verstauen.

„Tucker?", fragte sie von der Tür aus.

„Dein Apartment ist ein Mausoleum. Machst du nie die Vorhänge auf? Man sollte wirklich nicht meinen, du seist Innenarchitektin, die Wohnung sieht aus, als stehe sie bereit zur Vermietung."

„Ich brauche eben nicht viel. Außerdem arbeite ich normalerweise den ganzen Tag ... Tucker, was machst du hier?"

Fordernd durchbohrte sie ihn mit ihrem Blick, doch er beachtete sie gar nicht weiter.

„Warum normalerweise? Was ist mit deinem Job?"

„Gekündigt", murmelte sie vor sich hin und blickte ihm ungläubig nach, wie er durch ihr Zimmer wuselte. „Was tust du die ganze Zeit?"

„Ich male ... eigentlich kritzele ich nur vor mich hin ... irgendwie kommt immer dasselbe raus. Sein Gesicht ist sozusagen allgegenwärtig."

Sie hasste es ihren besten Freund vollzujammern, aber er war der Erste, mit dem sie seit Wochen überhaupt über Jon sprach. Als Tucker sich jedoch auf die Schublade mit ihren Höschen und BHs zubewegte und beherzt hineingriff, war ihre Wut über sein Eindringen in ihre Privatsphäre wieder übermächtig.

Kräftig schubste sie ihn weg und schlug die Schublade zu. „Spinnst du?! Tucker, ich frage dich jetzt nur noch einmal, was du hier überhaupt machst?!"

„Dich mitnehmen."

Sie hob die Augenbrauen. „Du hast ja einen Knall. Ich fahre mit Sicherheit nicht wieder zurück nach Bloomwood. Ich habe zwar im Moment keinen Job, aber das werde ich schon alleine regeln. Es tut mir leid, dass du umsonst hergekommen bist."

Seine braunen Augen durchbohrten sie mindestens so stur. „Pack deine Unterwäsche ein und mach dich ein wenig frisch. Ich warte im Wohnzimmer auf dich, wenn es denn eines darstellen soll. Und übrigens fahren wir nicht, wir fliegen und zwar in zwei Stunden, also setz deinen Hintern in Bewegung."

Skeptisch blickte sie ihm nach. „Tucker?!" Sie sah ihn an ihrem Fenster stehen, wo er die Vorhänge zurückschob. „Ist etwas passiert?"

Er drehte sich nicht zu ihr um, antwortete ihr jedoch mit fester Stimme, die ihr einen Schauder über den Rücken jagte. „Ja. Bitte beeil dich."

Von der Angst gepackt, ihrem Vater oder Lauren könnte etwas zugestoßen sein, packte sie in Windeseile ihren Koffer, sprang unter die Dusche und ließ sich in weniger als einer halben Stunde annehmbar aussehend mit Tucker zum Flughafen fahren, der kaum eine Miene verzog.

Doch wenn Tucker extra nach Columbia kam und sie mit diesem ungewöhnlich ernsten Gesichtsausdruck zwang mitzukommen, hieß das sicher nichts Gutes.

Etwas, was er ihr nicht am Telefon sagen konnte. Etwas, was sie nicht ertragen hätte, alleine zu erfahren. Vielleicht ein Unfall. Kurz zuvor hatte sie noch mit ihrer Mutter telefoniert, sie hatte doch eigentlich ganz normal geklungen.

Hätte ihre Mutter es am Telefon nicht erwähnt, wenn etwas passiert wäre? Bei ihren weiteren Überlegungen wurde ihr mulmig zumute. Was, wenn er ihr nicht sagen konnte, dass jemand gestorben war, jemand den sie mochte? Jemand den sie liebte?

Tucker beantwortete ihr keine ihrer Fragen, was sie an den Rand des Wahnsinns trieb, gleichzeitig verstand sie seine Verschwiegenheit überhaupt nicht.

Je länger sie im Flugzeug saß, desto wütender wurde sie auf Tucker und redete wie wild auf ihn ein, dass sie sich sofort in ein Flugzeug zurück setzen würde, doch er blieb gelassen.

Wahrscheinlich wusste er genauso gut wie sie, dass sie es sich nicht leisten konnte schon wieder ein Ticket zurück nach Columbia zu kaufen.

Kapitel 28

„Komm jetzt raus, sofort."

Sie verschränkte ihre Arme und drückte sich tiefer in den Sitz von Tuckers Pick-Up.

„Auf die Gefahr hin, dass ich mich anhöre wie ein kleines Kind: Ich hasse dich, Tucker! Weißt du, dass ich den ganzen Flug lang geglaubt habe, jemand wäre ernsthaft verletzt oder tot oder schlimmer?"

„Was ist schlimmer als tot?", fragte er irritiert und verzweifelt, da er bereits seit fünfzehn Minuten versuchte, sie aus seinem Wagen zu bekommen.

„Keine Ahnung! Ist doch auch egal. Fahr mich wenigstens zu meinen Eltern, *bitte*."

Mit dem Telefon am Ohr verschwand er und sie kurbelte die Fenster hoch.

Sie war dreißig Jahre alt und hatte sich tatsächlich von ihrem besten Freund, der ihre vollkommene Verwirrung ausgenutzt hatte, reinlegen lassen, wenn sie ihn denn nach dieser Aktion überhaupt noch als solchen bezeichnen konnte. Sie hob den Kopf und ihr Herz raste viel zu schnell, ihre Hände wurden schwitzig und ihr Kopf begann zu schmerzen.

Starr blickte sie weiterhin aus der Frontscheibe, als jemand an das Fenster der Beifahrertür klopfte. „Mach schon auf."

Sie schüttelte den Kopf. Alles in ihr wollte flüchten oder besser noch sich in Luft auflösen. Einfach verschwinden und vergessen, dass sie auch nur einen Zentimeter seines Gesichts gesehen hatte. Wenigstens bot die Tür von Tuckers Pick-Up ihr ein wenig Schutz, doch als sich ihre Tür öffnete, fiel ihr brennend heiß ein, dass Tucker natürlich noch nicht abgeschlossen hatte.

So erwachsen wie möglich, wandte sie ihm wenigstens ihr Gesicht zu und bereute es noch in derselben Sekunde. Er trug keinen Anzug, sondern eine ausgewaschene Jeans und ein schwarzes Shirt, welches einen wundervollen Kontrast zu seinen hellblauen Augen darstellte. Sein dunkelbraunes Haar war ungewöhnlich verwuschelt, als hätte er sich zu oft mit den Händen durchgefahren und als sie genauer hinsah, erkannte sie Schatten unter seinen Augen, die sie zuvor noch nie gesehen hatte.

Nach dem Schlafentzug der letzten Wochen und dem Flug sah sie mit Sicherheit nicht viel besser aus, aber er wirkte sehr erschöpft.

Jetzt, da sie in sein schönes Gesicht geblickt und er ihr Verlangen, das sich so gar nicht nach Vernunft richten wollte, angefacht hatte, konnte sie ihren Blick nicht mehr von ihm abwenden.

Mit einer Hand hielt er die Tür fest, wohl, damit sie sie nicht panikartig zuschlagen konnte, mit der anderen Hand fuhr er sich nervös durch die Haare.

Sie beobachtete, wie sein Gesicht das erste Mal etwas von seinen Gefühlen preisgab.

„Es ist schön, dass du gekommen bist."

„Ich hatte nicht wirklich eine Wahl", erwiderte sie vorsichtig.

„Ich kenne keine Details ihres idiotischen Plans, aber das hört sich auf jeden Fall nach ihnen an."

„Wen meinst du?"

Wie aus dem Nichts kam ein gut aussehender, großer Mann mit einer besonderen dunklen Hautfarbe und einer Baseballkappe auf sie zugestürmt und verpasste Jon einen Klaps auf den Hinterkopf. Delphine staunte nicht schlecht, als Jon sich zu dem Angreifer umdrehte und ihn wütend anfunkelte.

„Bist du bescheuert?!"

Wutschnaubend standen die beiden Männer sich entgegen und Delphine war nun restlos verwirrt, was dies alles zu bedeuten hatte.

„Mein Text war doch nun wirklich nicht schwer. Ich habe dich vermisst, ich war ein Idiot, es tut mir leid, gib mir eine Chance, ich liebe dich. Es war ebenso brillant wie simpel."

„Würdest du mir vielleicht ein paar Minuten länger Zeit geben, würde das auch funktionieren!"

„Jetzt hast du es ja schon wieder vermasselt."

Tucker stellte sich plötzlich zwischen die beiden und versuchte sie beruhigen, während Lauren hinter ihm aus Tante Catherines Haus gerannt kam. Was ein Auflauf!

„Beruhigt euch erst mal."

„Ich störe ja nur ungern, aber was ist hier los?", warf Delphine ein und stellte sich neben Tucker. Jon wandte seine Augen von dem attraktiven Schwarzen ab und betrachtete sie von oben bis unten. Schließlich senkte er den Kopf und murmelte: „Ich war ein Idiot und diese Clowns hier haben versucht mir zu helfen. Miles hat mir extra einen Text diktiert, den ich dir sagen sollte, damit ich es nicht wieder vermassele und verpasse dir zu sagen..."

„Was zu sagen?"

„Dass ich dich vermisst habe. Jeden verdammten Tag. Dein Gesicht zu sehen, deine Energie zu spüren oder einfach am Ende des Tages dein Lachen zu hören. Jemand hat mal gesagt, manchmal muss man die Liebe gehen lassen. Wenn sie echt war, dann wird sie zu dir zurückkommen. Ich hätte dich gar nicht erst gehen lassen dürfen und freiwillig bist du offenbar auch nicht hier. Es tut mir leid, dass ich abweisend zu dir war. Es tut mir leid, dass ich nicht den Mut hatte, dir von deinen Eltern zu berichten.

Aber am meisten tut mir leid, dass ich dir nicht sagen konnte, was du mir bedeutest und welche Gefühle ich für dich entwickelt habe."

„Gute Rede, Mann", warf Jons Freund ein und die anderen mussten lachen.

Wohingegen Delphine mehr nach Weinen zumute war. Sie hatte so sehr gehofft, diese Worte von ihm zu hören. Die letzten beiden Monate hatte sie sich immer wieder gefragt, warum sie sich so getäuscht hatte, dabei war sie sicher gewesen, er hätte sich ihr geöffnet.

Testend griff er nach ihren Händen und sie ließ es geschehen. Selbst wenn es wehtat zu hören, was er sagte und zu wissen, dass sie so schnell wie möglich wieder nach Columbia fliegen würde, sie wollte jede Sekunde davon hören. Seine Stimme hören und sie in ihrem Körper fühlen.

„Du hast etwas mit mir angestellt, was ich selbst nicht begreifen konnte. Du hast mir gezeigt und gesagt, dass du mich liebst. Es ist traurig, aber es ist mehr, als ich in sechsunddreißig Jahren von meinem Vater gehört habe. Ich habe dich nicht so behandelt, wie du es verdient hattest, sondern so wie mein Vater gehandelt hätte. Aber ich bin nicht mein Vater und hoffentlich werde ich auch nie so sein.

Delphine, ich liebe dich und wenn ich es mir eingestanden hätte, dann wahrscheinlich seit der Minute in der du von meiner Motorhaube abgeprallt bist."

Obwohl ihr Tränen die Wangen entlangliefen, stahl sich ein Lächeln um ihre Mundwinkel.

„Diese Zeit ohne dich, wäre nicht nötig gewesen, wenn ich mich nur getraut hätte über meine

Gewohnheiten hinwegzusehen. Nur einmal zu erkennen, dass ich nicht so wie mein Vater sein muss. Es war für mich unerträglich zu wissen, dass ich dich verletzt habe, aber ich habe es zu diesem Zeitpunkt nicht erkannt. Ich bin nicht unbelehrbar. Ich habe dich vermisst und ich weiß, dass ich dich in Zukunft nicht mehr in meinem Leben missen möchte. Würdest du bei mir bleiben? Auch wenn ich manchmal ein Idiot bin, so kannst du dich immer darauf verlassen, dass ich dich wie keinen anderen Menschen liebe."

Delphine konnte Jons Gesicht schon gar nicht mehr richtig sehen, so verschleiert war ihr Blick von ihren Tränen. Sie glaubte kaum einen Ton herauszubringen, weshalb sie sich einfach in seine Arme warf, die sie so verlässlich auffingen. Sein Duft war so vertraut, dass sie am liebsten laut aufgeschluchzt hätte, vor Erleichterung ihn noch einmal in den Armen halten zu dürfen.

Sie spürte sein Herz kräftig und schnell an ihrem schlagen, als er sie zu sich hochzog und ihre Lippen mit seinen verschloss.

Ihre Zuschauer hatte sie längst ausgeblendet und auch ihre Wut, dass Tucker sie angelogen hatte, war wie weggeblasen. Was zählte war, dass Jon sie fest in seinen Armen hielt, sie seinen warmen Körper spürte, seine weichen Lippen und dass sie ihn berühren konnte.

Auch wenn es ihr völlig irreal erschien, hatte sie doch am Morgen noch am Boden zerstört in ihrem Townhouse-Apartment in Columbia gesessen und null Leben in sich gespürt. Jon zu sehen hauchte ihr gleich so viel Leben ein, dass sie glaubte umzukippen, wenn er sie nicht kräftig genug hielt. Aber das tat er.

Kaum hatte er seine Lippen von ihren gelöst, stellte er sie auf dem Boden ab, wischte mit seinen Fingern ihre Tränen weg und musterte sie liebevoll.

„Das Haus. Erzähl es ihr. Das Haus", murmelte jemand neben ihr immer wieder, aber sie wandte ihren Blick keine Sekunde von Jons Gesicht ab. Sie hätten ebenso gut alleine in einem kahlen Raum stehen können, das Einzige, was beide in diesem Moment brauchten, war, einander anzusehen.

„Ich werde das Haus behalten."

„Wirst du?", fragte sie mit zerbrechlicher Stimme.

„Ich dachte wir brauchen doch ein Zuhause, wenn du hierher ziehst."

„Ich ziehe her?"

Er zuckte mit den Schultern. „Wenn du möchtest."

„Ich hab keinen Job mehr."

„Du wirst schon was finden."

„Ich liebe dich."

Jonathan grinste, dabei hätte sie ihn am liebsten noch fester umarmt, aber sie wollte ihn ja nicht umbringen, ehe er nicht erneut die Worte gesagt hatte, die sie so sehr aus seinem Mund zu hören liebte.

„Ich liebe dich auch."

Sie schlang ihre Arme ein wenig fester um seine Taille, reckte sich auf die Zehenspitzen und küsste ihn erneut, ehe sie sich aus ihrer Trance wandte und ihren besten Freund betrachtete, der Lauren fest an seiner Seite hielt.

„Danke."

Er nickte und versuchte so gefasst wie möglich zu wirken, trotzdem konnte sie sehen, dass er feuchte Augen hatte. „Wir fahren dann mal. Ihr Kinder kommt wohl jetzt ohne uns klar."

Sie lästerten und lachten immer noch über Jons leicht missglückten Auftritt, als Tucker, Lauren und Jons bester Freund sich in den Pick-Up setzten und losfuhren. Delphine ließ Jonathan nicht einmal los, immer noch befürchtete sie, er könnte jeden Moment verschwinden.

Gemeinsam schlenderten sie durch ihren Garten, der gerade begann in den schönsten Herbstfarben zu blühen. Auch ihre ganz persönliche Blume, den dunkelblauen Rittersporn, der sich in seiner zweiten Blühzeit für dieses Jahr befand, hatte Tucker in jedes der vier Beete eingepflanzt.

Als die Sonne langsam unterging, zog Jonathan sie in ihr Boot und fuhr mit ihr auf den See hinaus.

Trotzdem, dass die Luft langsam abkühlte, fühlte sich alles wohlig warm an, als würde seine Liebe sie von innen wärmen. Er zog die Paddel ins Boot und sie an seine Seite.

„Was wolltest du eigentlich sagen, als ich dich unterbrochen hatte vor dem Laden meiner Eltern? Du hast gefragt, was ich von dir erwarte. Dass du einfach jeder Frau sagst, dass du sie liebst, auch wenn ...“

Vorsichtig sah sie zu ihm auf und er erwiderte ihren Blick mit einem sanften Lächeln. Sie wollte nicht den neu gefundenen Frieden zwischen ihnen zerstören, aber sie musste wissen, was er ihr hatte sagen wollen.

Sanft strich er mit seinen Fingern über ihre Wange. „Ich war ziemlich überfordert an diesem Tag, ich glaube ich wusste selbst nicht, was ich sagen wollte.

Vielleicht wollte ich nur sagen, dass ich diese drei Worte nicht leichtfertig sagen möchte, dass ich einen besonderen Moment abpassen wollte und ehrlich gesagt hatte ich ein wenig Angst. Zu dem Zeitpunkt war ich schlichtweg nicht bereit dir zu sagen, dass ich dich liebe und brauche, denn ich wusste, ich mache mich damit angreifbar.“

„Aber du wusstest, was ich für dich fühle.“

Ungläubig betrachtete er sie. „Du hast es mir gesagt, nachdem wir miteinander geschlafen haben. Irgendwie kam mir das nicht real vor."

„Ich liebe dich wirklich und du solltest wissen, dass ich das niemals leichtfertig zu jemandem sage, auch nicht in der Hitze des Moments."

Seufzend schmiegte sie ihren Kopf an seine Schulter und beobachtete die Sonne, die langsam hinter den Tannen verschwand. Jon hob ihren Kopf an und küsste sie zärtlich.

„Glaubst du, du kannst es hier mit mir aushalten, auch wenn ich nicht immer die richtigen Wort finde?", flüsterte er gegen ihre Lippen.

„Für immer."

Sie lächelten einander an, schlangen die Arme fest umeinander und er küsste ihr Haar, als sie sich an ihn presste.

„Für immer klingt gut."

Epilog

2 Jahre später

„Du machst mich verrückt!"

„Und du verwendest diesen Spruch eindeutig zu häufig!", rief sie zurück durch die Tür.

„Ich habe meinen Vater gerade stinksauer im Büro stehenlassen, bin eine Stunde hierhergefahren und stehe seit zwanzig Minuten vor der Badezimmertür und unterhalte mich mit dir. Das ist definitiv verrückt!"

Delphine atmete tief ein und aus, ehe sie die Tür aufsperrte und an ihm vorbeiging.

Kopfschüttelnd lief er ihr hinterher, die Treppen hinunter und fand sie am Wohnzimmertisch sitzen.

Langsam ließ er sich neben ihr nieder und nahm ihre Hände in seine.

„Bist du sauer, dass ich dich angerufen habe?", fragte sie ihn so unschuldig, dass er lächelte und sie küsste.

„Du sollst mich immer anrufen, wenn du Angst hast oder mich brauchst, das weißt du." Sie nickte. „Wir geben auf", beschloss sie. Er versuchte sich sichtlich zu beherrschen, trotzdem brach das Lachen erneut aus ihm raus.

Normalerweise freute sie sich, wenn er glücklich war, aber sie war gerade mächtig deprimiert und wollte sich dieser Stimmung hingeben.

Nach ihrem Umzug hatte sie einige Wochen mit Tucker gearbeitet, doch ihre Eltern hatten eingesehen, dass auf Dauer zwei fachkundige neue Aushilfen nötig waren, um Tucker wirklich zu entlasten.

Seit sie dann im Dezember eine kleine Firma für Innenarchitektur nur zwanzig Minuten entfernt von ihrem kleinen Traumhaus gefunden hatte, wo sie endlich das Gefühl hatte, wieder die Arbeit tun zu können, die sie so sehr liebte und wo man ihre Entwürfe wertschätzte, hätte sie nicht glücklicher sein können.

Sie hatte den besten Mann der Welt in einer Zeremonie im engsten Freundes- und Familienkreis geheiratet, hatte tolle Freunde, eine liebevolle Familie und ein Traumhaus mit einem riesigen Garten und einem kleinen privaten Strand am Lake Monroe. Sie wusste dies wirklich zu schätzen und es gab nur noch wenig, was ihre Laune auf den Tiefpunkt bringen konnte, erst recht nicht ihr Mann.

Schmollend blickte sie in seine Augen und fühlte sich gleich ein wenig besser.

Sanft lächelnd strich er über ihre Wange.

„So ungeduldig kenne ich dich gar nicht. Wir versuchen es wie lange? Knapp einen Monat?"

„Seit vier Wochen und drei Tagen."

Erneut lachte er auf und sie schlug ihm reflexartig auf den Arm, den er sich sofort theatralisch rieb.

„Au! Ich wollte dir nur sagen, wie schön es ist, dass du mitzählst."

Sie verdrehte die Augen und griff nach dem Test, den sie auf dem Küchentisch abgelegt hatte, ohne jegliche Hoffnung, dass sie dieses Mal ein anderes Ergebnis sehen würde.

Doch mit einem Blick auf das freie Feld, in dem gut leserlich zu sehen war, dass eine Schwangerschaft festgestellt wurde, hoben sich ihre Mundwinkel.

Unbändig kreischte sie auf und schlang ihre Arme stürmisch um Jons Hals, der rückwärts auf die Couch fiel von so viel Enthusiasmus. Überschwänglich küsste sie sein ganzes Gesicht, sodass er lachen musste.

„Na siehst du, so lange hat es doch gar nicht gedauert."

„Eine Ewigkeit."

„Natürlich." Er strich ihr sanft die blonden Strähnen hinter die Ohren und küsste sie erneut innig.

„Machst du dich über mich lustig?"

„Würde ich das tun?"

Ernst musterte sie ihn. „Definitiv."

„Ich liebe dich. Und ich kann es kaum erwarten, dass wir eine richtige Familie werden."

„Versuchst du mich abzulenken?"

Er lächelte verschmitzt und schlang beide Arme fest um sie. „Auf jeden Fall. Funktioniert es, Mrs. King?"

Sie berührte mit ihren Lippen leicht seine und genoss das vertraute Kribbeln, das sich durch ihren Körper bahnte.

„Na und wie das funktioniert, Mr. King. Ich liebe dich."

„Und ich liebe dich."

Eng aneinander geschmiegt genossen sie die Nähe des anderen, dabei wussten sie eines mit Sicherheit: Sie akzeptierten und liebten einander genauso, wie sie waren.

- Ende -

Boston-Hearts-Serie (alle Bücher auch als Einzeltitel lesbar):
1) Liebe mich – bitte nicht
2) Liebe mich, vielleicht morgen
3) Liebe mich. Ich liebe dich

Klappentexte:
„Liebe mich – bitte nicht"
(VÖ: 28. Januar 2014)

Beth zieht es vor, ihren Alltag alleine zu bestreiten. Zu enge Bindungen an Freunde oder Familie bedeuten für sie nur, dass ihr das Herz gebrochen wird. Doch der attraktive Barkeeper Mac erweckt unvorbereitet ihre Sehnsucht und macht ihren neuen Vorsatz, Distanz zu anderen Menschen zu wahren, zu einem ihrer größten Probleme.
Elizabeth Keenan, Mitte Zwanzig, ledig, keine Kinder.
Das ist alles, was der gutaussehende Barkeeper Mac über die Frau weiß, der er die Schlüssel für ein baufälliges Apartment über der Bar, in der er arbeitet, gegeben hat. Verschlossen und kratzbürstig lehnt sie jede Hilfe ab. Die herzzerreißenden Schreie, die er nachts aus ihrem Apartment hört, kann er jedoch nicht einfach ignorieren.
Oder?

Boston-Hearts Teil II:
Liebe mich, vielleicht morgen
(VÖ: 28. Februar 2014)

Ihre Abschlussarbeit, eine neue Wohnung, ein neuer
Mann und die Sorgen, ob sie einen Job finden wird.
Kathi West macht sich über *alles* Gedanken, was
nicht selten in unerträglichen Kopfschmerzen endet.
Dass ihr neues Apartment auch einen männlichen
Mitbewohner beinhaltet, erfährt sie erst, als sie
nicht mehr zurück kann. Sie versucht sich mit ihm
und seinem Anhang zu arrangieren, in der Hoffnung,
sie würden ihr Leben und ihren Alltag nicht allzu
sehr auf den Kopf stellen.
Doch Kathi merkt schnell: John Graham ist so gar
nicht der Typ Mann, den Frauen einfach ignorieren.

Boston-Hearts Teil III:
Liebe mich. Ich liebe dich
(VÖ: 28. März 2014)

Michelle Graham entschließt sich, ihr Leben endlich
wieder in die Hand zu nehmen und es in vollen
Zügen zu genießen. Nichts soll sie mehr daran
hindern, ihre Vergangenheit und damit das
Verschwinden ihrer Mutter und die Krankheit ihres
Vaters hinter sich zu lassen.
Als sie im Krankenhaus einen Patienten nach
mehreren Knieoperationen bei
Rehabilitationsübungen unterstützen soll, wird sie
jedoch schnell wieder an eine Zeit in ihrem Leben
erinnert, die sie nie überwunden hat und ebenso
wenig länger verdrängen kann.

Impressum

Herausgeberin: Laney Appleby,
laney.appleby@gmail.com

Deutscher Ansprechpartner:
Kristina Kliebenstein
Weihereckstraße 22a
66571 Eppelborn

4994477R00196

Printed in Germany
by Amazon Distribution
GmbH, Leipzig